AF309459

ROSE

SPLENDEURS ET MISÈRES DE LA VIE THÉATRALE

PAR

ÉDOUARD CADOL

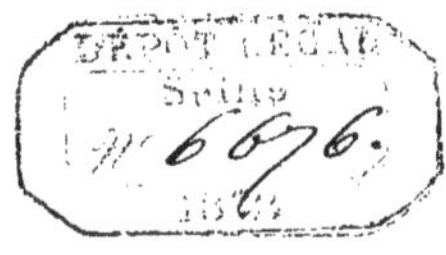

PARIS

AUX BUREAUX DE L'ADMINISTRATION DU JOURNAL **LE FIGARO**

3, RUE ROSSINI, 3

1873

ROSE

SPLENDEURS ET MISÈRES DE LA VIE THÉATRALE

I

FUNÉRAILLES LITTÉRAIRES

Le matin du jour où commence ce récit, on lisait, dans différents journaux :

« Aujourd'hui, à dix heures *très précises*, aura lieu, en l'église Saint-Martin-des-Marais, l'enterrement de notre regretté confrère : Jean-Baptiste-Augustin Camusel, connu, dans la littérature et au théâtre, sous le pseudonyme d'Agénor des Aulnoies.

» La Sociétédes Auteurs et Compositeurs dramatiques, dont il était un des fondateurs, avec Scribe, Mélesville, Dumanoir et tant d'autres, de la grande époque, a revendiqué l'honneur de prendre, à sa charge, les funérailles de cet illustre confrère, qui, en dépit de ses succès passés, est mort dans un état voisin de l'indigence et oublié de ses contemporains.

» Plusieurs discours seront prononcés sur sa tombe; le premier, cela va sans dire, par M. le baron Taylor, puis par divers représentants de Sociétés littéraires, qui s'honorent d'avoir eu des Aulnoies au nombre de leurs adhérents.

» Enfin, pour clore la cérémonie, M. Georges La Tréfailles, l'heureux et sympathique auteur de la comédie couron-née par l'Académie : « LES VIEUX AR-THURS » (qui, disons-le en passant, faisait hier 3,076 francs, après 171 représentations! — On voit si nous sommes exactement informés !) M. La Tréfailles, disons-nous, prendra la parole au nom de la Commission des Auteurs et Compositeurs dramatiques, dont il a été élu membre à la dernière assemblée générale.

» Il est bien que les *jeunes* rendent hommage à leurs devanciers, et ce n'est pas sans une certaine curiosité qu'on attend le discours de cette personnalité nouvelle, qui, du premier élan, s'est placée à côté des Dumas, des Barrière, des Sardou. Nul doute que l'orateur ne soit à la hauteur de l'écrivain moraliste. »

Dans une autre partie du journal, on lisait encore :

« Le Théâtre-Jouffroy est en veine.

» L'habile et intelligent directeur de là nouvelle salle, construite sur l'emplacement de l'ancien Café-Mulhouse , M. Francis Flaquinet, vient de s'assurer la possession de la pièce, que termine le jeune et déjà célèbre Georges La Tréfailles.

» Nous pourrions dès maintenant,divulguer au profit de nos lecteurs, le sujet de cette pièce; mais espérant que notre discrétion sera imitée de certains confrères peu scrupuleux, bornons-nous à dire que l'œuvre nouvelle est, en tous

» points, digne des *Vieux Arthurs* et de » leur sympathique auteur. »

Enfin la dernière *nouvelle à la main* portait :

« Un mot de La Tréfailles :
» . . . . ;
» — . . . . ?
» — . . . . !
» Pas de commentaires, n'est-ce pas ? »

Cependant, le sympathique et heureux auteur des *Vieux Arthurs*, le jeune et acclamé Georges La Tréfailles, se mettait à la gêne pour trouver un peu mieux que des lieux communs à débiter sur la tombe du « cher confrère » qu'il n'avait ni vu ni connu, et dont il se souciait, d'ailleurs, autant que de Colin-Tampon.

C'est que, sans avoir lu les journaux du matin, le nouvel *arrivé* se méfiait de la très « certaine curiosité » avec laquelle on attendait son discours. Quelle que fût la considération qu'il s'accordât à lui-même, il n'en était pas à ignorer que « le laurier attire l'envie, » selon l'aphorisme de Pythagore. Il y aurait dans l'auditoire plus d'un bon camarade disposé à la gouaillerie et tout prêt à colporter la nouvelle d'un *four*. Cet animal de des Aulnoies avait bien besoin de mourir, et si tant est qu'il y tînt, ne pouvait-il s'y prendre plus tôt, c'est-à-dire avant que Georges fît partie de la Commission des auteurs et de la Sous-Commission chargée des honneurs funèbres ?

De tout son cœur, il l'envoyait au diable, se battant avec les substantifs et sondant les mystères du dictionnaire des synonymes.

Ce n'est pas qu'il craignît d'être en retard. Le morceau avait été complétement rédigé dès trois heures du matin; mais après s'être dit : « Ma foi ! ça ira comme ça ! c'est bien assez bon pour ce vieux podagre », il avait pensé à la composition de l'assistance. Outre ses collègues de la Commission, il devait y avoir là des journalistes. Il fallait absolument qu'il fît de l'effet. Or, voyons, là, franchement, y avait-il suffisamment d'*effets* dans ces quatre pages ?

Enveloppé dans une robe de chambre de cachemire grenat, les pieds dans des babouches, il lisait et relisait son discours machinalement, le trouvant d'une platitude, à mesure plus accusée, et la mauvaise humeur lui venait, et il s'en prenait au pauvre des Aulnoies, qui lui valait, là, une corvée assommante.

Sur la cheminée, une tasse de chocolat à la vanille refroidissait. La demie de huit heures sonna. Il fallait songer à s'habiller, ce qui lui prenait toujours un certain temps; encore qu'il y eût un bon bout de chemin de la rue de Boulogne, où il habitait, dans un tout petit hôtel, à l'église Saint-Martin-des-Marais. Il est vrai qu'une station de remises était proche.

— Ah! tant pis! s'écria-t-il à la fin, tout en restituant une S à un pluriel, qui y avait droit, faire un médiocre discours funèbre n'empêche pas d'écrire de bonnes comédies. Je m'en moque !

Et il ne s'en moquait pas du tout; il entrevoyait même tout un nouveau et bien meilleur procédé pour faire un discours de ce genre; mais le temps lui manquant, il se consolait, à l'avance, de l'échec qu'il appréhendait.

Il but, d'un trait, le chocolat oublié, et il se disposait à appeler son domestique, quand la porte s'ouvrit.

— Ah! c'est toi ! fit-il au survenant, d'un ton de satisfaction non équivoque. Eh bien! assieds-toi là et écoute.
— Ton discours?
— Oui.
— Je viens pour ça. Attends!

Le nouveau venu ôta son chapeau et son pardessus avec empressement; puis, s'étant assis, il prit une physionomie attentive et dit simplement :
— Vas-y !

Toutefois, n'allez pas vous imaginer qu'il eût l'ombre d'autorité pour juger de la valeur de ce travail, et ne supposez pas davantage que l'autre tînt le moins du monde à son opinion. Georges n'en faisait rien que par besoin de s'entendre lire à haute voix, — besoin réel et impérieux chez la plupart de ceux qui écrivent, — et il savait parfaitement que son auditeur, le dernier mot entendu, ne manquerait pas de s'écrier :
— Superbe !

Il eût d'ailleurs été plaisant qu'il en fût autrement !

C'est que celui-ci faisait à celui-là l'honneur insigne de l'avouer publiquement pour « son ami; » une sorte de « joueur de flûte » honorifique, applaudisseur assermenté, qui, lui, se donnait par là une attitude dans le monde. Qui était-il ? Où allait-il ? que voulait-il ? Un seul mot répondait péremptoirement à tout :
— C'est l'ami de La Tréfailles.

Quelques gens, qui s'en font des rentes, n'ont pas d'autre profession; encore que plusieurs n'en aient pas le brevet bien authentique.

Celui, du moins, n'était pas un de ces parasites quémandeurs, dont la race est fort indiscrète; ce n'était qu'un satellite gravitant de minime grandeur, simplement honoré du reflet que son opacité répercutait dans une zone restreinte.

De fait, ce gros garçon, qu'on appelait Philippin Lubœuf. eût pu être par lui-même (quoique ce fût, il est vrai!) en restant fidèle à son monde. Fils d'un commissionnaire en marchandises, le fondateur de la maison Lubœuf, Fripoul, Cazéar et C°, qui faisait la consignation — sorte de prêt sur gages, analogue au système du Mont-de-Piété, à cela près que l'opération étant exactement une vente à réméré, le *boni* appartient au prêteur—ce garçon jouissait d'une aisance qui lui eût permis, tout comme à un autre fils d'enrichi, d'être d'un cercle, de jouer au baccarat et de se ruiner pour les demoiselles.

Mais non ! Son goût n'allait pas à cela : il aimait les artistes, et sa prédilection pour eux avait été jusqu'à en obliger quelques-uns.

D'une instruction élémentaire dont, par surcroît, il n'avait pas profité autant qu'il eût été désirable, cet instinct que nous avons tous d'acquérir un mérite particulier, l'avait heureusement servi en le poussant à s'implanter dans l'ombre de quelque célébrité. Faute de pouvoir devenir quelque chose, il pouvait parvenir ainsi à paraître quelqu'un.

En effet, déjà dans le « Tout Paris » du théâtre et des lettres, la présence du gros Philippin ne passait pas inaperçue. Etait-il d'une « première » d'une répétition générale, d'un enterrement tapageur, en un mot d'une des « fêtes de l'intelligence! » aucun *reporter* ne le dédaignait; d'autant que les mots : « *Philippin Lubœuf, l'ami du jeune et sympathique auteur des Vieux Arthurs* », font bien une ligne, et, au prix où est l'article « renseignement », c'était encore le reporter qui se trouvait son obligé.

A vrai dire, son nom ne faisait pas tête de colonne ; mais dans le : « *Nous avons encore remarqué...* » on ne le mettait pas trop vers la queue ; en tous cas, il figurait bien avant les photographes!

Ecoutez donc! c'est quelque chose cela ; quelque chose qui n'est pas à portée du premier venu, et que ni argent, ni ancêtres ne procurent. Et puis, il allait dans les coulisses ! et puis certains acteurs le tutoyaient, et lui-même, à son tour, lui tout seul. il douait de notoriété : sa maîtresse n'était plus une Frivolette quelconque; c'était : « la maîtresse de Philippin ! » Il comptait!

Mais qu'était-ce donc son monde à lui? Les bonnes dames le tenaient à peu près pour un aigle. On tâchait de se le procurer, et pour peu qu'il n'eût pas refusé une invitation, on promettait sa venue avec autant d'importance que s'il se fût agi d'un ambassadeur japonais.

Une fois entré dans un salon, il eût tenu pour une injure qu'on ne l'amenât pas à parler de La Tréfailles. Personne n'y manquait au surplus. Il le décrivait, au moral et au physique, rapportant des particularités de sa vie intime, de sa façon de travailler, laissant entendre que celui-ci n'avait rien de secret pour lui.

Entre amis, il poussait plus avant, confessant les légers travers de son Pylade, ses bizarreries, ses faiblesses. Il s'en montrait d'ailleurs navré, et l'on voyait bien que ces indiscrétions étaient l'effet des préoccupations amicales d'un cœur dévoué, fidèle, qui s'était donné la mission de réformer les petits défauts du demi-dieu.

— Il faudrait le marier! répétait-il. Alors son génie s'épanouirait de façon éblouissante !...

Puis, avec un sourire circonspect qui donnait la mesure de son influence sur le grand homme, il ajoutait :

— J'y arriverai !...

Dans sa famille, Philippin était tenu pour un oracle. Le père Lubœuf en venait à prendre son fils pour La Tréfailles lui-même. Tout ce qu'il en apprenait, il le répétait de seconde main, amplifiant un peu, comme de juste, et laissant entendre que, soit par ses conseils, soit autrement, Philippin était bien pour quelque chose dans les ouvrages du jeune et sympathique auteur des *Vieux Arthurs*; aussi ne faisait-il pas bon de parler devant lui d'un autre auteur dramatique ! Quand il ne se fâchait pas tout rouge d'en entendre l'éloge, il repliquait dédaigneusement :

— « Je n'ai pas d'esprit, pas d'éducation; mais j'ai du bon sens et je vois juste; eh bien ! votre monsieur chose, tenez, moi, je n'en ficherais pas deux sous! »

C'était son opinion.

Seule, dans la maison, la sœur de Philippin, mademoiselle Aglaé Lubœuf, était d'un enthousiasme comparativement modéré; ce qui aurait dû s'excuser par ce fait : que les ouvrages de La Tréfailles étant absolument interdits aux demoiselles, celle-ci ne pouvait en apprécier le haut goût.

Pourtant le père Lubœuf l'en avait un peu querellée, prétendant à juste titre — c'est écrit partout — que le génie rayonne du regard des grands hommes. Or, vingt fois La Tréfailles avait daigné dîner chez eux. D'ailleurs, le père avait pris la peine de conter, en gazant, à sa fille, le sujet des principales œuvres de leur célèbre ami ; toutefois, soit que l'ancien commissionnaire eût trop gazé, soit qu'il manquât d'une certaine lucidité d'expression, la jeune fille, au demeurant, ne s'était fait de ces chefs-d'œuvre, qu'une idée approximative.

Et puis, il faut tout dire, orpheline de sa mère, Aglaé avait été élevée au couvent, et la préoccupation constante des institutrices religieuses n'est pas, je crois, d'inspirer aux élèves une aveugle admiration pour les faiseurs de romans et de comédies.

Là encore peut-être était une des raisons de la tranquillité avec laquelle Aglaé appréciait le célèbre auteur des *Vieux Arthurs*. Enfin, de composition plus facile avec les étrangers, sur ce qui pouvait être dit de celui-ci, elle avait entendu formuler, à propos de ses œuvres et de sa conduite, certaines critiques de nature à ne pas stimuler l'excessive sympathie d'une jeune fille.

Si curieux de célébrités que soit le monde, il n'en résulte pas, de sa part, une bienveillance à toute épreuve ; au contraire, assez souvent, et tout en faisant cercle autour de Philippin, pour apprendre de lui comment La Tréfailles taillait ses plumes, s'il se servait d'un transparent, ou autre détail de même importance, les amis de la famille n'en gouaillaient pas moins le père et le fils de se tant échauffer pour « un monsieur qui, après tout !... n'en était encore qu'à son premier succès. »

Au total les sentiments de la jeune fille pour le célèbre Georges, se résumaient en une indifférence fort calme et persistante, en dépit, ou bien même à cause, de l'enthousiasme de ses parents. Mais peut-être cette impression négative se fût-elle changée en une certaine terreur, si elle eût deviné les espérances que caressait son frère ; lesquelles n'allaient à rien moins qu'à la marier avec son illustre ami.

Elle ne s'en doutait pas, heureusement, ce qui lui permettait de vivre en paix ; mais il est à supposer que le bon Philippin poursuivait la partie, car, en répétant son « J'y arriverai ! » sa physionomie se faisait à mesure plus souriante.

On comprend qu'en telles dispositions, Philippin n'avait pas besoin de se violenter pour trouver « superbes » les productions de Georges. C'était son mot, et il ne manqua pas de l'exclamer quand celui-ci eut terminé la lecture de son discours funèbre.

— Voyons, en toute sincérité ? demanda Georges.

— Est-il drôle ! se récria le fils du commissionnaire, avec une nuance de brusquerie, qu'il affecta, pour s'éviter l'embarras de donner les raisons de son suffrage. Je te dis que c'est superbe et je n'en rabats rien. C'est superbe et puis voilà tout !

Georges, après tout, ne demandait pas mieux. Et puis, mon Dieu ! si ce gros garçon n'avait pas le goût fort cultivé, s'il était d'instruction insuffisante, il avait peut-être bien ce « gros bon sens » qui est la fiche de consolation de bon nombre de nos concitoyens. Georges aimait à le penser, parfois.

— Il est Public !... se disait-il.

Les choses étant donc ainsi, pour le mieux du monde, Georges n'avait plus qu'à s'habiller et à partir.

— Au fait, dit à ce moment Philippin, et ces deux femmes qui attendent dans ton cabinet ?

— Je n'y pensais plus ! fit Georges.

— Qui est-ce ?

— La petite Rose Varnel et sa tante. Un type, la tante ! Elles viennent me demander un rôle. Mais, outre qu'il n'y en a pas dans ma pièce, pour la petite, je ne la connais pas, et tu penses que je n'irai pas compromettre la pièce pour lui faire plaisir. Cet idiot de Flaquinet a la manie d'engager des fillettes dont il n'a que faire, et qui retombent, après cela, sur le dos des auteurs. Tâche de les congédier ; je n'ai pas le temps de les recevoir.

— C'est dommage, dit Philippin, la petite est vraiment gentille !

— Vrai ? tu trouves ? demanda son illustre ami, qui déjà tenait entr'ouverte la porte du cabinet de toilette.

Puis, changeant de résolution, par suite de ce sentiment un peu libertin qui éveille notre attention sur les femmes que le voisin déclare à son gré :

— Bah ! fit-il, c'est cinq minutes. Il faut être poli. Fais-les venir.

Philippin, haussant un peu les épaules, comme on fait aux gamineries d'un grand enfant dont on n'est pas dupe, ouvrit la porte du cabinet, invitant les solliciteuses à pénétrer, pendant que Georges, avec un coup d'œil à la glace, se passait les doigts dans les cheveux.

Des deux personnes qui parurent, l'une était vieille, l'autre jeune.

Celle-ci, simplement vêtue, visiblement intimidée, fit à Georges l'effet d'une déception.

— « Aucun chic ! » pensa-t-il.

Sur quoi, s'avançant vers les deux femmes, il s'excusa, avec l'intention de les prier d'exposer leur requête à Philippin, un « second lui-même. »

Mais le cœur humain a des petitesses bien singulières. Le « vraiment gentille » de son ami lui revint en mémoire. Tout en trouvant l'appréciation trop flatteuse, tout en dédaignant celle qui en avait été l'objet, il ne voulut pas que Philippin profitât de la situation. Tout comme le chien du jardinier qui, n'aimant pas les choux, ne voulait pas que les autres en mangeassent, le jeune et sympathique auteur des *Vieux Arthurs* trouva plus « convenable » de congédier les visiteuses.

L'obligation de s'habiller pour rendre les derniers honneurs au « pauvre des Aulnois » était pour lui, et leur parut, à elles, raison plus que suffisante. Il les engagea d'ailleurs à revenir, et protesta de ses meilleures intentions.

Elles se retirèrent.

Et Philippin, si « second lui-même » qu'il acceptât d'être, se sentit un peu froissé. Mais l'intimité d'un grand homme ne saurait être tout bénéfice, et il en supportait bien d'autres !

Georges avait eu quelque raison de se dire : — « Aucun chic ! » Cette jeune fille, en effet, n'était que décente et réservée.

Le visage avait une expression réfléchie et confiante, qui dénotait une sorte de candeur non exempt de dignité ; c'était expressément de la bonne foi. Le front, haut et large, était encadré de cheveux foncés, presque noirs, qui tranchaient nettement avec la mate blancheur de son teint. L'œil, noir de même, regardait droit et profondément, comme une question loyale et directe, excluant toute arrière-pensée.

La physionomie, enfin, avait dans son ensemble, un caractère ferme et plutôt sérieux qui se modifiait aisément en nuances d'expressions, très fines, très variées, jusqu'à et y compris l'épanouissement aimable d'une gaieté enfantine.

Ce qui dominait, surtout, quand, cessant d'écouter, Rose s'animait peu à peu dans ses réponses, faites d'une voix un peu voilée, mais d'autant harmonieuse et pénétrante, c'était ce je ne sais quoi, qui témoigne d'une intelligence au-dessus de la moyenne.

Elle était en effet très douée à cet égard, et sa sensibilité exquise, un peu surmenée d'ailleurs par le genre de ses études, se trahissait parfois par un attendrissement du regard, qui semblait mouiller la prunelle.

Orpheline de père et de mère — de modestes débitants de tabac, fermiers d'un titulaire haut placé — Rose s'était trouvée à quatorze ans, possesseur d'un titre de rente montant à dix-huit cents francs par an.

De sa famille, il ne lui restait qu'une vieille tante : la veuve Varnel, jadis femme du frère de son père, une parente par alliance, qui eût pu ne lui être rien du tout.

Celle-ci, toute petite bourgeoise, sachant à peine lire le journal, écrire la dépense et compter sur ses doigts, avait passé sa vie à raccommoder de la dentelle, pour le compte de douairières du faubourg Saint-Germain. Cela, jadis, constituait une profession ; car il y avait encore des dames qui gardaient des dentelles de famille et des diamants de grand'mamans. Aujourd'hui, ce n'en est plus la peine. Les magasins, montés au capital de plusieurs millions, vendent de la vieille dentelle *toute neuve* à si bon marché, que la véritable est à peine bonne à donner aux femmes de chambre, qui ont bien autre chose à faire que de la raccommoder.

Ces deux isolées s'étaient rapprochées, et, tout naturellement, sans contrat, sans restriction, avaient décidé de vivre en commun. Depuis six ans déjà qu'elles subsistaient sur la rente de Rose, il ne s'était jamais élevé un nuage entre elles.

C'eût été d'ailleurs difficile, car en dépit de la différence d'âge, qui semblait devoir donner la direction du ménage à la plus expérimentée des deux femmes, celle-ci, au contraire, n'avait aucune volonté. Qu'elle fût ou non de l'avis de sa nièce, et tout en gardant sa liberté pleine et entière d'appréciation, elle ne faisait rien pour imposer ses idées. Loin de là, une fois qu'elle avait dit : — « Tu as tort, » elle agissait tout comme si elle eût pensé : — « Tu as raison. » Et cela, sans réserve, sans répugnance, sans radotage, s'appliquant bien plutôt à faire réussir ce qu'elle n'approuvait pas, et tâchant que Rose s'en trouvât pour le mieux au gré de ses souhaits. C'est à peine si, après un échec, prévu par elle, la bonne vieille se permettait de dire sans amertume, sans l'ombre de mauvaise humeur : — « Je te l'avais dit. »

Ses antécédents, ses préjugés, jusqu'à son caractère, tout allait contre le projet qu'avait la petite de se destiner au théâtre.

Sur ce point seulement, la brave femme avait insisté une ou deux fois. C'est ainsi qu'un jour, conduisant sa nièce chez un journaliste, de qui celle-ci sollicitait la bienveillance, comme l'écrivain énumérant les difficultés, demandait à la jeune fille si elle avait des moyens d'existence qui lui permissent d'attendre un certain temps :

— Dix-huit cents francs! répondit la veuve. Et l'on pourrait si bien, avec ça, monter une petite boutique de lingerie, avoir patente et vivoter comme des personnes naturelles !

Voyant sa nièce sourire à cette réflexion :

— Voyons, monsieur, ajouta la veuve comme en appelant au témoignage du journaliste, est-ce que c'est un état que de débiter des turlutaines devant des farceurs qui ont bien dîné? Passe encore tant que c'est *farce!* mais, singer de beaux sentiments : l'effroi, le chagrin, quand on sait qu'il n'y a pas un mot de vrai! Voyons, c'est-il une occupation de chrétien? Pour moi, je ne suis qu'une bonne femme; je n'en ai jamais appris bien long à l'école; mais, pour l'or du Pérou, je ne voudrais pas faire des mômeries pareilles. Si encore ça allait tout seul, et si le monde vous en savait gré! Mais, je t'en souhaite! Il faut des protections, des intrigues, pour arriver seulement à se montrer à un tas de godelureaux, qui font les difficiles. Sans parti pris, là, vrai, monsieur, n'est-ce pas que c'est un drôle d'état?

C'était le résumé de son sentiment. Cependant, la jeune fille persévérant dans son projet, la tante, loin de faire obstacle à aucune démarche, s'y prêtait constamment avec empressement, subissant, sans la moindre impatience, sans même apparence d'ennui, les longues attentes auxquelles sont vouées les mères d'actrices durant les leçons et les répétitions.

Sa vue, fatiguée par un exercice prolongé à des travaux délicats et appliqués, ne lui permettait plus guère que le tricot et le crochet. Bravement, en attendant sa nièce, elle tirait quelque ouvrage de ce genre d'un petit sac, qui ne la quittait pas, et, assise entre deux portants, elle occupait ses doigts, sans souffler, sans bouger, ne parlant à personne, jamais.

Quant à Rose, sa volonté était inébranlable. A tort ou à raison, elle se croyait douée, et elle était déterminée d'avance à ne se jamais rebuter de rien. Intentionnellement elle avait tout sacrifié à l'attrait d'espérances pleines de triomphes et de bravos. L'amour, la maternité, le ménage, tout avait été mis, par elle, au second plan. Le succès de l'artiste devait, pensait-elle, la récompenser outre mesure de l'abnégation de la femme.

La violence de ses aspirations était telle, que ce qui ne tenait pas au théâtre, de près ou de loin, lui était indifférent. Par contre, les moindres choses de ce domaine l'intéressaient au point de lui valoir des émotions poignantes, le plus souvent.

C'est ainsi, par exemple, que ce jour-là même, en pénétrant chez Georges La Tréfailles, le cœur lui avait battu à se rompre. Introduite dans le cabinet du grand homme, et y attendant plus d'une grande heure et demie, elle ne s'était pas ennuyée un instant. Laissant sa tante tricoter en silence, elle avait passé tout en revue, du regard, bien entendu. Tout lui avait été sujet d'admiration. Le cabinet d'un auteur!... C'était le premier qu'elle vît. Et quel auteur! La célébrité du jour : Georges La Tréfailles, « le jeune et sympathique auteur des *Vieux Arthurs* », 3,076 fr. de recettes, à la 172ᵉ représentation !

Sa première émotion surmontée, elle s'était trouvée, là, pénétrée d'un bien-être ineffable; on eût dit un ange rentrant dans ses sphères normales. Tout l'éblouissait.

Et quand elle entra dans la chambre du jeune homme! Quand elle le vit, dans sa robe de chambre ! la célébrité chez elle, le génie en pantoufles ! elle éprouva cette naïve appréhension, qui saisit le néophyte au premier pas dans le sanctuaire. C'est là qu'il vivait; là, son refuge intime ! un tabernacle.

Quant à lui, elle le connaissait bien. D'abord, elle avait sa photographie. Et pas la petite, cette carte banale, qu'on fiche dans l'encadrement de la glace, ou qu'on insère dans un album de pacotille. Non ! elle avait la grande ; celle de Nadar, où il était représenté en costume de travail : veste de velours, un foulard roulé sur son col nu, assis à demi sur une table chargée de volumes, et inspiré peut-être par les arabesques de la fumée d'une cigarette, nonchalamment tenue entre ses doigts ; les doigts qui avaient écrit : *les Vieux Arthurs ! ! !*

D'autre part, elle l'avait aperçu maintes fois à quelque représentation théâtrale, à deux ou trois *premières*.

Reléguée à la seconde galerie, entre les *connaissances* des habilleuses, et la parenté du bottier des auteurs, elle l'avait contemplé, trônant aux fauteuils, saluant familièrement confrères, artistes de vedette et directeurs. Ah! s'il se pouvait qu'un jour il la saluât ainsi !

Dans les escaliers, au foyer, elle le croisait. Tantôt About, tantôt Dumas fils, une fois Girardin lui donnait le bras! Et elle le dévorait du regard. Lui ne l'apercevait même pas !

Un jour, à l'Odéon, elle le vit dans une loge, sur le devant de laquelle deux femmes en grande toilette, attiraient l'attention. C'étaient deux artistes des Bouffes, et tout Paris savait qu'*il était* avec la plus jeune.

Par un singulier sentiment, cette jeune fille sage en venait à envier la situation de celle-ci. Etre la maîtresse de La Tréfailles lui semblait glorieux, non pour elle peut-être, mais pour l'autre, qui n'était à peu près qu'une de ces filles dont la scène moderne est encombrée, mais à qui, pensait-elle, l'intimité d'un tel auteur constituait un mérite.

A son théâtre même, dans les coulisses, dans les couloirs, elle voyait assez souvent La Tréfailles. Elle n'osait jamais lui parler. Et, dehors, dans la rue, son chagrin était de ne pouvoir provoquer son salut.

Ne fût-ce qu'aux yeux de dix passants, qu'elle eût été fière qu'on pût se dire :

— Elle le connaît !...

Tout cela sans doute est fort puéril et l'on pourra croire à quelque petitesse de la part de la jeune fille. Cependant, chez elle, c'était assurément sincère et naïf; elle subissait l'ascendant d'un prestige, spécial au monde artistique : le prestige du succès !

Rose, pourtant, aurait dû s'être un peu familiarisée avec cette impression, qui la troublait si fort à l'approche des illustrations modernes. Déjà, invitée un jour par son professeur de déclamation, elle avait dîné à côté de Cochinat!...

Mais, mérite littéraire à part, La Tréfailles était à ce moment dans la plénitude de la réussite. Le dernier bonbon de Siraudin avait été baptisé : les *Vieux Arthurs*. On parlait vaguement de la croix pour lui, et quelques *lundistes* du grand format se servaient du « jeune et sympathique » auteur pour gourmer les sociétaires du Théâtre-Français, pendant que d'autres de la presse légère s'en servaient non moins pour crosser « les vieux. »

Quand un homme en est là, il tient le haut du pavé, et peut se croire l'une des sommités de son pays. Il n'est guère d'hommages qu'on ne lui prodigue, pour peu qu'on se pique d'être, comme on dit, dans le mouvement. Ce sont mille riens, qui grisent plus d'une raison, jusque-là solide, et provoquent l'hypertrophie de la vanité. Offres d'affaires, de collaboration, sollicitations de toutes sortes, sourires discrets du marchand, à qui l'on donne son nom, pour la livraison d'un achat; jusqu'à l'administration qui s'en mêle, en faisant parvenir quand même, une lettre dont l'adresse est absente ou erronée.

— « C'est peu, et c'est beaucoup, » dirait Joseph Prudhomme; mais plus d'un, autrefois bon enfant et simple, y attrape une sorte de vertige, qui le rend sot et déplaisant, jusqu'à ce que, le feu de paille éteint, la mélancolie le prenant, il ne devienne insupportable et ne succombe dévoré d'ennui, oublié, délaissé, misérable.

Agénor des Aulnoies, lui aussi, avait été prôné, recherché, adulé; lui aussi il avait eu son heure de triomphe. Bonnes fortunes, invitations, flatteries, rien ne lui avait manqué ; pas même les lettres anonymes gouailleuses ou grossières. L'argent, les distinctions, le crédit, tout lui était venu. Il avait entendu les orgues de Barbarie promener, sur la voie publique, les airs de ses couplets de facture, que les voyous braillaient d'une voix éraillée sur le bitume du boulevard du Temple. Et puis le silence s'était fait; bien plus, (bien pis, comme humiliation intime!) des jeunes gens, dont il avait corrigé les premiers essais, l'avaient éclipsé, distancé, fait mettre au rebut.

Puis la gêne était revenue; non plus cette gêne bohémienne et fantaisiste dont la jeunesse se divertit; mais cette gêne, triste et froide, qui envahit la médiocrité imprudente, quand la cinquantaine a sonné. Aux privations, qui avaient suivi, les mortifications s'ajoutèrent. La pièce offerte ne fut même pas lue. Pourquoi faire? Une pièce du *papa* des Aulnoies; pas la peine! Un employé du contrôle lui fit répéter son nom, pour le laisser entrer dans le théâtre où il avait eu des pièces jouées; on lui demanda à quel titre il revendiquait ses entrées ?

Des riens, encore, mais douloureux, cette fois, et tels, qu'après mille révoltes, il fallut solliciter un « secours » de la Commission de cette Société, dont il avait été l'un des illustres fondateurs, autrefois, du temps de « la grande époque! » Et, finalement, de toute cette gloire tapageuse, de ces succès, de ces gains disproportionnés, que restait-il? Aujourd'hui encore, quelques lignes de biographie, dans les journaux, et le discours de La Tréfailles. Mais demain ?... Rien !

Toutefois, si fréquente que soit l'aventure, l'esprit public ne s'y arrête pas, et celui du monde spécial qui nous occupe, encore bien moins. Rose, au surplus, était trop jeune, trop éblouie, trop fanatisée pour réfléchir à tout cela.

Depuis deux ans, déjà, elle travaillait sans relâche, suivant des cours, prenant des leçons particulières de comédiens réputés. Pour s'exercer, elle allait jouer dans la grande banlieue de Paris, au bénéfice d'acteurs, qui montaient ce qu'on appelle : une partie.

Le plus souvent, c'est une représentation, donnée à propos de la fête d'un petit pays. On joue sur quelque théâtre improvisé, et de quelle façon !

Un jour, à la salle de la Tour-d'Auvergne, une partie étant montée par une actrice de province, qui désirait se faire engager à Paris, Rose eut à jouer le *Roman d'une heure*, pièce classique pour ce genre de représentations. Francis Flaquinet, dont le théâtre n'était pas encore entièrement bâti, était venu. Il lui parut que la jeune fille avait une voix harmonieuse, souple et sympathique. A la fin du spectacle, il lui proposa de l'engager dans la troupe du Théâtre-Jouffroy, à raison de cent francs par mois.

Un moment auparavant, un correspondant de directions de province lui avait offert six fois autant, pour l'un des théâtres de Rouen.

Rose n'hésita pas; elle eût joué gratis à Paris.

C'est que la province et l'étranger ne comptent pas plus que Batignolles, pour l'artiste dramatique. Qu'importent le triomphe, les ovations, les fleurs, l'argent, à Bordeaux. à Bruxelles, à Pétersbourg ! Qu'importe un auditoire de grands ducs, de princes, de czars ! Ce qui est, ce qui vaut, c'est le murmure approbateur d'un orchestre parisien ; c'est le bravo du pâle voyou de l'Ambigu, c'est le rappel de la claque, approuvé par les gilets en cœur du Jockey-Club.

Eh ! qu'est-ce que ça fait que M. Frédéricks, de l'*Indépendance belge*, soit content ou non, d'une représentation des *Galeries Saint-Hubert*. Seigneur ! Il s'agit bien des *Galeries* de Frédéricks, voire de Saint-Hubert ! Mais que Sarcey daigne approuver, ah ! dame ! voilà...

Et Rose avait signé des deux mains.

Elle ne pouvait cependant s'illusionner. L'engagement portait en toutes lettres, qu'elle aurait l'obligation de doubler ses chefs d'emploi, et il était bien peu probable qu'elle eût jamais à faire une création un peu importante. Mais, encore une fois, n'importe. Elle était sur la brèche, à Paris, et l'occasion, du moins, pouvait se trouver de paraître et de se faire remarquer. C'est sur cette espérance qu'elle s'était résolue.

Malheureusement, une grande année déjà, s'était passée sans que l'ombre d'une occasion se présentât. Elle avait répété certains rôles; mais pas une pauvre fois elle n'avait encore paru, le soir, devant le public.

Et puis, de nouveaux engagements l'avaient mise à l'arrière-plan. Ce n'était pas même à elle que le rôle de la pièce, en cours de représentations, avait été confié en double. Allait-elle donc perdre, là, deux années sans avoir débuté?

A certains moments, elle avait le cœur gros; mais, en dépit de ce qu'en pouvait dire sa tante, qui, dans son for intérieur, caressait toujours le projet d'une petite boutique de lingerie, la jeune fille ne se décourageait pas.

Telle qu'elle était, et d'une situation si peu faite pour provoquer l'envie, elle s'était acquis l'intérêt de ses camarades. On lui donna le conseil d'aller solliciter les auteurs.

Elle y fut, en obtint des promesses, des compliments, des courtoisies, plus ou moins désintéressées; mais ce fut tout.

Alors éclata la grande nouvelle : l'habile et intelligent Flaquinet s'était assuré la nouvelle pièce de La Trefailles ! Rose se dit qu'il fallait, à toute force, que le rôle lui fût donné en double, sans quoi autant valait résilier et tourner ses regards vers d'autres horizons.

C'est dans cette pensée que, surmontant son émotion, elle s'était présentée ce matin-là même, chez l'auteur des *Vieux Arthurs*. On a vu que la pauvre fille avait, cette fois encore, joué de malheur.

Dans la rue, en s'en retournant, elle eut toutes les peines du monde à retenir ses larmes. Et sa tante la sentit si bien désolée qu'elle eut la générosité de ne pas revenir à son dire habituel, au sujet du magasin de lingerie. Elle n'y eût rien gagné, à vrai dire, car le chagrin de sa nièce ébranlait si peu sa décision qu'elle projetait de revenir à la charge, espérant arriver mieux une autre fois. Pourquoi pas, en somme? Georges l'avait bien reçue. Et grâce au prestige qu'il exerçait sur elle, Rose se persuadait qu'il n'y avait eu rien de banal, dans l'affabilité du jeune homme.

— Moi, dit la veuve Varnel, si j'étais à ta place, je tâcherais de parler à ce bon gros père qui était avec lui.

— M. Philippin? fit Rose en réfléchissant.

— Oui, ajouta la brave femme, il n'a pas l'air bien malin, mais il est serviable. et l'on dit qu'il a grande influence sur son ami.

— Tu as raison, répondit la jeune fille. Je lui parlerai.

A ce moment, un coupé, courant au grand trot, passa près d'elles.

Rose reconnut le célèbre auteur. Georges la reconnut de son côté, et d'un geste affectueusement protecteur, il la salua au passage.

Tout le sang de Rose lui monta au visage. Ç'avait été pour elle un plaisir excessif. A mesure, ce garçon lui faisait une impression plus forte. A ses yeux, c'était l'homme du jour, le dieu du moment!

Elle suivit le coupé à perte de vue, se berçant d'un rêve plein de pensées étranges, qui enchantaient son imagination.

— Il pense peut-être à moi? se disait-elle.

Il y avait pensé, juste au moment de la saluer.

— Tu es connaisseur, avait-il dit à Philippin, elle est assez gentille. Est-ce qu'elle te plairait?

— Comme ça !... répondit Philippin.

Malgré son infériorité, celui-ci avait compris qu'insister davantage eût été stimuler son ami à s'occuper plus que de raison de cette jeune fille. Et, instinctivement, Philippin tenait à éviter qu'il s'y intéressât. Une liaison avec elle lui paraissait sans objet et plutôt compromettante. Quand on est La Tréfailles, on ne prend pas garde à des fillettes de cet étage. Qu'était-elle, en effet? Une doublure.

Et puis, lui, Philippin, la trouvait tout à fait à son goût. Et la croyant d'accès facile, il se disait :

— Mon Dieu ! qui sait, par occasion !...

Sans autre idée arrêtée d'ailleurs, il aimait autant que Georges ne lui devînt pas un obstacle, cette occasion étant là.

Avec plus ou moins d'habileté, il changea le sujet de la conversation, et le coupé, qui filait son train, arriva bientôt en vue de la rue des Marais.

Aux abords de la petite église, il y avait foule compacte. La chaussée, tout autant que les trottoirs, était littéralement encombrée de gens qui n'avaient pu pénétrer. Ils n'en paraissaient pas autrement affligés, à vrai dire; tous fumaient fort gaillardement, et chaque nouveau survenant avait, au saut de sa voiture, plus de trente poignées de main à donner. Rien que des visages de connaissances, jusque dans le lointain ; visages qui s'éclairaient aussitôt d'un sourire affable, pour donner le bonjour.

Des groupes se formaient autour des personnalités en vogue. Les plus fournis avaient au centre un directeur de théâtre, ou un critique d'art, ou un de ces acteurs pour qui les auteurs travaillent d'abord, sans se soucier de la scène où il faudra frapper.

Gens de politique, gens seulement littéraires, médiocrités vieillies, oracles du jour, aspirants à la notoriété, tous étaient là, sur un terrain neutre, et se coudoyaient en se confondant. On parlait de la pièce nouvelle, de l'engagement de telle actrice, de la faillite de tel impressario. Et les bons mots se croisaient, applaudis du regard, ou d'un discret éclat de rire, et les reporters prenaient des notes, et plus d'un tâchait d'*emmancher une affaire*. Et le seul objet dont personne ne s'occupât, c'était précisément le pauvre des Aulnoies, qu'à l'intérieur de l'église on enterrait en cérémonie, avec chants funèbres de premier choix ; l'Opéra ayant prêté deux de ses pensionnaires, et l'orgue étant tenu par un professsseur du Conservatoire.

C'était vraiment une fête charmante. Le Suisse était émerveillé de voir, au dehors comme en dedans, tant de célébrités artistiques, et aux fenêtres des maisons voisines les têtes se pressaient, bouche béante, en admiration devant tous ces illustres personnages.

Le coupé de La Tréfailles dut s'arrêter à mi-chemin, crainte d'écraser quelqu'un de ses confrères. Dès que le jeune homme parut, il y eut un murmure sympathique, son nom vola de bouche en bouche, et il se fit un mouvement. De chaque groupe, une ou deux personnes se détachèrent, pour aller au devant du retardaire, qui ne savait auquel entendre, serrant les mains de celui-ci, répondant par un mot à l'autre, pendant que Philippin, appréhendé de même, lui emboîtait le pas.

— Il a lu ta pièce, disait celui-ci à un débutant, en quête d'un collaborateur en crédit. Il y a de bonnes choses. Je t'en parlerai.

— Georges t'a recommandé à Flaquinet, disait-il à un acteur. Va le voir demain.

— Ah ! mon cher, faisait-il à un journaliste, je vous en veux, et Georges est très mécontent : Ce que je vous ai dit du sujet de sa pièce n'était pas pour être publié !

— Philippin ! Philippin ! cria un reporter, retenant celui-ci par le bas, tâchez de m'avoir le discours de La Tréfailles.

— Mon cher, il l'a promis à X...

— Eh bien ! et nous ? Ah ! mon ami, on y compte au journal !...

— Sapristi ! fit le bon compère, du ton d'une âme désolée.

— Ayez-m'en une copie. On a dû faire une copie.

— Naturellement, dit Philippin, mais Georges l'a, afin de lire plus aisément, et c'est cette copie qu'il a promise à X...

— Et l'original ?

Le gros garçon parut fort en peine.

— L'original, dit-il, l'original, parbleu!

je l'ai, l'original. Il me l'a donné; mais, moi, je collectionne ses autographes, et dame !...

— Vous en aurez d'autres! reprit le reporter; voyons, mon petit Philippin?..

L'ami de La Tréfailles se fit encore un peu tirer l'oreille, afin de donner du prix au sacrifice. Finalement, il céda, voyant par avance, l'entête de l'article à faire qui ne manquerait pas de porter :

« Nous devons à l'obligeance de M. Philippin le texte exact, etc. » Puis quelques mots sur la collection faite par celui-ci des autographes de son ami; mots à peu près clichés, d'ailleurs, dont il se délectait en imagination.

On ne se doute pas, dans le public, de la passion de réclame dont la *gent lettrière* et ses parasites surtout, sont affligés. Ils tueraient femme et enfants pour motiver une nouvelle diverse.

Pendant ce temps, le reporter envoyait le discours à l'imprimerie, espérant avancer la composition, de façon à paraître avant le journal de X...

La Tréfailles ne put pénétrer dans l'église ; elle était bondée. Sous le portail, un autre reporter l'attendait. Mais il eut beau faire, celui-ci, il n'y eut pas moyen de le contenter. Aussi eut-il la mine longue en quittant le jeune auteur, et laissat-il la cérémonie en plan. Tant pis !

Bientôt, la messe dite, le cortége se forma et se mit en marche. Heureusement, on allait à Montmartre. Il serait possible de revenir déjeuner chez Brébant avant une heure indue.

A ce moment, une bonne partie de l'assistance se mit à la recherche des voitures.

— Ah ! Georges ! s'écria Flaquinet, en abordant son auteur, vous venez avec moi.

— J'ai ma voiture, fit Georges.

— Mon petit, j'ai à vous parler, venez dans la mienne, insista le directeur du Théâtre-Jouffroy.

Philippin se sentit très mécontent. Il n'aimait pas qu'on absorbât *son* La Tréfailles, et d'ailleurs il pressentait qu'on allait le laisser absolument seul.

En effet, on ne parut pas empressé de faire la route avec lui. Chacun le paya d'un prétexte. Avec La Tréfailles, bon ! mais sans La Tréfailles, pourquoi faire? Quelque acteur à pied, dès lors sans engagement, y eût peut-être bien consenti; mais au cas où un reporter eût eu idée de donner la composition de chaque voiture — que sait-on, mon Dieu ! — il ne convenait pas que Philippin, ordinairement flanqué

de «l'homme du jour,» se trouvât en compagnie d'un méchant comédien. Autant aller tout seul, quoique, à vrai dire, cela lui parût un peu mortifiant. Et il en avait une légère rancune contre son ami; et il trouvait que Flaquinet était un cadet bien mal élevé.

Au bout de quelques pas, il se trouva en face de Rose et de sa tante.

Elles arrivaient seulement.

— C'est fini, leur dit-il; mais si vous voulez venir au cimetière, il y a des places dans la voiture de Georges.

Se montrer avec Rose n'était pas obvier à l'inconvénient d'être en compagnie obscure et sans renom; mais il y avait une sorte de compensation, eu égard à ses vagues intentions sur la jeune fille.

Pour elle, monter dans la voiture de La Tréfailles était considération suffisante pour la décider. Elle accepta, quoique le projet des deux femmes ne fût pas d'aller au delà de l'église.

Derrière le corbillard, c'était une queue prodigieuse de flacres, qui arrêtait la circulation des voitures et provoquait la curiosité des passants. Le boutiquier, à son comptoir, cessait de servir la pratique, et, accompagné d'elle-même, venait sur le pas de la porte admirer, quoi? On ne savait.

Les uns croyaient à l'enterrement d'un haut fonctionnaire. Les autres inclinaient à celui d'un banquier. Tous eussent été bien surpris d'apprendre que celui, qui dérangeait tant de gens, n'était qu'un auteur, le bon des Aulnoies, qui avait tant fait rire les vieux et grands parents des plus jeunes.

Cependant de chaque portière s'échappaient un murmure de voix qui n'avait rien de trop mélancolique, et de légers nuages bleuâtres de régalias. De fait, on ne paraissait pas trouver le temps long.

Dans la voiture de Flaquinet principalement, on semblait même avoir complétement oublié l'objet de la cérémonie. Les visages du moins étaient épanouis. Au directeur du théâtre Jouffroy et à Georges, s'étaient ajoutés un de ces dessinateurs célèbres, sans le dessin desquels on ne saurait monter une opérette, et un faiseur de mélodrames, qui, prudemment, avait accepté les fonctions de censeur : un garçon charmant! La conversation, commencée sur le défunt qu'on honorait, pour le moment, avait passé des regrets, un peu banals, aux souvenirs des beaux jours de celui-ci. Ç'avait été un gaillard, en son temps, et qui avait le mot pour rire! On rapporta d'abord quelques traits d'esprit du domaine courant; puis, le sac vidé, on en rappela d'autres, d'un caractère un peu léger. On était entre hommes au surplus, et, bientôt, il se conta, là, des anecdotes épicées, à scandaliser l'abbé de Grécourt.

Il est à supposer que, dans les voitures voisines, on n'y mettait guère plus de façons, car, pour peu qu'on eût eu l'ouïe fine, on eût pu entendre comme une sorte d'écho des rires à peine étouffé.

— Je n'ai jamais vu un enterrement plus amusant, disait le dessinateur.

Enfin, on arriva.

Il fallut encore un bon moment pour que la cérémonie religieuse s'achevât. Puis, le prêtre s'étant retiré, M. le baron Taylor prit la parole.

Les pieds dans la boue des tombes fraîchement comblées, grimpée sur les entourages, une foule bariolée, le visage curieux, tendait l'oreille avec plus ou moins de succès. Mais l'intérêt était encore médiocre. L'orateur suivant satisfit mieux son monde, grâce à ce que sa voix forte et vibrante parvenait à peu près jusqu'aux derniers rangs. Quand il eut terminé, un mouvement de curiosité se produisit vivement.

La foule se fit tout à fait compacte, et les mieux huchés purent apercevoir le jeûne et sympathique auteur des *Vieux Arthurs* faire un pas en avant, un papier la main.

Par une fatalité qui, d'ailleurs, ne devait rien changer au programme, la petite pluie fine, qui tombait depuis quelques minutes, devint tout à coup abondante et fournie. Un vent d'ouest la cinglait violemment en plein visage.

Malgré cela, personne ne bougea de sa place ; mais plus de cent parapluies, surgissant en pointe, au-dessus des têtes, se développèrent de guingois, accrochant au passage, le nez de quelque voisin. Nombre de chapeaux, tenus en l'air jusque-là, s'étaient replantés à leur place, et les chauves seuls restaient découverts, par une sorte de coquetterie.

Le pauvre Georges, aveuglé par la pluie, tenant son chapeau comme un réservoir, voyait laver l'écriture de son discours, dont les points d'exclamation détrempés avaient l'air de se fondre, en bavures noirâtres.

Un voisin s'approcha, le couvrant d'un parapluie en fâcheux état et d'une couleur malheureuse. L'orateur remercia tout bas, pendant qu'on souriait, et, rattrapant, à ses pieds, un feuillet que le vent avait emporté, il leva sur l'auditoire ce regard qui dit :

— « J'y suis... »

Tous ces détails piteux, ces anicroches, cette pluie, toute cette mesquinerie soi-disant solennelle, témoignait, plus qu'à aucun des instants précédents, d'une parfaite indifférence pour le mort. Trop visiblement, s'il n'avait pas dû y avoir de discours, si les journaux n'avait pas dû dire le lendemain : — « *Nous avons encore remarqué !...* » bon nombre de ceux, qui se faisaient transpercer par l'eau du ciel, ne se fussent seulement pas dérangés.

A l'écart, et comme honteux de paraître embarrasser, dans une attitude d'intrus, se tenait un groupe, composé d'un vieillard, une femme aux cheveux grisonnants, et deux grands garçonnets ; tous quatre en deuil.

C'était la famille du vieux des Aulnoies : son frère, capitaine retraité, vivant de sa chiche pension, augmentée de celle de légionnaire ; la belle-fille du défunt, et les deux fils de celle-ci. Ils pleuraient tous quatre, tout bas. Seul, le plus jeune des garçons laissait parfois échapper un sanglot d'enfant. L'oncle lui faisait signe de l'œil, bonnement. Et son frère, qui le tenait par la main, la lui serrait, en lui disant à mi-voix :

— Retiens-toi, Charles, attends qu'ils aient fini !

Ils avaient suivi à pied, et, au bord de la fosse, ils s'étaient trouvés au premier rang Mais tout ce monde les avait à mesure envahis. L'un, pour mieux voir les traits du célèbre La Tréfailles, les avait un peu poussés. L'autre, pour bien entendre, s'était avancé jusqu'à masquer l'un des enfants. Et, peu à peu, on s'était placé devant eux, les refoulant de côté, au point qu'un des assistants, quelque contrôleur subalterne, avait dit à son voisin :

— Qu'est-ce que c'est donc que ces gens-là ? On ne les connaît pas.

— Des gêneurs !...

On leur avait pris leur mort. Ils encombraient ; ils en avaient conscience, tout en ravalant leurs larmes, crainte de se faire remarquer.

Georges toussa et débuta ainsi :

— « Messieurs, sur cette tombe encore entr'ouverte... »

. . . .

— Oh ! oh ! firent à voix basse les camarades, « encore entr'ouverte ? » Connu : « Encore entr'ouverte !... »

Un quart d'heure après, cinquante fiacres descendaient au boulevard, en se faisant ce que les cochers appellent la *pige*.

Le premier assistant, qui revint au café de Suède, fut entouré sur-le-champ, assailli de questions. Joueurs de bézigue, de misti, de billard, tous s'étaient levés et entouraient le survenant.

— Tu en viens?
— C'était joli?
— Il y avait du monde ?
— Et La Tréfailles ?
— Il a parlé! Eh bien ?...
Et l'autre ravi :
— Ah! mes enfants, le joli *four !...*

II

LECTURE AUX ACTEURS

Il ne s'appelait pas du tout La Tréfailles. Mais son nom n'avait rien de comique en ses consonnances ou sa signification : son acte de naissance portait André-Léon-Victor, fils de Léonard-François Libourt, et de Charlotte-Victorine-Amélie Leverd.

Deux raisons l'avaient déterminé à prendre un pseudonyme. D'abord ce vocable « Libourt » lui semblait terne, sourd, difficile à retenir.

Puis, de toute sa famille, il ne lui restait qu'un oncle, frère de défunt son père, qui, pour le présent, était notaire honoraire, à Avesnes. Maître Libourt, qui n'entendait pas que l'on « traînât son nom dans *les feuilles* », s'il l'y eût aperçu une fois, le brave homme eût fait un branle-bas terrible à son neveu, car étant vindicatif et criard, il était habitué à faire la loi à ses proches. Cela datait de son enfance.

Sous prétexte qu'il était de complexion archi-délicate, à son arrivée dans ce monde, et qu'on avait eu peur de le perdre plus de dix fois, en son bas-âge, on lui avait si bien tout passé, qu'il avait fini par régenter toute la maisonnée : père, mère, grands-parents, et son frère par dessus le marché. Il suit de là que son neveu en avait une peur épouvantable; d'autant plus que celui-ci se l'était mis à dos pour le reste de ses jours, rien qu'en prétendant s'occuper de choses littéraires.

Par prudence, autant que par prédilection pour l'euphonie, le jeune André-Léon-Victor Libourt s'était fabriqué un nom, dit de guerre et bien dit! car la vie qu'il se préparait n'est à l'habitude qu'un combat de sauvages, où l'on se houspille à bras raccourcis.

Longtemps il hésita, penchant à s'attribuer la particule. Quand on prend du galon, on n'en saurait trop prendre, et M. *de* Tréfailles » lui sonnait agréablement à l'oreille. Mais, pressentant plus d'une rivalité, si peu qu'il réussît dans l'avenir, plus d'une raillerie féroce, il craignit d'y prêter le flanc de lui-même. Le *de* le tentait pourtant bien, et « Tréfailles » tout

court, était si court! Quand il trouva « La Tréfailles », il fut sauvé : « La Tréfailles, » en deux mots. Ce « la » valait presque un « de » et n'affichait pas si ouvertement la prétention de se distinguer. Il s'en tint donc à La Tréfailles, et ceux qui, par erreur, l'appelaient « M. *de* La Tréfailles », étaient à cent lieues de le désobliger.

Tout son caractère était là. Affligé d'appétits excessifs, et, à mesure, spécialement factices, il manquait d'énergie pour y satisfaire haut la main, nettement, à la barbe du monde. Natif d'Ardivilliers, en Beauvoisis, il avait ce côté de la malignité picarde qui s'accommode des moyens termes, veut ferme et longtemps, mais ne va qu'à mi-route, comptant sur la candeur d'autrui pour pousser jusqu'au bout.

« Il n'y a pas de sot métier, dit un proverbe de son pays, il n'y a que de sottes gens » et son père ne faisait aucune difficulté d'avouer, en son vivant, qu'il était marchand de cochons : un commerce qui a la réputation d'enrichir aisément son homme.

De fait, le papa Libourt ne s'en était pas fait faute; en sorte que sa maison avait été un paradis longtemps, sa femme, une commère qui ne se refusait pas grand'chose, et M. leur fils un cadet qu'on vous avait mis chez les frères de Beauvais, plus tard à Saint-Acheul, pour qu'on le barbouillât de latin, comme un monsieur de la plus belle bourgeoisie.

D'abord, c'était une opinion dans le pays que le latin suffit à tout et vous fait la plus belle jambe du monde; pas pour vendre des cochons, par exemple; mais pour devenir notaire, assurément. A preuve : le frère aîné du bon Libourt, qui voué aux ordres en premier lieu, avait rebondi du séminaire jusqu'à l'étude, dont il avait finalement acheté la charge, en la jolie petite sous-préfecture d'Avesnes.

Quand il eut son saoûl de latin, le fils du marchand de cochons fut bravement envoyé à Paris, comme tant d'autres, non pas pour étudier le droit; mais, comme on dit : « pour faire son droit. » On peut croire qu'il le fit, ce garçon, et ripailles de même, et des dettes encore bien plus.

Un autre s'en serait tenu là ; mais, lui, fit des vers, par surcroît.

Cela n'a l'air de rien, qu'un étudiant s'oublie à « caresser la Muse. » Ce semble une faiblesse d'entendement de la plupart des gens de robe, car il n'est pas jusqu'aux huissiers qui n'aient, dans un reculé tiroir, des poésies, à tout le moins, de genre grivois, à vous faire avaler, pour peu que vous leur sembliez de bénoîte composition.

Cependant, le grand nombre de ces pauvres hères, dont les bottes s'usent sur le palier des éditeurs et des directeurs de théâtre, n'ont pas commencé autrement. Travailler du besoin de *dégommer* Hugo, Lamartine et surtout Alfred de Musset. — Oh! qu'il a fait de victimes, celui-ci! presque autant que Mürger — sur la foi de quelques compagnons d'orgie, et de dames fines connaisseuses, habituées de l'ancienne Chaumière; ils ont planté là l'étude et le papier timbré, jetant par-dessus les moulins un avenir jusque-là éclairé d'une auréole d'hermine, bordant le bonnet carré.

A ce moment, il est vrai, le fils du marchand de cochons ne supposait pas y risquer le diable; papa ne faisait-il pas merveille à trafiquer des compagnons de Saint-Antoine ? Sans doute, ce brave homme-là, était si bien habile pour acheter, si bien achalandé pour vendre, qu'il était le roi de la foire, dès qu'il y arrivait. Seulement, papa Libourt avait un défaut, qui n'est pas rare dans cette classe sociale et qui, peut-être bien, après tout, fait partie des exigences professionnelles : il était joueur comme un homme de lettres. Et dame! quand après le marché, il avait bien dîné à l'auberge, bien bu tout ce qu'on lui versait, depuis le poiré picard , jusqu'à l'Ermitage (de Cette) et que sur un méchant tapis, un bon paquet de cartes graisseuses se distribuait de main en main, il ne faisait pas la grimace.

Malin, finassier et vaniteux de sa finasserie, il avait des tours d'aimable coquin qui, lorsqu'ils réussissaient, lui emplissaient l'âme d'une joie pantagruélique, et le faisaient rire, en dedans, à se congestionner la rate. La rage des perdants le mettait au paroxysme de la jubilation. Plus ils pestaient contre lui, plus ils vociféraient, plus il était bien aise. Leurs injures mêmes le chatouillaient délicieusement. Ce n'était rien qu'il n'eût pas son pareil pour vendre des cochons; rien qu'il fût le premier homme de France pour attraper un camarade d'un bon lot de pacotille, au prix du premier choix; cela, mon Dieu! c'est le métier.

On vend, ou l'on ne vend pas de cochons; mais si tant est que l'on en veuille vendre, le moins qu'on puisse faire est de savoir *enfoncer* le client. Ce n'est pas malin. Mais ce qui l'est, ce qui est bon au cœur, réconfortant, honorable, la gloriole, en un mot, c'est de paraître inquiet en engageant sa mise, quand on a le brelan-carré. L'autre, qui a trente à cœur, pousse tant qu'il peut, se disant :

— Je le tiens, le papa Libourt !

Il fait son tout. Puis on abat. Et papa Libourt a gagné! De bon compte, il y a de quoi être fier.

Et le bonhomme l'était, et quoique plus d'une fois il eût eu à remercier le ciel d'avoir été pourvu de muscles respectables, car il n'en va pas toujours sans horions, quand il avait décavé un confrère, le roi n'était pas son cousin.

Mais le monde des marchands de cochons n'est pas plus exempt que d'autres d'un certain relâchement de moralité, dont nombre de bons Français sont assez affligés, dans leur cœur, pour crier à qui veut l'entendre que leur patrie est décidément *pourrie*, — à preuve qu'on ne veut pas les écouter! — Il s'y glisse, parfois, des hommes en qui la notion du sens moral paraît vague, et pour qui il semble que notre mère Eve ait perdu le temps à croquer le fruit de l'arbre de science. Deux ou trois de ces messieurs-là, plus particulièrement échaudés peut-être par les « bons tours » du père Libourt, ne se firent qu'un léger scrupule d'y riposter en lui en jouant un de leur façon.

Il était fort simple, au surplus, ce tour, un enfant l'eût imaginé. Il consistait, tout bonnement, à placer les cartes dans un certain ordre, avant qu'on en fît usage.

Si simple qu'il fût, il réussit longtemps à ceux qui l'avaient inventé. Ah! le papa Libourt pouvait bien, par exemple, simuler des hésitations tout à son aise. Comme on savait exactement ce qu'il avait dans la main, on n'y prenait seulement pas garde, et dès qu'on avait abattu, ses écus étaient ramassés.

Il ne riait plus tant, le bonhomme. Loin de là ; il écumait de colère, à son tour; non contre ses adversaires, qu'il méprisait souverainement, mais contre cette chose insaisissable : la chance!

La chance! quoi de plus bête? Et lui qui était si malin, il n'en serait pas le maître, à la fin? il ne parviendrait pas à la mâter, à la vaincre? Allons donc! Tout d'ailleurs consiste à savoir engager sa mise. Et puis, tout revient toujours, finalement, par la force des choses, à celui des *pontes* qui peut mettre le plus d'argent en avant. C'est connu de tous les joueurs sérieux, cela; une vérité fondamentale, un axiôme!

Dieu merci! il n'en manquait pas, et puisque aussi bien il ne tient qu'à cela, en voilà de l'argent, en voilà des sommes; qui osera tenir?

On osa, et pour cause. Le malheureux se fit dévaliser d'une partie de son avoir. Ce n'eût rien été si sa vanité ne se fût mise de la fête. Mais, hélas! elle en était en plein. Humilié de perdre incessamment contre des *mazettes*, le chagrin le prit. Il négligea son commerce. A son tour il se fit attraper d'un lot de pacotille au taux du premier choix.

Un jour il entendit des gens qui parlaient de lui. L'un disait :

— Il baisse, le papa Libourt.

— Moi, fit l'autre, je croirais assez qu'on lui a jeté un sort.

Il se frappa.

Puis, par une nuit d'août, une de ces nuits sans lune, où l'atmosphère, imprégnée d'humidité tiède et chargée d'électricité, est accablante à respirer, une de nuits que la voie lactée éclaire, et où le ciel est parcouru d'étoiles filantes, le garçon d'étable de la maison d'Ardivilliers crut entendre hennir Soliman sur la route.

Soliman, c'était un beau percheron au poil pie, qu'on mettait au cabriolet, quand papa Libourt allait en foire.

Le garçon se leva et vint voir.

C'était bien Soliman, Soliman régulièrement attelé dans les brancards du cabriolet, qui paraissait en bon état, quoique penchant un peu sur le devant.

Au premier abord, personne dans le cabriolet; mais, en y regardant de près, le garçon aperçut une masse comme affaissée, entre la banquette et le tablier.

C'était papa Libourt. Il était mort d'un coup de sang.

Ce fut une satanée affaire que la liquidation du commerce de cet homme-là. Où l'on croyait trouver une belle fortune, il se rencontrait des paquets de billets en circulation. Aucun n'était protesté, à vrai dire; mais le total en était inimaginable. Il y avait des hypothèques aussi.

L'oncle Libourt, qui, en sa qualité de notaire, avait passé sa vie à ne jamais faire qu'un acte de vente, un contrat de mariage et un testament, y perdait son fameux latin. Un homme d'affaires de Beauvais, mieux au courant des choses, proposa de plaider le moyen : dette de jeu, jusqu'à extinction de salive d'avocat. Mais le notaire, désormais honoraire, mit sa dignité en évidence, et, d'un cœur héroïque, préféra que sa belle-sœur et son neveu crevassent de misère, sur la paille, plutôt que d'ébruiter les habitudes de son frère, et l'on paya.

La veuve, brave femme toute ronde, tout juste sensible comme une paysanne, subit cependant cette loi fatale, qui s'observe volontiers chez les êtres, restés plus près de la nature; loi par laquelle le survivant d'un couple succombe vite à la rupture des habitudes. Tout comme le cheval de labour, habitué à quelque bœuf, pour voisin d'étable, s'étiole, ne mange plus et meurt, si celui-ci s'y est laissé aller, la bonne femme, sans maladie, sans grand désespoir dans l'âme, sans phrases surtout, manquant d'aplomb, s'étiola, perdit l'appétit et mourut.

Tous comptes faits, l'État, les hommes de lois payés, il resta à André-Léon-Victor Libourt une liasse de dix-huit billets de mille francs.

Le premier qu'il en dépensa fut pour payer les frais d'impression de son livre de poésies :

« LES AULTREFOIS DE L'ENDEMAIN »

Ça ne voulait rien dire, pour le vulgaire, mais c'était plein de sous-entendus pour lui. Et puis, il y avait une eau-forte, par un aqua-fortiste de ses amis, qui, non content, avait buriné le nom du poëte en lettres fantaisistes, sur la couverture. Seulement, à ce La Tréfailles sonore, le futur auteur des *Vieux Arthurs* avait ajouté un prénom de son choix : « Georges. »

Pourquoi? Que voulez-vous ? Le nom de Georges lui plaisait !

Pour peu que le lecteur ait jamais eu, vers vingt-trois ans, dix-sept beaux et bons mille francs à même sa poche, il nous dispensera de lui dire, au juste, ce que ceux-ci durèrent à l'ami La Tréfailles. Ses intimes eurent beaucoup d'agrément, voilà le plus certain de l'affaire. Et ce qui ne l'est pas à un degré moindre, c'est que quinze mois après, il ne lui restait pas un rouge liard de la succession paternelle.

Mais le *Scorpion vindicatif*, journal hebdomadaire, qui ne se vendait guère, sous les galeries de l'Odéon, avait fort honorablement parlé des *Aultrefois de l'Endemain*. Seul peut-être, parmi tant de critiques, qui devraient être érudits, le bibliophile de cette publication, véritablement méconnue, avait apprécié, à sa juste valeur littéraire, l'archaïsme orthographique de ces deux mots. Par malheur, l'article du *Scorpion vindicatif* n'y fit ni chaud ni froid. Après avoir vendu trente exemplaires, à cette clientèle de maniaques qui achètent, quand même, tout ce qui paraît, l'éditeur n'en avait pu placer l'ombre d'un, en surplus.

Il fallait vivre pourtant. Mais comment? De la basoche, il n'était plus question. Le pauvre diable se réduisit à faire tout ce qui se présenta, pourvu qu'il ne s'agît que de trimer de la plume. Il fabriqua des romances pour les prima-dona de l'*Alcazar*; il fit des vaudevilles pour Bobino, des comédies de salon pour le grand monde, des *Nouvelles* pour les journaux de demoiselles, des premiers-Paris dans le *Moniteur de la Chemiserie*; tous petits métiers dont le public ne se doute pas, et par où passent les Jean-Jean de lettres, à leurs débuts, s'ils n'ont par devers eux quelque rente en propre, ou quelque pension alimentaire.

Lui aussi, il passa par ces collaborations singulières, avec un associé en crédit, qui vous laisse dans l'ombre et vous oblige, parfois, à recourir au papier timbré pour n'être pas étouffé sous le boisseau. Lui aussi, il subit le marchandage avilissant de ces régisseurs de théâtre, qui se substituent à l'auteur, tout aussi bien devant le public que devant le caissier de la direction. Et que de fois, parti le matin, un manuscrit sous le bras, le ventre creux, la mine longue, il revint au logis, éconduit, humilié, accablé!

Le public ne sait pas ce qu'il en coûte pour l'amuser. Il croit qu'il n'y a qu'à s'asseoir à une table et à barbouiller du papier. O bonnes gens! ne regardez jamais derrière la toile; non-seulement vous n'oseriez plus siffler; mais qui de vous aurait le cœur de rire des babioles, qu'un malheureux écrit pour vous!

Pour Georges, il s'en donna jusqu'aux oreilles, de la vache enragée. A l'écœurement des relations obligatoires, avec tout un monde de parasites intermédiaires, il usa ses qualités natives, et sans s'aigrir,— il était encore trop jeune,—il devint susceptible et méfiant. L'envie, la plate envie, entra dans son cœur. Sa gaieté naturelle, féconde en saillies aimables jusque-là, ne put plus s'exercer qu'au détriment des tiers : les confrères le plus souvent, les confrères en crédit : Lire l'*éreintement* de l'un d'eux, dans le feuilleton d'un *lundiste*, lui était une suprême joie, et, ayant accroché un feuilleton, lui-même, il s'en donna si largement à *éreinter* les « vieux », qu'il se ferma toutes les portes. Sans le redouter autrement, les directeurs de théâtre le mirent à l'index, et si le journal n'avait pas fait faillite, il eût fini par se faire ce qu'on appelle :«une affaire. »

Un matin, pendant qu'il déjeunait dans un caboulot de la rue Racine, son portier vint lui dire qu'un monsieur demandait à lui parler sur l'heure. D'un trait Georges repassa dans sa mémoire la liste de ses créanciers. Lequel pouvait bien s'être assez exaspéré pour lui venir chercher noise en de pareilles conditions? Aucun. Il devait s'agir d'autre chose. Et, sauf cela, tout ne pouvait être que bon. Il avala ce que le garçon appelait « son café » et revint, d'un trait, à son domicile.

ROSE.

Sous la porte cochère, un grand gaillard, proprement vêtu, rasé de frais, la mine joviale, se promenait en mâchonnant un cigare à bas prix. C'était le futur protecteur de Georges, celui qui devait dire plus tard : — « C'est moi qui l'ai lancé; c'est moi qui l'ai fait! » C'était Francis Flaquinet, pour le moment régisseur d'un théâtre de genre.

— Mon cher monsieur, dit-il au jeune homme, avec cette familiarité, qui est habituelle aux gens de coulisses, nous avons, comme vous savez, « piqué une tête terrible » avant-hier, avec la pièce de Trois-Etoiles.

— Je le sais, répondit Georges, qui mentalement, s'en pourléchait les babines.

— Notez, que je l'avais dit, fit le régisseur, qui se fût reproché de laisser passer une occasion de se faire valoir. Il est fini, le pauvre Trois-Etoiles; archi-fini, vidé!

— Comme un lapin! répondit Georges.

— D'ailleurs, reprit Flaquinet, a-t-il jamais eu grand'chose dans son sac ?

— Qui ça ? Trois Etoiles ? ah! Seigneur! — Je me souviens d'un article où vous l'avez joliment arrangé !... Georges sourit modestement.

— Et pourtant, fit-il, vous voyez bien que ça ne sert de rien. Chez vous même, on le joue!

—Nous en voilà guéri, reprit Flaquinet. Mais la chute d'avant-hier nous met dans l'embarras.

— Comment cela? demanda Georges. J'ai lu dans les journaux que vous avez cinq actes de Chapelaine (encore une bonne idée, du reste!) et une pièce de cet intrigant de Fortuné Lamie.

— Oui; mais Lamie, ni Chapelaine ne veulent passer en août. Nous avons bien encore une « machinette » du papa des Aulnoies; mais c'est d'un rance! Et se payer deux *fours* de suite...

— Trop de *fours* à la clef! dit Georges, dont le cœur commençait à battre, grâce à un pressentiment éblouissant.

— Alors, *moi*, j'ai pensé à une chose : Qu'est-ce que c'est que cette pièce qu'on vous a refusée au Vaudeville?

— Les *Vieux Arthurs* ?

—Oui. Colson m'en a dit beaucoup de bien.

— Colson? fit Georges, très ému.

— Ah! c'est que Colson...

— Je sais bien : très intelligent, Colson! ajouta vivement le jeune homme, craignant d'avoir désobligé son interlocuteur par son interrogation.

—Ecoutez, interrompit le régisseur, si vous avez le manuscrit, donnez-le-moi. Je le lirai moi-même à la direction, et pourvu que ça marche à peu près, je crois que vous succéderez à Trois Etoiles. Ça vous va-t-il ?

— Oui, répondit Georges pâle et tremblant.

— Ça passerait en août !

— Oui.

— Pas d'acteurs en représentation ?

— Oui; bien, bien.

— Et s'il y avait besoin de quelques remaniements ?

Georges se sentit glacé, appréhendant la proposition de quelque collaborateur, qui viendrait le premier sur l'affiche et prendrait la moitié des droits, à qui seul on attribuerait la réussite, en cas de succès.

— S'il y a besoin de quelques remaniements, répéta Flaquinet, faites-les vous-même, sans discuter.

Georges l'eût embrassé.

— Voyez-vous, mon petit, ajouta le régisseur, le *truc* c'est : donner la pièce d'un jeune auteur. Si ça dégringole, ça n'en est pas moins une tentative honorable ; si ça réussit, ça ne fera certainement pas le sou, mais on vous gardera sur l'affiche un bon mois tout de même, parce que — je vous dis ça entre nous — le directeur veut se concilier le ministère, en vue de prendre la direction de l'Odéon pour se faire décorer plus tard. Il y a des gens bien drôles ; mais n'importe, il en sèche, mon cher ami !

Georges ne l'entendait plus que vaguement. Il lui était bien égal qu'on décorât ou nom ce directeur-ci. Il ne comprenait qu'une chose : on allait lui jouer une pièce importante, sur un des principaux théâtres du second ordre de Paris.

— Montez, dit-il, je vais vous remettre le manuscrit.

Les *Vieux Arthurs*, donnés pour la première fois le 29 août, restèrent tout l'hiver sur l'affiche, avec une moyenne de trois mille deux cents francs.

Chapelaine était furibond. Fortuné Lamie, plus malin, avait proposé à Georges de collaborer à un opéra-comique. Il s'était mis de la suite du soleil levant.

Par la voix de M. Camille Doucet, l'Académie française avait proclamé les *Vieux Arthurs* une œuvre morale et littéraire, bien faite pour relever le niveau de de l'art scénique français, et cela en ne faisant qu'une seule réserve, à l'égard du titre, que la Compagnie eût préféré moins malicieux peut-être; mais peu conforme à l'esprit du fameux dictionnaire.

Et ce n'était pas tout. Michel Lévy ayant tardé à mettre la brochure en vente, la province avait accablé le jeune auteur de sollicitations, pour en obtenir un manuscrit. Madame Michaud, du *Théâtre royal du Parc*, avait fait le voyage de Bruxelles, afin d'enlever l'affaire à Delvil, des *Galeries Saint-Hubert*. Le général impressario du Théâtre-Français de Pétersbourg avait écrit directement.

Et tout cela, et tant d'autres choses, relatées chaque jour, dans les journaux, avaient fait au jeune homme plus de cent mille francs de réclames.

La tête lui avait tourné.

C'est qu'une seule note discordante s'était fait entendre, au milieu de ce concert d'adulations; un court dialogue, entendu par lui, le jour de la première, entre le premier et le second acte.

Les interlocuteurs, connus de Georges, étaient deux de ces malheureux qui, sous prétexte de décentralisation, fabriquent des revues pour les *Bouffes* de province.

L'un disait ?

— De qui, cette pièce

— Un nommé La Tréfailles.

— Qu'est-ce que c'est que ça?

— Est-ce qu'on sait ! quelque Normalien ; un de ces suppôts du ministère...

Puis, en chœur, tous deux, et d'un ton de profond dégoût :

— De la crapule !... de la crapule !...

Plus d'une fois, en plein éblouissement triomphal, Georges s'était souvenu de ce dialogue. Et, mesurant, par là, l'étendue de la haine que provoque le succès, dans les bas-fonds du margouillis professionnel, il avait frissonné à la pensée d'une réaction possible.

Mais il en était loin encore, et le courant de l'existence avait fini par l'étourdir complétement.

En mai, la pièce de Chapelaine avait succédé aux *Vieux Arthurs*, et Georges, élu à la presque unanimité, avait remplacé son confrère à la Commission des Auteurs et Compositeurs dramatiques, et ses collègues, par surcroît, l'avaient mis du bureau; et le ministre l'avait invité à dîner !... etc., etc.

S'il fallait tout dire, on n'en finirait jamais. Le meilleur est que la pièce de Chapelaine n'avait pu marcher que quarante fois. La « machinette » de des Aulnoies avait suivi, cahin-caha. Puis la grande pièce d'hiver, donnée en octobre, ayant fait une culbute homérique, les *Vieux Arthurs* avaient repris l'affiche, avec des recettes superbes.

Au total, depuis deux ans, Georges avait marché de triomphe en triomphe, fêté, loué, prôné. Tout en lui s'était épanoui. Il était enchanté d'être au monde, et ne demandait pas mieux que d'être un bon enfant.

Le mécompte du discours funèbre, était le premier déplaisir qui lui vînt.

En dépit de tout ce que Philippin lui rabâcha à ce sujet, Georges fut très sensible à cet échec.

— Mais non! disait-il, tu m'ennuies, toi. Je le sais, parbleu! bien, qu'il est mauvais, mon discours. Ce n'est pas de mon état, ces choses-là, et je n'y attache pas plus d'importance qu'il ne faut. Mais, vois-tu, je n'oublierai jamais la tête radieuse de tous ces gens, qui me regardaient. Ils étaient aux anges, ces animaux-là. Vrai, quand on y pense, c'est effrayant ce que j'ai d'ennemis! Dans le tas, il n'y en a pas un qui reculerait, s'il ne fallait que donner cent francs pour me faire siffler à ma première pièce.

Puis, réagissant :

— Ah! mais non, mes bons amis! faisait-il, avec un rire un peu contraint. Pas si simple, La Tréfailles! Ce sera de plus fort en plus fort, comme chez Nicolet. Avec ça que c'est malin, pour moi, de faire plus fort que les *Vieux Arthurs !*

— Les *Vieux Arthurs ?* Un chef-d'œuvre! fît Philippin.

— Evidemment, c'est joli, répondit Georges. C'est une étude de caractères; sans doute; il y a de l'esprit, bon; mais ce n'est qu'une comédie, ingénieuse, empoignante et amusante.

— Eh bien?

— Eh bien! est-ce que tu crois que je suis un amuseur, moi? Je m'en moque pas mal d'amuser ce public imbécile et grossier. Bon pour Chapelaine! (Il n'aimait pas Chapelaine.) Mais, où vois-tu la thèse, dans les *Vieux Arthurs?* Il n'y a pas de thèse, c'est une bagatelle.

— Alors, demanda Philippin, il y a une thèse dans ta pièce du théâtre Jouffroy?

— S'il y a une thèse? s'écria Georges. Mais, mon pauvre garçon, sans la thèse sociale, il n'y a plus de théâtre, il n'y a plus d'art, il n'y a plus rien. Si l'auteur n'élève pas la scène jusqu'à la tribune, ce n'est plus qu'un fade histrion. Voilà ce qu'il faut comprendre, voilà ce qui fait que Chapelaine, Trois-Etoiles, Fortuné Lamie ne valent, ni plus ni moins, que la génération de des Aulnoies et ses successeurs. Ça des jeunes auteurs? Allons donc! Je te montrerai, Philippin, ce que c'est qu'un jeune auteur!

Le soir de ce même jour, Chapelaine, Fortuné Lamie et quelques autres étaient réunis au foyer des acteurs du Théâtre-Jouffroy. Rose, mandée par le régisseur, brodait en silence, blottie à un coin de la cheminée.

On parlait du discours. Mais c'était en des termes tels que la pauvre Rose en était toute troublée. Son indignation lui faisait monter le sang au visage. Elle se prenait de colère contre les confrères de celui qu'elle plaçait bien au-dessus de tous. Elle aurait voulu riposter; mais son âge et sa si humble condition, dans ce théâtre le lui interdisant, elle souffrait le martyre.

D'instinct, elle sentait bien qu'il y avait de la jalousie dans les railleries sanglantes et parfois brutales, de ces deux auteurs. Mais l'excès de l'acharnement de Chapelaine, particulièrement, ne s'expliquait pas pour elle.

C'était pourtant bien naturel! Chapelaine, au lieu d'être jeune et agréable, était mal bâti et vieillot. D'un teint jaune, efflanqué, affligé de ce je ne sais quoi qui éloigne et qui, en dépit des soins et des efforts du tailleur, donne, aux gens, un aspect anti-ragoûtant, ce « cher confrère » avait mal organisé sa vie. Ne prévoyant pas qu'il dût arriver à l'aisance et à une certaine notoriété, au théâtre, il s'était emberlificoté d'un ménage bancal : il avait épousé sa maîtresse.

Ce n'est pas que celle-ci fût une maritorne. Loin de là. Autant Chapelaine était vilain, autant la petite dame, rondelette, blondinette, appétissante, était jolie. Mais qu'elle était maligne aussi!

D'une famille de petits bourgeois qui, bien qu'un peu vulgaires, n'avaient pas entendu plaisanterie aux écarts de la demoiselle, et avaient nettement rompu avec elle, dès le premier balai rôti, elle n'avait vu, en se liant avec le graisseux Chapelaine, qu'un moyen de « rentrer dans la société ». Avec le sens pratique de ces petites femmes, en qui une instruction, non en rapport avec leur condition native, développe des appétits multiples, elle avait compris qu'un être, aussi disgracié de la nature que l'était Chapelaine, serait honoré de l'afficher pour sa *conquête*. Et finement, elle s'était d'abord laissé conquérir, et non moins afficher.

A cette époque, Chapelaine barbotait dans les théâtricules, cuisinant, en collaboration, avec de vieux routiers, des féeries et des pièces dites « à femmes » qui ne lui donnaient pas de l'eau à boire ; de l'eau claire surtout! Il y avait des quarts d'heure où la chasse au louis était terriblement laborieuse.

La petite donnait des leçons de français et de piano, aux filles de demoiselles, et, s'il faut tout dire, elle était en excellents termes avec un bon monsieur qui, pour l'avoir connue chez ses parents, se faisait un véritable plaisir de l'obliger de ci de là. Elle avait donc des ressources régulières. Or, puisqu'elle aimait Chapelaine, pourquoi ne pas réaliser l'économie d'un seul intérieur ?

— C'est pour ta santé, disait-elle, tu la compromets à vivre au restaurant. C'est ton avenir que tu escomptes et que tu dilapides.

Le bon compère n'était pas absolument dupe de ces raisons spécieuses. Il flairait bien, en dessous, l'intention de lui venir en aide, de l'*obliger*. Mais, sa vanité aidant, il ne répugnait pas à admettre, par cela même, un témoignage d'amour. Et il se laissa faire.

On l'en railla un peu à voix basse, car, dans le monde qu'ils fréquentaient tous deux, on se méfiait du bon monsieur, qui pour l'avoir connue dans sa famille, se faisait un sincère plaisir d'obliger la petite, vers la fin du mois.

Dînant un jour chez Maire, en compagnie d'artistes, Flaquinet, qui était du nombre, voyant qu'on passait une cuisse de poulet à Chapelaine, arrêta celui qui découpait.

— Non, dit-il, offre lui de l'aile; tu sais bien qu'il préfère le blanc.

Bien que comprenant la malice, qui n'est à la portée que des familiers de l'argot des coulisses, Chapelaine avala la couleuvre sans broncher. On s'habitue si vite à la régularité de l'existence, quand on a prolongé sa jeunesse un peu trop avant dans la vie bohémienne !

Une heure vint où la belle enfant le crut mûr. Elle lui avait créé des habitudes de confort, chez lui, ou plus exactement chez elle; car en raison de ses créanciers à lui, le mobilier, toute la maison, jusqu'aux poissons rouges, qui valsaient dans leur bocal, tout était au nom de sa maîtresse. Et puis, plus instruite que lui et surtout plus active, elle avait su se rendre indispensable en corrigeant le style de son ami, en le poussant à « emmancher des affaires, » en l'obligeant à travailler régulièrement. Bien plus, elle le dirigeait de telle sorte, qu'il montait un peu dans l'opinion.

Au lieu de lui permettre de passer ses soirées au café de Suède à jouer le brelan, elle l'entraînait dans les foyers de théâtres. Elle lui faisait demander un *service* à toutes les « premières. » Elle lui créait des relations. On le voyait, on le connaissait comme le loup blanc.

Faute d'un talent qui s'impose, ces procédés sont indispensables pour réussir dans la partie. Tel directeur qui ne pense pas à vous, et qui craindrait de s'engager en allant vous trouver à domicile, est aise de vous rencontrer sur un terrain neutre, pour tâter une combinaison.

Dans le secret de son cœur, Chapelaine ne s'illusionnait pas, sur tout ce qu'il devait à cette petite femme, qui l'avait, en somme, fait monter d'un cran, et sorti définitivement de cette demi-obscurité, de cette pénombre, où grouillent les médiocrités de la corporation. Grâce à elle, son nom était devenu « marchand. » Le Chapelaine était coté sur la place.

Bien pis, sentant son infériorité relative, obligé d'adopter une écriture hiéroglyphique, pour dissimuler son ignorance de l'orthographe, il sentait qu'elle lui était impérieusement nécessaire.

Par malheur, elle le sentait tout aussi bien que lui.

Un beau jour, elle se fit rêveuse, triste, éplorée. Elle prit des attitudes de saule pleureur, où la résignation agaçante dominait. Tout cela pour se faire demander.

— « Qu'as-tu ? »

Chapelaine n'y manqua pas, comme bien l'on pense. Et, tout comme l'on pense de même, elle répondit :

— Rien, mon ami !...

Après quoi, un soupir.

Longtemps elle s'en tint là. Puis, se faisant pousser à bout, elle aventura l'aveu de quelques scrupules de conscience, d'où il ressortait un besoin profond de devenir une « Madame ! » Le rêve de ces personnes caressantes !

Mais Chapelaine esquiva la chose. Ni larmes, ni prières, ni scènes, rien n'y fit.

— Tu me reproches mon passé? lui demanda-t-elle.

— Jamais ! répondit-il. Mais un auteur ne doit pas se marier. Le mariage est un éteignoir.

Il disait cela comme il eût dit autre chose, n'en sachant absolument rien ; mais convaincu de la bonté d'un argument, qu'il avait lu dans mille ouvrages.

La fine mouche n'y revint jamais, sentant toute la puissance d'un lien commun, tenu pour indiscutable, par la bonne raison que, n'étant appuyé sur rien, il n'y avait rien à y répondre. Seulement, elle lui dit un matin qu'elle allait se séparer de lui.

Il devint furieux du premier coup, se disant :

— Oui ! tout est à son nom, elle va me mettre à la porte.

Mais, pas si simple, la belle enfant, et comme il articulait son accusation :

— Pour qui me prenez-vous donc ? répondit-elle avec dignité. Rien n'est à moi, ici. Je vous laisse tout, et je vais à Moscou, à titre d'institutrice, dans une famille russe. Mon voyage et mon trousseau me seront payés, je n'ai besoin de rien ni de personne.

Pour lui, c'était bien pis ! Trop clairvoyant, pour ne pas se rendre compte de la nécessité qu'il y avait, pour lui, à la garder quand même, il se vit en passe de n'y parvenir, qu'en contractant une nouvelle obligation envers elle. Il allait falloir qu'il lui demandât le sacrifice de son indépendance et des rêves de fortune, de *considération* qu'elle caressait, grâce à ce projet.

En s'élevant, il était devenu ambitieux. Travailler pour les Variétés, les Bouffes et les Folies-Dramatiques ne lui suffisait plus. Repoussé du Gymnase, n'osant aborder la Comédie-Française, il briguait l'honneur d'être joué à l'Odéon. L'Odéon est un théâtre sinon classique, du moins subventionné. Etre joué à l'Odéon pouvait l'autoriser à solliciter la croix.

Mais comment aller à l'Odéon sans elle, qui savait assez la langue, pour réformer la fantaisie de sa prose ? Comment même obtenir une lecture de la direction, sans l'appui du bon monsieur qui, pour avoir connu la petite dans sa famille, lui voulait du bien, lequel bon monsieur avait des influences dans l'Administration et était l'ami intime du député chargé, l'année précédente, du rapport de la commission du budget des Beaux-Arts.

La laisser aller à Moscou, c'était faire son deuil de l'Odéon et de la croix ; car, honnêtement, il ne pouvait lui-même aller solliciter le bon monsieur en question.

Toutefois, comptant sur le temps, qui remédie à tant de choses, il atermoya tant qu'il put, s'appliquant de son mieux à l'achèvement de la pièce de l'Odéon.

L'autre le laissait tourner à sa guise, flairant ses malices.

Un matin, à déjeuner, elle fut indisposée subitement. Dans la journée, même cérémonie.

Chapelaine crut à un empoisonnement. Il parla de consulter le médecin. Mais elle, s'animant tout à coup, s'en défendit absolument, eut un sourire étrange, et déclara que ce n'était rien. Les jours suivants, il n'y parut plus. Il put croire que c'était passé.

Ce ne l'était pas encore, et pour cause. Pourtant, il la voyait sereine, mais plusieurs fois, il constata qu'en son absence, elle avait dû largement user de son papier à lettres. Pourquoi tant de correspondances ? A qui écrivait-elle ainsi ? Lui cachait-elle donc un projet, un événement ! enfin ? Quoi.

A ses questions, elle ne répondait qu'en éludant, greffant incidence sur incidence, avec cette merveilleuse faculté féminine, qui ferait damner un juge d'instruction.

Une nuit, agité par une sorte de crise nerveuse, habituelle aux gens de lettres, il se leva pour aller fumer une cigarette dans son cabinet. Le froid le prit ; il voulut allumer du feu, et, plongeant dans la corbeille aux papiers de rebut, il en prit une poignée.

Si pareille chose vous est arrivée parfois, vous vous souviendrez peut-être de ce mouvement de curiosité irraisonnée, instinctive, qui vous pousse à jeter un coup d'œil sur ces bouts de papiers déchirés. Voilà le brouillon d'une lettre d'affaires, qui a eu tel résultat ; le *scénario* de la pièce achevée ; la scène IV de l'opérette, qui a donné tant de mal.

Au milieu de ces débris, Chapelaine aperçut une enveloppe froissée, dont la suscription était de l'écriture de son amie. Il lut. Il y avait le nom du bon monsieur, qui voulait du bien à la petite. Etait-ce donc à lui qu'elle avait tant écrit, en ces derniers temps ?

Le lendemain, toute honte bue, il sonna chez celui-ci, se nomma, exposa ses inquiétudes et fit une question, à laquelle l'autre répondit, en étalant une dizaine de lettres, sous les yeux de Chapelaine.

Celui-ci n'eut besoin d'en lire qu'une : La petite allait être mère ! Et honteuse par anticipation, devant son futur enfant, elle avait projeté de fuir, de se confiner dans l'ombre et d'élever son fils — ou sa fille, — dans l'honneur et la vertu, en se donnant, à lui-même, pour veuve.

Si Chapelaine fit la grimace en avalant la pilule, l'histoire ne le dit pas. Néanmoins il l'avala : c'était le principal. A petit bruit, sans tambour ni trompette, et pas plus fier, il épousa, sans en parler à personne ; ce qui n'empêcha pas les camarades, le même soir, sur le coup de minuit, de se gaudir à ses dépens.

— Doux moment !... dit Flaquinet.

De ce jour, la petite changea d'attitude. Toujours gentille et agréable, mais femme de tête avant tout, loin d'éteindre le pauvre sire, elle voulut qu'il fît grande figure.

Elle le monta et le styla, lui faisant la leçon d'avance, et le produisant, où il était bon qu'il parût ; se bornant pour elle, à trottiner à ses côtés, en souriant de son affable petit museau, qui semblait promettre ce que jamais elle ne devait tenir. Ah! ciel! Pas de Pontoise la petite! Incapable de se diminuer. Et les affaires allaient leur train; et le bonhomme fut décoré, et il eût été le plus heureux des hommes, n'eût été La Tréfailles.

Car, en effet, conçoit-on cela? Ce La Tréfailles, un débutant d'hier, célèbre en un moment, joli garçon, célibataire, et en voie de faire fortune, comme de se faire décorer tout seul!

Ce n'est pas La Tréfailles qui avait la courte honte de baisser le nez dans la rue, quand, sa femme au bras, il rencontrait de certains « bon monsieur » qui avaient voulu du bien à la petite, sans l'avoir tous connue dans sa famille!

Ce n'est pas La Tréfailles qui avait besoin de contorsionner son écriture, pour dissimuler ses *lapsus*. La Tréfailles? Mais La Tréfailles avait tout pour lui : les hommages, la réclame, le succès et, ce qui était défendu à Chapelaine, en raison de son mariage, des invitations dans le monde! Et ce qu'on appelle des bonnes fortunes!... tant qu'il voulait! Comment donc! Ne faisait-il pas la cour à Juliette, la célèbre Juliette, l'*étoile* du Théâtre-Jouffroy? Une femme qui aurait si bien plû à Chapelaine! Pour comble, on disait mystérieusement que La Tréfailles ouvrirait la saison prochaine au théâtre de l'Odéon. On l'avait vu rester trois heures dans le cabinet de Du Quesnel!...

Aussi, quand il en trouvait l'occasion, le mari de la petite s'en payait-il à cœur joie, sur le dos de La Tréfailles.

Ce soir-là, ce qui le mettait d'autant plus en verve, c'était la présence de Rose. Il n'était pas sans savoir que celle-ci accordait, au jeune homme, une attention particulière. C'était le secret de Polichinelle au théâtre. On répétait :

— « Elle en est folle! Pauvre mignon! il ne fait seulement pas semblant de la voir. »

Fortuné Lamie, tout en donnant la réplique, était loin d'y mettre tant d'animosité. D'abord, il était entendu que Lamie dénigrait naturellement tout le monde. C'était dans le sang. Mais il riait si bien et si fort de ses méchancetés, qu'elles perdaient de leur cruauté.

Bon gros père, trop jouflu, gourmand, libertin et *soiffard*, il n'avait d'autre prétention que de placer, le plus possible, de sa marchandise. Toute combinaison lui allait, pourvu qu'il eût sa part de droits. Il signait avec tous venants, faisait peu ou beaucoup, coupait sans regrets et ne redoutait les sifflets que par crainte de voir arrêter les représentations de sa pièce.

Pour lui, le théâtre, la gloriole, le génie : des bêtises! La recette, voilà ce qui le touchait, et, en son for intérieur, il avait un profond mépris du métier, de ses confrères et de ses œuvres, en premier lieu.

A ces deux « *débineurs* » s'ajoutait, ce soir-là, un drôle de petit homme, tiré à quatre épingles, musqué, pommadé, épluché, comme une coquette de profession.

On l'avait surnommé Benjamin, en raison du goût que les dames affichaient pour lui. « Blanc sous le linge, bague au doigt » comme dit Joseph Prudhomme; cynique comme Tortillard, il menait la vie aisément, grâce à une sorte de maquignonnage, dont il avait à peu près le monopole dans le monde théâtral. Collaborateur imposé d'un tas de gens, qui passaient leur vie à répéter : — « Vous savez qu'il n'en a pas écrit un mot! » il se faisait des revenus fort présentables, qu'il mangeait, tout seul, à belles dents.

Lui non plus n'aimait pas La Tréfailles, n'aimant guère que lui, à vrai dire, et encore! Il fit volontiers sa partie dans le trio, dont la pauvre Rose souffrait.

Au plus fort de la gouaillerie, alors qu'on s'en prenait, selon l'usage et la logique, non plus à l'auteur, au concurrent, mais à l'homme, la voix de Flaquinet coupa court.

— Vous êtes trois envieux, dit-il. Et vous pouvez vous mettre encore trois autres, je vous défie bien de le faire ce discours que vous *éreintez*. Pas plus son discours que sa pièce, mes enfants; ça vous est défendu, ces choses-là!

— Est-il bête! s'écria Chapelaine, c'est pour rire.

— Toi, reprit le directeur, je te ferai gronder par ta femme.

— Il est donc sacré, ton La Tréfailles? demanda Fortuné Lamie.

— Ici, il est chez lui, mon gros, répliqua Flaquinet, et si tu crois plaisanter, en l'appelant *mon* La Tréfailles, tu te trompes. Si je ne l'ai fait, du moins je l'ai découvert, et je n'entends pas qu'on le démolisse dans mon théâtre. Est-ce qu'il aurait refusé de travailler avec toi?

— Tu sais que tu es parfaitement ridicule, dit Chapelaine en se levant.

— Si tu n'es pas content, tu sais!... répondit le directeur. Je m'en moque. Vous êtes tous montés contre lui, à cause de la nouvelle publiée ce matin. Eh bien! oui, c'est vrai, j'ai sa pièce, et je lui donne un tour de faveur, et je fais mettre la lecture au tableau. Là! après?...

Le petit homme pommadé s'était habilement tenu en dehors du débat. Il alla s'asseoir près de Rose, et avec un sourire doucereux :

— Voilà de quoi vous consoler, lui dit-il à l'oreille.

Elle ne lui répondit pas. Mais il avait raison, en somme, Rose était mieux que consolée ; elle était enchantée de ce qu'avait riposté Flaquinet.

La discussion n'eut pas de suites, et chacun furieux, en dedans, serra la main des autres, par obligation de ne pas rompre avec des hommes dont, après tout, on pouvait avoir besoin.

— Mon petit chat, dit Flaquinet en s'adressant à Rose, voulez-vous passer dans mon cabinet ? J'ai un mot à vous dire.

Rose s'y rendit. Un vague espoir lui était venu. Les premiers mots de son directeur le lui confirmèrent.

— Ma fille, lui dit-il, en un langage imagé, dont il ne doutait pas que la jeune fille ne comprît la particulière éloquence ; Juliette commence à me scier le dos avec une latte. Non contente de sa vedette sterling, de ses appointements, de ses feux et de ce que me coûtent les rappels de la claque, ainsi que les bouquets du cintre, elle devient tous les jours plus *raseuse* avec ses exigences. Si La Tréfailles m'avait écouté, je ne lui aurais pas donné le rôle. Mais il y tient. Entre nous, je crois qu'il lui fait la cour ! S'il faut être bête ! Enfin !.... Comme je le crains, elle n'aura pas plutôt joué dix fois, qu'elle nous fera voir des siennes. Eh bien! je veux lui donner une leçon, et je la lui donnerai salée, si vous voulez m'y aider, mon petit chat ?

Rose n'aimait pas fort, qu'on l'appelât son « petit chat. » D'autre part, si envie qu'elle eût de se produire, il lui répugnait légèrement d'y arriver, grâce à quelque méchant tour à jouer à une camarade. Cependant, ce que Flaquinet venait de lui confirmer des sentiments de Georges, à l'égard de Juliette, la lui rendait moins sympathique pour le moment.

Chose bizarre! cette jeune fille qui, sans se rendre compte de ses impressions, se laissait aller au charme d'aimer l'homme célèbre, qu'elle tenait sincèrement pour un génie, se fût révoltée de tout son être à la pensée de devenir sa maîtresse.

De plus, elle était bien trop modeste, par ignorance de ses moyens et de sa valeur, pour supposer que jamais elle pût devenir sa femme. Il eût donc été logique de souffrir, sans émotion, qu'il courtisât une autre femme. Il faut que tout le monde vive. Et cependant une jalousie féroce lui mordait le cœur à l'idée que Juliette fût l'objet des hommages de Georges. Sans doute, elle masquait cette jalousie sous des raisons spécieuses : « Juliette n'était digne de lui ni par la beauté, ni par le mérite, ni même par l'âge. »

Mais si Rose avait eu le courage de s'interroger nettement, la pauvre fille eût peut-être été épouvantée de reconnaître qu'en somme, éblouie, fascinée, un amour exclusif la mettait à la merci de ce garçon.

Distraite par l'instinctif sentiment d'envie qui la tourmentait vaguement, elle se borna à un signe d'acquiescement aux dernières paroles de Flaquinet, qui reprit :

— Donc, mon petit chat, vous allez apprendre le rôle en double, sans désemparer. Dès qu'on répétera à la scène, vous vous dissimulerez dans une petite loge, afin de vous pénétrer de la mise en scène et la première fois que Juliette nous fait « des machines » toc !... vous jouez le soir.

— Je n'ai qu'à exécuter vos ordres, répondit Rose.

Le directeur fut touché de la facilité de l'enfant. Il s'attendait à des façons ; les prétentions de la moindre actrice sont habituellement si excessives, qu'il avait supposé avoir à batailler avec celle-ci, pour obtenir qu'elle fît tout ce travail, peut-être inutilement.

— Eh bien ! dit-il, en se levant enchanté, puisque vous le prenez ainsi, je vous promets, moi, que vous jouerez le rôle, quoi qu'il arrive. Et je me fends ! fit-il d'un ton joyeux. Montez chez la costumière, dites-lui de prendre ses mesures et envoyez-la ensuite à mon cabinet. Je me charge de vos toilettes. C'est gentil, ça, hein ?

Rose le remercia.

— Pas la peine, mon cher enfant, ajouta Flaquinet, dont le fond était bon. Je crois en vous, moi. Ce que j'ai tracassé Chapelaine et Lamie pour vous donner un rôle !... ils peuvent vous le dire. Mais non ! Ces oies-là (car ce sont des oies !) ont eu peur d'une débutante, d'une jeune fille. Ça aime mieux de vieilles *Étoiles*, qui n'ont plus ni jeunesse ni naturel, et qui, personnellement, me crispent les nerfs, avec leur ron-ron et leur ra pla pla de l'ancien jeu ! Faut il qu'ils soient bêtes ! Et cet âne de Georges qui donne là dedans, lui aussi ! C'est cela qui m'enrage. Parce que, lui, il a de la vitalité et du « chien. » Les autres, vous savez bien, ne sont pas fichus de lui cirer ses bottes. Et vous avez vu si je les ai arrangés tout à l'heure, hein? Je ne donnerais pas ma soirée pour mille francs.

Ce Chapelaine ! Avec ça, qu'elle me fait faire de l'argent, sa reprise ! Pas les frais, mon bijou ; faut pas le dire ! Il n'y a que des billets donnés : quatre cents francs ce soir ! Et ça fait le malin ! Et ça *bêche* La Tréfailles ! C'est idiot ! Mais voilà ! De son côté il fait la cour à Juliette ! Lui ! parfaitement ; ce singe-là ! Attends voir ! S'il m'embête, je le dis à sa femme ; elle saura lui laver la tète, la petite... et raide.

Visiblement, il se disait cela à lui-même. Une façon d'épuiser sa contrariété. Quand il eut fini :

— Allez, Rosette, reprit-il, avec un sourire paternel, ne perdez pas patience, ne me quittez pas et je ferai quelque chose de vous, quand je devrais commander un rôle exprès.

De sa part, ce langage n'avait rien de politique. Il croyait avoir reconnu, chez sa pensionnaire, les éléments d'une artiste de valeur. Et il ne mentait pas en disant qu'il avait tâché de décider ses auteurs à l'utiliser. Benjamin disait à ce propos :

— C'est une toquade ! Qui veut la Rose de Flaquinet ?

A l'issue de cette conférence, la jeune fille eût dû être satisfaite ; elle avait la certitude de débuter, en double, il est vrai, mais dans un rôle certainement important. Néanmoins elle rentra chez elle le cœur gonflé ! Une étrange réflexion l'occupait, dominant sa satisfaction. — De quoi Flaquinet se mêlait-il, en projetant de dénoncer à madame Chapelaine les intentions galantes de son mari ? Le livrer à lui-même, n'était-ce pas laisser subsister un obstacle entre Georges et Juliette ? S'il n'eût tenu qu'à elle, on eût plutôt favorisé Chapelaine !

Mais il ne tenait pas à elle, et long-temps, elle tourna dans sa chambrette sans user la surexcitation nerveuse, qui la possédait. Plus longtemps encore, une agitation fébrile l'empêcha non-seulement de s'endormir, mais même de comprendre le sens des phrases du roman qu'elle s'efforçait de lire dans son lit, à la clarté uniforme et douce de sa petite lampe.

Le lendemain, à une heure après-midi, le garçon d'accessoires installait une table recouverte de l'indispensable tapis vert, dans le foyer des artistes. Des siéges étaient disposés en demi cercle, en face de cette sorte de tribune, sur laquelle un verre d'eau étincelait, annonçant une cérémonie de quelque gravité.

Le tableau — qui est l'ordre de service des comédiens — portait :

« A une heure et quart, lecture au foyer. »

Puis cette mention :

« Immédiatement après la lecture, collation des rôles. »

C'était aller bien vite en besogne. A l'habitude, la collation n'a lieu que le lendemain. En procédant de cette façon, Flaquinet avait eu l'arrière-pensée de taquiner Chapelaine ; c'était dire :

— « Nous ne faisons pas le sou avec sa reprise ; hâtons-nous de monter un autre spectacle. »

Attrape Chapelaine !

La vie de théâtre est faite de ces petites perfidies, et l'on ne saurait imaginer l'importance qu'elles ont, aux yeux mêmes des gens qui, de par un talent réel, devraient dominer toutes ces misères. Mais ici, plus que partout ailleurs, l'amour-propre est perpétuellement en jeu, et toutes ces personnes, si étroitement solidaires les unes des autres, quant au but final à atteindre, passent condamnation avec une facilité extrême, sur l'intérêt commun, voire sur leur propre et tout particulier intérêt, dès qu'il s'agit de mortifier le voisin.

En quelque sorte, mariés ensemble — avec faculté de divorce, pourtant ! — ils subissent la loi de presque tous les conjoints : unis contre l'extérieur ; mais divisés entre eux, jusqu'à la cruauté. Ah ! embêter le directeur ! Ah ! faire rater « l'effet » d'un camarade ! Quelle joie ! La pièce y sombrera peut-être ; on y risquera de n'être pas payé le cinq ; mais l'occasion est si tentante, et c'est si amusant !...

De grands enfants, pour la plupart ; pis que des enfants, des gamins ! Encore que les sexagénaires ne soient pas les moins forcenés de la bande, qui, pour le plus grand nombre, ne met rien au-dessus d'une bonne farce, dont riront jusqu'à ceux qui n'ont pas de pain à la maison.

La mention avait donc fait événement, et dans la loge du portier, — un ami, celui-ci, un confident serviable et discret ! — on se faisait des gorges chaudes, aux dépens de Chapelaine, qui d'ailleurs n'avait pas la considération des gens de la maison. Dans cette classe, où la femme est émancipée, soit par son mérite, soit par sa volonté, où chacun vaut par soi-même, on n'a que des railleries pour l'homme que sa conjointe, légitime ou non, mène à son caprice.

Et puis Chapelaine affectait trop volontiers des airs suffisants. Et puis il y avait dans les cafés des jeunes gens qui se plaignaient d'avoir été dépouillés par lui d'idées qu'ils avaient eu la candeur de lui soumettre, en vue d'obtenir sa collaboration. Et puis — raison déterminante, sans laquelle on eût passé sur tout cela et sur pis encore, — et puis sa reprise n'avait pas fait le sou !

Rien ne va là contre. Talent, modestie, caractère ! choses accessoires ; une seule vaut, une seule compte : le succès.

Vers une heure ving--cinq minutes, les artistes convoqués arrivèrent, les plus minces en avance, les autres avec cette tranquillité indifférente qui témoigne de la bonne opinion de soi.

Juliette n'était pas encore arrivée, car Juliette étant l'étoile de la troupe, croyait de sa dignité de se faire toujours attendre plus ou moins.

A une heure et demie battant, Flaquinet, précédant l'auteur, pénétra dans le foyer.

— Bonjour, mes enfants, dit-il; y sommes-nous?

— Il ne manque plus que Juliette, répondit le régisseur.

— Tant pis pour elle, dit le directeur; commençons.

Les artistes se jetèrent un coup d'œil à la dérobée. Le ton de Flaquinet annonçait des dispositions batailleuses. Et la duègne, se penchant à l'oreille du second comique, lui dit tout bas, mais non sans malice :

— Ce que Juliette va *écoper* !... (1).

— Je te crois, répondit celui-ci. Ça sent comme un goût de *chabanais* (2).

Pendant ce temps, Georges secrètement ému, malgré son assurance apparente, serrait la main de ses interprètes qui, pour la plupart, le remerciaient de les avoir choisis, et Philippin se laissait aller à des indiscrétions bienveillantes avec quelques autres, en qui une préoccupation dominait : — « Ai-je un bon rôle ?»

---

(1) En termes de battellerie *écoper* signifie vider, avec une écope, l'eau tombée, dans une embarcation, à la suite d'un grain. L'opération est pénible et déplaisante, et les artistes, volontiers enclins au canotage et à la pêche, ont retenu cette expression, qui exprime, dans leur argot: essuyer une avanie d'un supérieur.

(2) On chercherait vainement l'origine de cette expression, qui signifie : trouble, disputes, vociférations, tapage. Quand le public manifeste bruyamment son déplaisir durant la représentation, on dit : « Il y a du chabanais. »
Ce qui est *encore* plus caractéristique que ces expressions fantaisistes et arbitraires, c'est la tournure de phrase, grâce à laquelle ces gens se comprennent, en usant d'un style qui semble ne rendre aucun sens grammatical.

— Sois tranquille! répondait Philippin. Tu n'en as pas long; mais des *effets*, mon cher !... épatants!

Que voulez-vous de plus? Quand on a dit des effets « épatants », c'est fini.

Au moment de commencer, Philippin pria les artistes de s'approcher de la table. Il désirait que Georges lût à mi-voix. A l'enterrement de la vei le, son ami avait pris froid. Un léger mal de gorge s'en était suivi dans la soirée. Il convenait qu'il se ménageât.

— Et puis, tu sais, Georges, dit-il, si tu te sens fatigué, j'achèverai la lecture. N'excède pas tes forces.

— Ce Philippin! dit tout bas le second comique à la duègne, c'est une famille pour La Tréfailles ! Pour un rien, il lui donnerait à têter...

Enfin Georges commença de lire.

Si habitué qu'on soit à ces sortes de choses — qui ne sont à vrai dire qu'une formalité; puisque, la pièce acceptée préalablement par la direction, est à l'abri d'une mauvaise impression sur les acteurs — l'homme le plus convaincu de son mérite ne lit pas son ouvrage, à des comédiens, sans un violent battement de cœur.

Il a beau savoir qu'il n'y risque rien; il a beau se répéter, qu'à tout prendre, ils sont obligés de jouer, il lit la première scène avec hésitation et timidité. C'est qu'aussi, il les connaît les bons apôtres ! Railleurs et gouailleurs sans pitié, il ne leur déplaît pas autrement d'avoir occasion de s'amuser un peu, entre soi, ou en dedans, de la déconvenue d'une personnalité qui, ouvertement, affiche la prétention d'être bien supérieure à ses interprètes.

Tout en lisant, l'auteur se souvient d'avoir rencontré celui-ci ou celui-là, à l'issue d'une cérémonie de ce genre. Il lui en a demandé des nouvelles.

— Chose a lu sa pièce? Ah! Eh bien?...

L'acteur n'a répondu qu'un mot, pas même un mot, une syllabe :

— Toc !...

Et du café de Suède à celui de l'Ambigu, ç'a été comme une traînée de poudre :

— « Il paraît que la pièce de Chose ne fera pas le sou. »

Et les confrères, on les voit d'ici : enchantés, les chers confrères ! A charge de revanche, par exemple.

Au total, Georges sentait l'importance de la partie qu'il allait jouer. Son premier succès, succès imprévu, unanime, en appelant, sur lui, l'attention du public et de la critique, lui avait valu, sans doute, d'ardentes sympathies ; mais aussi l'envie de bon nombre de gens.

Il y a des caractères qui, par instinct d'opposition, par besoin de se distinguer de la foule, ou encore par simple méchanceté naturelle, se complaisent à remonter le courant. En affaires, ce sont les baissiers : plus la rente paraît avoir sujet de monter, plus ils vendent à découvert et enrayent la hausse. Dans le monde artistique, ce sont ceux qui crient au succès de surprise, et qui, grâce à des phrases en apparence prudentes, jettent du discrédit sur tout ce qu'on acclame.

— Il faudra voir ! font-ils. Patience !

Ils disaient de La Tréfailles — et La Tréfailles le savait bien !

— Mon Dieu ! oui, les *Vieux Arthurs* c'est très gentil… Ce n'est pas un chef-d'œuvre ; mais enfin, c'est gentil, pour un débutant, et s'il a fait cela tout seul, je suis de l'avis général : en travaillant, ce garçon-là pourra peut-être se faire une petite place, à la condition de ne pas monter sur des échasses !

Tout en lisant, Georges se souvenait aussi du dialogue entendu le soir de la première des *Vieux Arthurs* : — « De la crapule !… » Combien il se sentait d'ennemis ! Longtemps il en avait souri, disant : — « C'est mon luxe. » Mais au moment de la seconde épreuve, il perdait un peu contenance. Ah ! le diable de métier, où tout est toujours à recommencer ! En se dégageant, même, de ces terreurs, un peu maladives, qui sont le fait des professions où l'activité cérébrale est à peu près seule en jeu, il pressentait que bienveillants, jaloux et indifférents, tout le monde l'attendait à sa prochaine pièce. Une chute, et tout pouvait être remis en question. Ceux qui prétendaient que son succès avait été le fait du hasard, l'auraient belle, dès lors, pour répéter le mot terrible, dont quelques-uns ont été accablés :

— « Il n'avait que ça dans son sac !… »

Et combien encore, de ceux qui s'étaient passionnés, à son bénéfice, dans les journaux, dans les cafés, dans le public, ne demandaient pas mieux, aujourd'hui, que de tourner casaque, ne fût-ce que par lassitude d'applaudir toujours à la même individualité ? D'autres n'en avaient rien fait d'ailleurs que pour contrister quelque célébrité antérieure. Il leur avait plu d'avoir à jeter à celle-ci, un La Tréfailles, un *jeune* dans les jambes. A présent, de quelle utilité ? Au contraire, ils n'eussent pas été fâchés d'avoir un autre *jeune* à lancer dans les jambes de celui-ci, qui, après tout, était peut-être bien monté plus haut qu'on ne l'avait permis au début. Et puis, vrai-

ment, on lui avait fait beaucoup, mais beaucoup de réclames, à ce garçon. Ses moindres mots, ses faits et gestes, tout avait été relaté. Et, dans les foyers d'acteurs, on commençait à entendre :

— Oh ! trop !… trop de La Tréfailles !

Tout en tournant les pages de son manuscrit, le pauvre garçon réfléchissait bien malgré lui, à tout cela, dont il avait la très lucide intuition. Mille appréciations vagues l'assaillaient. Allait-il donc subir la réaction de son triomphe ? Etait-ce donc une loi implacable que cet axiôme répandu dans le monde théâtral : « Il faut payer son succès ! »

Si les journaux allaient se mettre à l'*attraper* maintenant ; si l'on allait rire de lui, comme lui-même avait ri de quelques autres ! Est-ce qu'il allait falloir revenir à ces temps de gêne, où l'argent manquait pour les besoins courants ? Ce serait épouvantable aujourd'hui, qu'on s'était installé dans une sorte de petit hôtel, luxueusement meublé, avec salle de billard, bibliothèque, petit jardin d'hiver. Le tiers à peine en était payé ! Oh ! mon Dieu ! si quelque jour les huissiers avaient à vendre tout cela, après l'avoir expulsé, lui, mis dehors, piteux, humilié, bafoué !…

Et il lisait toujours, le visage pâle, les mains moites, le front humecté d'une sueur glaciale. Ce qu'il lisait lui paraissait plat et sans intérêt. Il n'osait lever le regard sur ces acteurs, qui ne bronchaient pas, et dont le silence le bouleversait profondément. La terre semblait se dérober sous lui. Une angoisse atroce lui étreignait le cœur, et se résumait, en un mot, que des voix fantastiques ressassaient à son oreille, par un rhythme fiévreux : « Un four ! »

Oh ! les durs instants ! de la cruauté desquels, on ne saurait se douter, si l'on n'y a passé, pour son compte ! On dirait que l'on porte, en soi, la destinée de l'Univers, et que tout va sombrer. Et pourtant, qu'est-ce, au demeurant ? Applaudie ou sifflée, qu'est-ce donc qu'une œuvre d'art, aux yeux, non de l'Humanité, non pas même des contemporains, mais seulement de ce *tout-Paris*, qui commence au Faubourg-Montmartre et finit à la Chaussée-d'Antin ? Une amusette, rien de plus ! Et ces insuccès éclatants, au sujet desquels tout un monde se déchaîne, et qui, parfois, menacent de tuer un malheureux auteur, qui s'en souvient la semaine d'après ?

Un acteur comique, du Gymnase, me dit un jour, qu'étrillé à rebrousse-poil, par la critique, j'avais le nez long d'une aune :

« — J'ai été longtemps comme vous. Puis, avec l'âge, j'ai reconnu qu'il fallait être vraiment bien simple, pour se faire du chagrin, durant des mois, à propos article qu'on a oublié le lendemain matin !

Cet acteur avait raison ; mais !... oh ! le « four ! » le « four !... »

Quand La Tréfailles lut la dernière réplique de sa pièce, il leva les yeux sur l'auditoire. La mine de chacun était circonspecte. Durant le quart d'une seconde, il y eut un silence horriblement froid, auquel succéda un murmure approbateur, où le pauvre garçon voulut constater un sentiment de complaisance, et que Philippin interrompit, en s'exclamant avec un enthousiasme bruyant, qui donna sur les nerfs de l'auteur démoralisé. Georges l'eût étranglé avec plaisir, ce bélître inconscient, qui ajoutait au mauvais effet de l'épreuve. Deux ou trois artistes seulement remercièrent La Tréfailles, pour le rôle qu'il leur avait distribué.

Alors, Flaquinet, pâle, furieux, les tança tous d'importance, leur demandant si ce n'était pas une absurdité que cette formalité qui consiste à lire un chef-d'œuvre à des brutes incapables d'y comprendre rien. Puis, hors de lui, et s'adressant au régisseur :

— Toi, dit-il, tu me feras le plaisir de *coller* Juliette à cinquante francs d'amende. Et si elle fait des « machines » tu lui offrira sa liberté. En voilà une bonne raseuse ! Ça n'a pas deux sous d'autorité sur le public, et ça se paie le chic de ne pas venir à une lecture ! Cinquante francs d'amende, tu entends, mon petit, et si pas contente, à Chaillot !

— Sa petite fille était bien malade, hier soir, dit timidement l'avertisseur.

— Je ne peux pas entrer dans « ces détails-là », répliqua Flaquinet. Le service avant tout. Est-ce qu'elle s'imagine que je vais faire relâche?

— N'ayez pas peur ! répondit le régisseur ; je lui enverrai le médecin. C'est que je la connais ! ajouta-t-il, en manière de réflexion : Le jour où elle a perdu sa mère, elle nous a fait « la même blague !... »

Dur, aussi, le métier d'acteur !...

Les acteurs partagent, avec les bouchers et les charcutiers, le privilége d'avoir congé le vendredi-saint. Si ces derniers consacrent ce jour à la pénitence, je n'en sais absolument rien. Quant aux autres, sans insulter aucunement à la religion, ils organisent volóntiers, ce jour-là, quelque excursion campagnarde. On fera maigre, oui, et de bon cœur; mais on fera maigre ensemble, dans la grande salle de quelque cabaretier de la grande banlieue de Paris.

Déjà la nature est en plein réveil, en nos climats. Les bourgeons éclatent de toutes parts, nuançant les taillis du vert le plus tendre, alors que les hautes branches des bois blancs sont feuillues.

Ces pauvres gens, que les nécessités professionnelles enterrent toute l'année dans des coulisses sombres durant le jour, éclairées à blanc, le soir; dont les poumons se saturent de senteurs rances, moisies et malsaines, sont si heureux, une fois, sur trois cent soixante-cinq — et un quart ! puisqu'il faut tenir compte des années bisextiles ! — de respirer l'air libre des champs, si vif, si pur, à peine troublé, à ce moment, des exhalaisons de la séve !

A se divertir un tel jour, ils y compromettent, sans doute, leur part de paradis, mais ils savent que Dieu est bon, et ils ont confiance, dans leur éloquence, pour plaider, subsidiairement, les circonstances atténuantes.

Ils pourraient, il est vrai, se borner à la délectation de la villégiature, soit en famille, soit même isolément. Mais la solitude est en dehors des conditions d'existence de l'acteur. Il n'aime rien faire seul, pas même étudier. Il lui faut la réplique, qu'il travaille ou qu'il s'amuse. Ses moyens ne s'exercent que si quelqu'un l'écoute et le voit.

Quant à la famille et aux amis, de relations courantes et bourgeoises, ils ne lui suffisent pas, s'il entreprend, surtout, de se divertir.

L'acteur seul comprend l'acteur, en son vocabulaire et en ses réticences. En sorte que vous l'aurez bien à dîner; parfois, une demi-journée même, à votre maison de campagne; mais, s'il a un congé à prendre, une partie à faire, c'est à des acteurs qu'il s'adressera, pour trouver de la compagnie. Et, tout en se jalousant, en se jouant des niches, en se dénigrant quelquefois, ils ne se plaisent qu'entre eux, se recherchent quand même, et ne peuvent se passer les uns des autres.

La plupart des artistes du théâtre Jouffroy avaient organisé une partie d'ânes à Montmorency.

Par le train de onze heures cinquante-cinq, on s'était mis en route. Rien qu'à se retrouver, dans la salle des Pas-Perdus, ils s'étaient mis en joie. Le régisseur, qui donnait des billets gratis à l'un des sous-chefs de la gare de Paris, avait obtenu qu'on leur réservât trois compartiments, et on les avait fait passer par une porte de service, afin de les installer avant les voyageurs des salles d'attente. Ils en étaient tout fiers! Tout fiers encore de voir les employés, prévenus de proche en proche, abandonner leur besogne, pour venir les contempler au passage, avec cette curiosité badaude, qui est le fond du caractère parisien.

Ceux-ci se les désignaient à voix basse :
— Voilà Juliette !...
— Et celui-là, qui a ce nez?
— Chose, tu sais bien (j'ai son nom sur le bout de la langue !) qui jouait le vieil usurier, dans la pièce de Chapelaine.
— Ce jeune homme-là! Qui est-ce qui le dirait! Tu es sûr?
— Je les connais tous!...

C'est un certain sujet de supériorité, dans le petit monde, que de connaître tous les acteurs.
— Et celui-là ?
— Celui-là, c'est Philippin.
— Un acteur
— Que tu es bête, mon Dieu! tu ne connais donc rien! Philippin, c'est l'ami de La Tréfailles....
— Ah ! oui, La Tréfailles qui a fait la *Famille Benoîton* ?
— Eh ! non ! l'auteur des *Vieux Arthurs*; voyons, tu es donc de Carpentras?

Sans se plaindre autrement de la curiosité qu'ils provoquaient, les artistes gagnaient le train, en affectant des attitudes diverses. Les uns, par timidité ou manque d'initiative, prenaient un air sérieux. C'est à ceux-ci que les dames donnaient le bras. Les autres, emportés par l'habitude ou leur nature expansive, faisaient déjà des farces.

Le grand premier rôle, rejetant son chapeau en arrière et affectant l'accent anglais, paraissait admirer jusqu'aux fourgons à bagages, en s'exclamant par des « Oh !» des « yes » et des mots qui n'avaient guère, de la langue anglaise, que la prétention d'appartenir à tel langage que ce fût.

L'*amoureux*, devançant ses camarades de quelques pas, de façon à ce qu'ils parussent lui être un état-major, singeait la dignité bienveillante d'un souverain en voyage, et saluait les graisseurs, comme si ceux-ci l'eussent acclamé. Le groupe sérieux en bougonnait bien un peu ; mais c'était drôle, en somme, drôle pour eux, surtout; les femmes riaient à petit bruit, et l'on passait condamnation.

Le long de la route, on faisait projets sur projets, dont l'unique but était de prendre le plus possible de plaisir.

— Ah! oui, disaient-ils, en leur jargon, il faut nous en payer une jolie tranche !

En débarquant à Montmorency, ils aspirèrent l'atmosphère à pleins poumons, s'extasiant, d'abord, comme des gens qui *découvrent* une île déserte ; puis, presque aussitôt, ne pouvant résister :
— Ah ! la nature! la nature ! s'écriait l'un d'eux. Vois-tu ces tas de fumier! Et quel parfum! On en mettrait dans son mouchoir.

Ayant rencontré le facteur du pays, le premier comique l'aborda, lui demandant avec un grand sérieux :
— Vous n'avez rien pour moi?

La grande affaire, la vraie partie qu'ils se proposaient, c'était une promenade à ânes, dans la forêt. Malheureusement, l'industrie des loueurs est dans le marasme, et, s'il reste encore de ces pauvres bourriques qu'on puisse louer, elles sont peu nombreuses et hors d'âge. Pas moyen d'en avoir autant qu'il en eût fallu, pour monter tout le monde. Ce fut un vrai chagrin, une déception qui, pendant un long moment, éteignit la gaieté de toute la troupe.

Cependant, faute de grives on mange des merles. Les femmes purent être fournies, trois hommes louèrent chacun un cheval, et le reste de la bande suivit à pied. Puis le naturel reprit le dessus, et après trois cents pas en avant, on riait comme des enfants de la moindre futilité.

Rose était de la partie. Madame Berthier, qui jouait les mères-nobles (des Mélanie, au besoin) l'avait encouragée à se joindre à ses camarades, dont, par excès de réserve assurément, elle se tenait à l'habitude trop à l'écart. On la trouvait gentille et bonne personne, sans doute ; mais la sympathie qu'on lui accordait était encore platonique. Comme elle n'avait ni répété ni joué avec eux, on ne s'était pas lié. L'occasion de cette partie de campagne devait faire qu'on l'adoptât définitivement. A vrai dire, ses camarades ne demandaient pas mieux.

La situation des femmes au théâtre est la plus facile et la plus agréable qu'il y ait. Quoi qu'elles fassent au dehors, d'où qu'elles viennent, elles n'existent, là, qu'en leur qualité d'actrices. La « jolie grue » qui vient répéter un bout de rôle en coupé à deux chevaux, n'est ni mieux ni plus mal accueillie au foyer, que l'artiste besogneuse et sage. La loge du concierge passée, il n'y a plus que des collègues, obligés de vivre ensemble, de se renvoyer la balle, de combiner leurs efforts vers un but commun; on ne s'occupe pas d'autre chose.

Toutefois, la femme honorable, qui n'a méconnu aucun de ses devoirs, est, sans doute, l'objet d'une estime spéciale ;mais il n'y a pas nuances dans les rapports, par cela qu'ils sont forcément intimes, constants et inévitables. Il s'agit quand même, et toujours, de combattre ensemble. Or, le triomphe, à la scène, comporte des joies qui entraînent à des épanchements devant lesquels rien ne tient. Le soir d'une première qui a réussi, beaux ou laids, coquines ou femmes chastes, on est heureux, on est ivre de succès, et l'on s'embrasse comme du pain. On ne se saluera peut-être pas demain, dans la rue ; mais sur les planches, sur le tremplin, on n'est que confrères et amis. ,

Toutefois, ici, comme partout, en France, il y a des catégories : une aristocratie, et le commun. L'aristocratie est composée des chefs d'emploi, ce qu'on appelle : la troupe de ferblanc. Le reste, c'est la troupe de zinc. Pourquoi ces désignations ! Ne le demandez pas. Personne au monde n'est en situation de vous répondre. Le personnel de l'Odéon, seul, possède une troisième classe de pensionnaires; ce sont « les boulangers, » la troupe de tragédie, dont le costume, rappelant celui dans lequel se montrent les mitrons, semble, jusqu'à un certain point, légitimer cette burlesque appellation.

Comme on peut le supposer, Juliette était de l'aristocratie, et, qui plus est, n'y eût-il que par ses prétentions, à la tête de cette aristocratie ; une reine, en effet, à qui il ne manquait, même pas, une cour. Quant au budget, il lui venait d'ailleurs.

Après avoir été mise à l'amende, après avoir crié et menacé, l'irascible *Etoile* du théâtre Jouffroy, avait fini par se satisfaire du rôle qui lui était attribué, dans la nouvelle pièce de La Tréfailles, et l'empressement qu'elle paraissait mettre à répéter depuis quelques jours, n'avait pas peu contribué au revirement survenu, dans l'opinion, au sujet de l'ouvrage de celui-ci. Après avoir craint de batailler perpétuellememt avec elle, on n'avait plus qu'à se louer de son bon vouloir. Plusieurs fois, elle avait prié l'auteur de lui expliquer le sens de répliques, qui l'embarrassaient, et elle s'y était prise, pour cela, avec une modestie, qui avait flatté Georges. Il s'était fait tendre avec elle, et à mesure, il lui rendait des soins assidus.

De fait, la réputation de cette femme l'attirait. Et puis, il avait besoin d'elle. Et puis encore sa notoriété dans le monde de plaisir la douait, à ses yeux, d'un prestige qui, malgré les signes refroidissants d'une maturité apparente, la lui rendait enviable.

Au départ de Paris, il s'était arrangé de façon à monter dans le compartiment choisi par Juliette. Dès la descente du train, il s'était joint, ensuite, au petit groupe de ceux qui lui faisaient cortége, et qui, se détachant du gros de la compagnie, faisaient bande à part. La gaîté n'était pas ce qui dominait parmi ceux-ci. Ils étaient à âne, oui ; mais ils y étaient graves, sans avoir moins de comique pour cela ; seulement ils l'étaient involontairement. Au lieu de rire et de gambader, on faisait de l'esthétique, avec un tantinet de philosophie, sur la nature, l'âme et la divinité.

Bien qu'intelligents, d'autre part, ce qu'ils disaient couramment sur de tels sujets, n'était ni moins banal ni moins présomptueux que ce que, cent fois, nous en avons dit nous-mêmes, vous et moi, sans, par là, nous distinguer de nos voisins, ni des voisins de nos voisins. Il y a des heures où ces divagations pédagogiques ne sont pas sans nous procurer quelque satisfaction intime. On n'y entend rien, comme de raison ; on sait que le camarade n'y voit goutte, on a la parfaite expérience de la stérilité de ces causeries, dont, assez souvent, on ne se tire guère sans se chamailler un peu, mais on est content tout de même.

On a fait le beau parleur, on a répété, comme de soi, en les altérant de fond en comble, sans s'en douter, des arguments lus, par hasard, dans des recueils qu'on vante, en dépit de la fatigue et du sommeil, qui les ont fait glisser des mains jusque sur le parquet, et l'on croit, ainsi, avoir fait preuve de profondeur et de capacité intellectuelles.

Entre homme et femme, ces balivernes ne manquent guère de tourner à la poésie langoureuse. Une fois embarqué dans les théories de l'existence future, dans les définitions de l'âme, les idéalisations de l'amour paradisiaque, invitent volontiers à ces élans, qui en sont comme un avant-goût, un faible échantillon!

Juliette et Georges, en chevauchant de compagnie, en vinrent assez vite à cette nuance philosophique, que stimulait peut-être bien l'âcre senteur des bois. Toutefois, de la part de l'actrice ce ne pouvait être que distraction de dillettante, occasion de pérorer, de se poser en femme supérieure. A l'attendrissement progressif de l'auteur, elle opposa, tout à coup, un exposé de principes qui le mortifia cruellement.

Ce n'est pas que sa vertu fût particulièrement susceptible. Non. Mais, par une singularité d'entendement, qui n'est pas absolument inusitée chez les femmes-artistes, tout ce qui touchait au théâtre lui semblait exclu, hors de cause, en matière de liaison de cœur. Du pompier à l'auteur, on ne pouvait, pour elle, être pris au sérieux. Les gens d'un cercle, à la bonne heure ! Mais des faiseurs de pièces, des journalistes ? Jamais ! Tous, à son sentiment, étaient entachés d'un caractère de *cabotinisme*, qui interdisait toute affaire. A l'exemple du charbonnier qui disait : « Ni hommes, ni femmes ; tous Auvergnats, » elle pensait : « D'aucun sexe ; tous camarades ! » Et dans toute sa carrière, qui datait cependant, elle n'avait pas une faiblesse de ce genre à se reprocher ; pas même en faveur d'un des musiciens de l'orchestre. C'était un caractère !

A l'écouter, en sa profession de foi, Georges se sentit souverainement blessé. Il affecta pourtant de le prendre gaiement, riant jaune, et s'appliquant à paraître le plus dégagé du monde ; mais se trahissant aussitôt, par quelque pointe aigre-douce, qui donnait la mesure de son déplaisir. Sa vanité était atteinte en plein. Il voulut dissimuler, donner le change, et comme il arrive régulièrement en pareil cas, il commit des balourdises, et ne tarda pas à s'apercevoir qu'il allait devenir profondément sot et ridicule : la mésaventure inévitable du caprice non partagé.

Pour éviter de donner finalement à rire, il s'attarda, peu à peu, aux derniers rangs des courtisans de la dame. Tantôt, il cueillait une fleurette ; tantôt, il paraissait s'intéresser à quelque trouvaille entomologique. Personne n'en était dupe, pas même lui, et sa confusion se tournait en rage sourde.

Pour se remonter, il s'en prenait, comme de raison, à cette mijaurée, qui aurait dû — pensait-il — se trouver honorée de l'hommage d'un garçon tel que lui : « le jeune et sympathique auteur des *Vieux Arthurs*, après tout ; trois mille soixante-seize francs à la cent soixante-douzième, comme on pouvait savoir ! Le tenir pour inférieur à des viveurs, sans autre mérite que la coupe de leurs habits ? Lui ! le célèbre La Tréfailles ?...

Néanmoins, plus il se disait de ces choses, moins il se consolait, et prenant son parti en brave, il s'était assis au pied d'un arbre, prétextant la fatigue, et laissant la dédaigneuse et ses suivants poursuivre leur route en avant.

Une fois seul, il s'en donna, durant un bon moment, à tempêter contre elle d'abord, puis contre lui-même, se raisonnant avec sévérité, se répétant : — « C'est bien fait, imbécile !

Sa colère usée, une certaine tristesse le prit. Tout seul, perdu sous ces grands arbres, rapetissé entre ces horizons, où tout semblait ignorer qu'il y eût des êtres humains, capables de se croire supérieurs au reste de la création, pour avoir écrit des badinages, il se demandait ce que vaut, au demeurant, toute cette célébrité mondaine, qui le rendait si plein de sa propre considération. Dans quelle mesure pouvait bien se soucier ce cantonnier, qui cassait des pierres là-bas, de la Société des Auteurs et Compositeurs dramatiques, des prix de l'Académie, du Théâtre-Jouffroy, et qui pis est, des *Vieux Arthurs ?* Savait-il seulement qu'il y eût quelque part un La Tréfailles ? Et jusqu'à quel point eût-il été surpris d'apprendre qu'on avait fait trois mille soixante-seize francs à la cent soixante-douzième ?

Ainsi, c'est ça ; ce n'est que cela, la gloire ? Etre l'homme du jour, un gaillard dont on cite les mots, dont les faits et gestes sont relatés dans vingt feuilles publiques, et, à vingt kilomètres du boulevard Montmartre, ne pas plus compter que le premier venu ! Lui, qui s'imaginait l'Europe attentive, sinon anxieuse, attendant sa nouvelle pièce !

Par une sorte de réaction, assez fréquente, chez les hommes qui s'agitent en une perpétuelle surexcitation cérébrale, un profond dégoût de cette existence factice, presque fantastique, l'envahissait peu à peu. Le grand calme de la forêt, ce silence, d'abord accablant et pénible, cette paix grave et sereine, lui paraissaient le souverain bien, le digne objet d'aspirations sensées. Se retirer de la bagarre, et s'installer là, dans un coin lumineux, pittoresque, embaumé ; s'y faire un nid, étroit, discret, silencieux ; y travailler dignement, sans souci de la critique, et s'endormir, le soir aux côtés d'une épouse aimante et chaste, après un regard attendri, sur le visage bouffi d'un bambin, tout cela lui apparaissait comme en un rêve aimable.

Ah ! ne plus avoir l'anxiété de savoir si la scène IV fera l'effet voulu ; ne plus appréhender l'opinion de Sarcey ; ne plus rechercher, du premier coup d'œil, avant tout, dans le *courrier* de Jules Prével, si le rival, si Chapelaine s'est fait faire une réclame nouvelle !...

Ce Chapelaine ! aucun talent, vous savez bien ! Rien que de la chance. Et intrigant !...

Une clameur, encore lointaine, le tira de ses réflexions. Il y avait du rire et de l'appréhension dans cette confusion de voix.

Il tourna la tête, et, à travers le taillis, il aperçut le surplus de la bande, à laquelle il s'était mêlé : ceux de la troupe de zinc, qui couraient comme des possédés. Les uns joyeux brandissant des houssines feuillues ; les autres, les femmes, à un certain degré inquiètes, ils parlaient tous à la fois. Qu'y avait-il ?

Bientôt un bruit de pas précipités s'accentua dans le voisinage. Au détour du sentier, il vit, se rapprochant de lui, au plus grand galop, dont il fut encore capable, un des roussins loués le matin; lequel, selon l'apparence, ayant flairé le gîte, coupait au court, sans se soucier de l'opposition, qui lui était faite, par les deux petites mains de Rose accrochées à la bride.

Ah ! qu'il s'en moquait bien, par exemple ! Qu'elle tirât de gauche ou de droite, il n'y trouvait, pour lui, qu'un point d'appui, et, avec cette persévérance caractéristique, dont la nature a doué ces animaux sacrifiés, il filait, droit devant lui, les oreilles dressées, le nez en avant, humant, en imagination, la bonne odeur de picotin, qui l'attendait, supposait-il.

La jeune fille, elle, le teint animé, l'œil et le visage joyeux, paraissait grisée de grand air. Ses cheveux dénoués se répandaient, en boucles, flottantes par delà le dossier de la sellette. Ses bras tendus et rapprochés mettaient en saillie son buste gracieux, et ses jupes, tourmentées par la rapidité de la course, laissaient voir l'élégante cambrure d'un coude-pied d'enfant.

Brave à tout hasard, par ignorance d'un danger, que l'herbe épaisse rendait à peu près improbable, jolie de jeunesse et de simplicité, elle suivait l'allure cahotante de l'obstiné baudet, avec une souplesse, dont la distinction avait de quoi frapper. Aperçue, ainsi tout à coup, dans ce chemin plein d'ombre et de verdure, c'était une vision idéale. Elle et l'âne, ces deux êtres, si sincères, chacun, en leur entêtement opposé, se complétaient, comme à plaisir, faisaient tableau.

Georges en éprouva subitement l'harmonie. A demi souriant, il s'était levé pour aller au-devant de l'âne, et l'arrêter dans sa retraite. Déjà, il le voyait à portée de sa main, quand celui-ci, obliquant à l'écart, buta des deux sabots contre une racine en saillie. L'élan le fit porter sur les genoux, tandis que Rose, subissant la vitesse acquise, se trouvait redressée, puis debout sur la planchette, puis penchée en avant, prête à rouler sur la mousse et dans les broussailles. La surprise lui arracha un petit cri, presque aussi près du rire que de l'effroi.

Au tiers de la chute, Georges avait pu la saisir. Elle se laissa tomber dans ses bras, un peu étourdie, essoufflée; mais encore, et bien franchement souriante.

Gaiement lui-même, il la tenait serrée contre lui, sentant battre son cœur, dont les mouvements troublés, en désaccord avec la respiration, provoquaient, chez la jeune fille, une légère suffocation, qui la laissait abandonnée, la tête appuyée sur l'épaule du jeune homme.

L'imprévu, le temps qu'il faisait, le contact de cette fillette, fraîche et jeune, avaient pénétré Georges d'un charme irrésistible. L'auteur, la célébrité avaient disparu. Sans réflexion d'aucune sorte, cédant inconsciemment à l'attrait, il posa ses lèvres sur le col de Rose, moitié dans la racine de ses beaux cheveux noirs, moitié sur l'ourlet de sa fine oreille.

Elle releva la tête, alors, le regarda étonnée, puis se dégageant doucement.

— Pardon, monsieur ! dit-elle.

A ce moment, les camarades arrivaient à travers les branches. Les femmes s'inquiétaient de Rose, qui, avec une sorte d'entrain un peu fébrile, répondait :

— Je n'ai rien.

Les hommes s'étaient remis à courir après la bourrique, qui, sitôt relevée, avait repris sa course. Mais, empêtrée dans la bride, qui traînait sous ses pieds, l'animal se laissa gagner, puis atteindre. Et c'était autour de lui, une mascarade indescriptible. Du ton, en apparence le plus convaincu, on lui, faisait des remontrances, lui expliquant ses devoirs, faisant appel à ses bons sentiments.

De son gros œil intelligent, l'âne les contemplait, s'amusant peut-être à leurs gambades. Pas fâché d'ailleurs, ni humilié d'être repris; mais suivant son idée sans doute, dans le secret de ses intentions instinctives. Les uns l'appelaient « mon cher ami », les autres lui offraient une cigarette, et ils lui faisaient des discours sans fin, qu'il semblait écouter sans y attacher de sérieux, ayant l'air de penser :—« Vous êtes des blagueurs. »

Loin de le battre, on parlait de le décorer de branchages, et quand une mouche s'abattait sur son poil, on la lui chassait obligeamment.

Riant, chantant, on s'était remis en route, pour retourner à Montmorency, où le dîner se préparait. L'âne, traité en ami, ne portait plus personne, et Rose, tout à fait remise de son émotion, ayant renoué ses cheveux, repris son chapeau et son ombrelle, marchait à côté de madame Berthier.

Georges, resté en arrière, la suivait en l'examinant, comme intimidé par ses propres impressions. Séduit par la grâce de cette jeune fille, grâce exquise que ne diminuait aucune affectation, «aucun chic», ainsi qu'il l'avait lui-même remarqué, il faisait semblant de s'intéresser à ce que lui disait le régisseur, à qui il répondait par monosyllabes, sans savoir bien exactement ce dont il était question.

Il pesait, en lui-même, des raisons étranges. Par une intuition dont nous sommes tous pourvus à un égal degré, il sentait qu'il plaisait à Rose. Il en était flatté sans doute, presque touché; mais, si jeune, si nouvelle au théâtre, quelles idées pouvait-elle avoir sur la possibilité d'une liaison avec lui? Et puis, nul renom, nul mérite reconnu; une débutante, une doublure! La courtiser, n'était-ce pas aller au-devant de difficultés bien grandes, en raison de la modestie du triomphe à poursuivre? Il hésitait.

Une fois dans le pays, les ânes ramenés au loueur, non sans gamineries nouvelles, — ils les embrassaient ces douces bêtes, ou leur faisaient de grands saluts, en leur disant : «Tu m'écriras!... » ou bien : «Nos compliments à Ganesco!...»— les troupes de zinc et de ferblanc se confondirent de nouveau, dans la salle du restaurateur.

Dans un coin, Juliette, entourée, régnait en souveraine, sur quelques premiers sujets, auxquels se mêlait Philippin, très surpris de voir son ami rester à l'écart, et confondu parmi les humbles. L'Etoile mettait un peu de malice à trôner magnifiquement. Elle semblait vouloir faire entendre à Georges que : « faute d'un moine, l'abbaye ne manque pas, » et ce niais célèbre s'en sentait froissé. Par mesquin esprit de vengeance , il se rapprocha de Rose, et ostensiblement fit l'empressé.

Rose n'était, oui, qu'une actrice obscure — douze cents francs! ah! — mais à défaut de réputation, elle était jeune, jolie, sage; elle avait cette supériorité indiscutable de la beauté à sa première éclosion, supériorité qui s'affirme de soi, et à laquelle on rend hommage dès l'abord. Pour blesser l'autre, un fruit mûr, *maquillé*, un peu épais, déjà, en ses opulences de matrone, il se fit le cavalier servant de la jeune fille, la couvant du regard, lui parlant à mi-voix, lui prodiguant les « ma belle enfant, » les « mon cher mignon » qu'autorise la familiarité courante des relations de théâtre. A table, il prit d'assaut la chaise voisine de la sienne, et la servit, non en humble galant, qui veut se faire bien venir , mais en protecteur épris, et tendre, en sultan qui honore de son attention.

Le dîner composé de poissons et de gibier aquatique — menu de mortification, comme on sait — provoqua, sur ce dernier article, quelques scrupules de la part des dames. Plus qu'une autre, Juliette se récria, par ignorance, et comme Rose hésitait de même, Georges la rassura, assez haut pour qu'on l'entendît; mais, en apparence, ne s'adressant qu'à elle, comme s'il eût dédaigné ce que Juliette en pouvait penser. C'était la guerre ; guerre de pointes perfides, de nuances cruelles, dont la galerie s'amusait volontiers.

Par suite de cet aveuglement dont parle Standhal, dans son livre « *de l'Amour* », Rose seule ne voyait rien, ou, plus précisément, ne voyait que du bleu dans ce qui se passait. Tout, à son imagination charmée, se nuançait de cette couleur attendrissante. Elle pensait plaire, à celui qu'elle estimait si haut, lui plaire? s'en faire aimer, peut-être. Pourquoi pas? Sincère et inexpérimentée en ces choses, elle estimait que la réciprocité de ses sentiments valait bien qu'on l'affectionnât. Et, raisonnant au point de vue de l'amour, dégagé de toute considération extérieure, elle ne supposait pas que les attentions du jeune homme pussent avoir un autre mobile que celui, si naturel et si simple, de lui exprimer son penchant.

Cependant, il est des âmes à qui une délicatesse infinie est indispensable, et qui souffrent profondément à donner en spectacle les émotions qui les ravissent. Rose se sentait horriblement gênée par les prévenances de Georges. Mais, encore trop candide pour imaginer qu'il y eût de sa part, à lui, intention agressive, à l'adresse d'un tiers, et qu'il mît de l'ostentation dans ses pratiques, elle prenait son parti de l'embarras qu'il lui causait, de l'impudeur qu'il lui imposait, en se disant, avec plus de naïveté que de certitude : — « Il paraît que c'est comme ça! » Néanmoins, elle eût préféré autrement.

Après le dessert, le café versé, les cigarettes allumées, on s'était levé de table, se groupant dans les encoignures.

— Mon cher, dit Juliette à Georges, en l'attirant près d'elle, vous allez faire une double sottise. Vous allez vous embarrasser d'une innocente, qui vous assommera pour avoir des rôles, qu'elle jouera plus ou moins, et je crains bien, en outre, que vous ne commettiez une mauvaise action.

Georges, affectant de rire, riposta aigrement; mais Juliette n'y prit pas garde. Tout en paraissant dégagée, elle était furieuse de la rivalité de cette fillette de rien. Et puis elle était peut-être de ces natures qui ne répugnent pas à être malmenées. Elle se fit conciliante.

— Eh! mon Dieu! dit-elle, après tout, je ne veux pas la mort du pécheur. Venez donc déjeuner avec moi demain? Nous causerons de tout cela.

— Trop tard! fit Georges.

Et il lui tourna les talons.

En chemin de fer, Juliette revint à son dire :

— Par charité? dit-elle en riant.

— Pour qui?

— Pour cette petite.

— Nous en reparlerons plus tard, répondit le jeune homme.

— Oh! non! fit vivement l'actrice. De suite, ou pas. Je ne suis pas une *doublure*, moi.

A la gare de Paris, il pleuvait. On courut à une place de fiacres.

— Rose, dit Juliette, monte avec moi. Je te conduirai.

— Je m'en charge, répondit Georges.

A ce moment, Philippin ramenait une voiture à quatre places, dans laquelle Rose, madame Berthier et les deux amis devaient se caser.

— Au fait, reprit Juliette, prenez-moi avec vous; ncus nous serrerons.

Il n'y eut pas moyen d'éluder la présence de l'Etoile, qui avec un sourire sardonique, fredonnait le long de la route, l'air du *Domino noir :*

Oui, je suis ton bon ange.

Au demeurant, le péril était-il si grand qu'elle affectait de le craindre, et n'y avait-il pas plutôt, dans sa protection acharnée, un féroce sentiment de taquinerie?

On mit Rose chez elle, d'abord. Puis ce fut le tour de madame Berthier. Quand Juliette se trouva seule avec Georges et Philippin, elle se confondit en excuses railleuses.

— Je n'en ai rien fait que pour vous obliger, dit-elle. Un vendredi!... Ça vous aurait porté malheur.

— Toi, répondit Philippin, qui ne parlait guère que l'argot théâtral, pour qu'on vît bien qu'il était « du bâtiment, » tu n'es qu'une « empêcheuse-de-danser-en-rond. »

Georges rentra chez lui furieux. Puis, la colère éteinte, il repassa les souvenirs de cette journée, se complaisant à l'incident de l'âne que montaait Rose. Il la renvoyait, empourprée, ravissante de grâces naturelles et chastes. Il la sentait haletante sur sa poitrine. Il revoyait son col blanc, osmbragé de cheveux follets et frissottant, où la lumière miroitait, par petits éclats diamantés. Il croyait ressentir de nouveau l'impression de ce baiser, au fin bord de l'oreille, baiser discret, exempt d'arrière-pensée, à ce moment, sorte d'hommage!...

ROSE.

Se relevant de son lit, d'où le sommeil fuyait, il s'assit à sa table, et bousculant tous ses papiers, il fit plus de vingt fois le brouillon d'une lettre à la jeune fille. Les premiers, tout d'élan, eussent pu être de vous ou de moi; cela disait ce que ça voulait dire : « Je vous aime » sur tous les tons. Mais vous ou moi, nous ne sommes pas La Tréfailles, et à un barbarisme près, nous eussions envoyé le poulet.

Pour Georges en se calmant, il apercevait la nécessité de rester, même en ces matières, le jeune et déjà célèbre auteur des *Vieux Arthurs*, et à mesure, se châtiant, il s'efforçait d'arriver à une page de style. Qui sait! Plus tard, cette lettre pouvait être montrée à des curieux; il songeait à cela, et entendait ne pas prêter à rire.

Ce ne fut qu'à trois heures du matin qu'il parvint à ses fins. Sa lettre était digne de lui, étudiée, émondée, un peu tiède en ses subtilités; un chef d'œuvre.

Elle produisit un effet foudroyant sur l'esprit de la pauvre fille : le dieu s'inclinait jusqu'à la vestale; il l'aimait; il le lui disait en termes choisis, qu'elle croyait écrits au courant de la plume, par enthousiasme d'épanchement.

Sur le premier moment, elle vit trouble ; ses idées se heurtaient dans son cerveau, elle riait, elle était fière, et puis, elle avait des terreurs indicibles.

Il l'aimait, soit; mais... après? Qu'entendait-il?... L'épouser?... faire d'elle sa femme?... Madame Georges La Tréfailles! Ah! mon Dieu!

Le soir seuement, elle parvint à maîtriser son émotion. Crainte de le rencontrer — que fût-elle devenue devant lui! — elle avait manqué la répétition, et tout le jour, s'était tenue enfermée dans sa chambre, lisant et relisant cette lettre, qu'elle savait par cœur à présent, dont la physionomie était gravée dans sa mémoire.

Ah! le beau jour, en dépit de la tourmente, qui régnait dans son esprit ; malgré la peur latente, intuitive, qui la faisait pâlir subitement, et la rendant honteuse.

Le soir, il lui parut moins douloureux de ne plus fuir l'examen, d'aborder de front la question qui, d'elle-même, se dressait devant son entendement, avec la fatalité irréductible de la logique.

Elle se prit la tête à deux mains, et bravement, elle se demanda :

— Qu'espère-t-il?

Elle eut beau faire, elle eut beau se poétiser, outre mesure, le caractère de ce garçon, en qui elle voyait une supériorité incomparable, force lui fut de se rendre à l'évidence : Georges n'entendait pas du tout l'épouser. Il fallait bien se le dire, se le répéter, s'en convaincre.

Les mœurs du théâtre, d'ailleurs, ne permettaient pas de se bercer d'une telle illusion. Et, plus il était grand, à ses yeux, plus il était célèbre, moins il convenait de s'égarer sur ce point. Voyez-vous, lui ! épouser qui ? une élève, une débutante, la doublure de Juliette ! Allons ! En dépit de ses aspirations violentes à la gloire, de sa confiance en l'avenir, Rose avait des modesties angéliques.

A la fin, surmontant sa peine, — peine profonde et de durée — elle eut le courage de se dire :

— Non ! Il veut faire de moi sa maîtresse.

Mais, constater cette humiliante vérité n'était pas tout. Et puis, il y a maîtresse et maîtresse ! Si encore, — l'amour mène à des compromis étranges ! — ce n'avait été qu'en raison des préjugés du monde artistique, qu'il entendît n'aller pas au delà d'une liaison illicite ! Si ç'avait été bien vraiment l'amour, le sûr amour qui le portât à se déclarer. Eh ! mon Dieu ! dans la carrière choisie par elle, on trouve des ménages irréguliers, sinon plus dignes que les autres, du moins, parfois, plus solidement établis.

Le contrat volontaire, qui lie chacun, offre, assez souvent, une sécurité plus réelle, plus stable, que celle de la légalité, si illusoire, dans un si grand nombre de cas. Qui était-elle, en somme ? Une actrice. Qui devait-elle fréquenter jusqu'à son dernier jour ? Tout un monde de gens dont les mœurs sont faciles, et de qui la considération s'obtient par le mérite personnel, bien plus que par un contrat de mariage.

Singulière chose, que l'influence des milieux ! Cette jeune personne, fille d'artisans honnêtes et réguliers, en venait à s'accommoder de situations bancales, interlopes, honteuses. Elle se disait :

— Je ne suis pas du monde, moi. J'appartiens à une société de soi-disant parias, de déclassés, isolés, à tout le moins, dans une indépendance d'allures qui, quoi qu'on fasse, reste suspecte aux yeux des autres classes. N'est-il pas légitime de profiter de cette liberté, si le bonheur en résulte, alors que, certainement, le renoncement à cette liberté n'est pas une condition pour y parvenir ?

Mais qui assurait que Georges eût de l'amour pour elle ? N'était-ce pas caprice, fantaisie ?

Oh ! alors, elle se révoltait. Servir de jouet, être quittée, et s'exposer à recommencer peut-être ? Non, jamais ! Plutôt renoncer à l'amour ! Elle ne voulait pas mal vivre ; elle ne voulait pas grossir le nombre des effrontées. Cependant, vivre sans amour, quand, déjà, elle se sentait prise, captée, éblouie ? Bah ! l'art devait suppléer à tout, et de tout la consoler !

Et pendant qu'elle était en humeur d'abnégation, se répétant que l'art pouvait suffire à son existence, elle revenait sur les premiers compromis, se relevant de défaillances morales. Non ! elle ne s'accommodait plus à présent d'une liaison illégitime, si éternelle qu'elle dût être. Si Georges l'aimait, qu'il l'épousât ; si non... quitte à pleurer, tant pis ! Après tout, d'auteur à actrice, on n'est pas si loin de compte !

Cette conclusion lui procura tout à coup un calme de conscience, qui lui fit du bien. Et, prenant une plume, elle écrivit :

« Moi aussi, monsieur, je vous aime, et
» c'est peut-être un grand malheur, puis-
» que ma situation me condamne à n'être
» pour vous, qu'une de ces personnes, qui
» peuvent plaire un moment, sans qu'on
» puisse s'y attacher. Si j'étais digne de
» vous, ce que vous me dites de vos senti-
» ments à mon égard, me rendrait plus
» heureuse que je ne le serai jamais sans
» doute, et ce me serait un orgueil de vous
» consacrer toute ma vie. Mais telle que je
» suis, je ne tarderais guère à vous deve-
» nir un embarras, un sujet de préoccu-
» pations fâcheuses.

» En dépit de votre bonté, vous fini-
» riez par souffrir ; partagé entre l'humi-
» liation, que vous vaudrait mon obscurité,
» et les scrupules d'un cœur généreux, à
» la pensée d'abandonner une pauvre fille,
» dont le tort est d'avoir moins de mérite
» que d'amour et de dévouement. Et moi,
» monsieur, après la joie d'avoir été ai-
» mée d'un homme supérieur, quelle ne
» serait pas ma peine, de retourner à mon
» isolement ? Je ne suis pas sûre d'avoir
» assez de courage, pour en pouvoir, en-
» suite, prendre mon parti.

» Pour vous-même, monsieur, laissez-
» moi. Le soin de votre gloire, les sa-
» tisfactions de vos travaux vous distrai-
» ront vite de ce que vous éprouvez pour
» moi, qui, si éprise que je puisse être,
» dois me réduire à rester :

» Votre très humble et très respec-
» tueuse servante,

» ROSE VARNEL. »

— Lis-donc ça, toi, dit Georges à Philippin, en lui passant la lettre de Rose.

Puis, quand son gros ami eut achevé :

— Qu'est-ce que tu en penses ?

— Ma foi ! dit Philippin, c'est ou très gentil, ou très fort.

— Fort ?

— Dame!... c'est mettre M. le maire entre vous.

— Bah!

Philippin eut un serrement de cœur. Avec le gros bon sens dont il était pourvu, il avait deviné la faiblesse de volonté de son illustre camarade, et le danger de la situation lui apparaissait dans toute sa netteté. Forte, ou « gentille », Rose était capable d'amener Georges, sinon à en passer préalablement par M. le maire, selon son expression, du moins à y aboutir par la suite des temps, si, la poursuivant avec persistance il entraînait la jeune fille à une faiblesse. Dès lors, son rêve, à lui, Philippin, s'évanouissait.

Non-seulement, il devait renoncer à être le beau-frère du grand homme; mais encore il fallait redouter d'être mis à l'écart. Cette jeune fille brune, bien campée, à la physionomie résolue, absorberait, aisément, pensait-il, le trop nerveux et un peu efféminé La Tréfailles. Mariée ou non, avec lui, elle ne manquerait pas de se rendre indispensable. Il faudrait compter avec elle. Philippin en était certain, et rien au monde ne pouvait lui être plus déplaisant que cette conviction.

Usant de la diplomatie dont il était capable, il fit la maladresse de prendre son ami par le raisonnement. On imagine ce qu'il put lui dire ; ni plus ni moins que des lieux communs, arguments omnibus dont le premier venu l'eût régalé tout aussi bien. L'effet produit fut justement celui qu'on en doit attendre, quand on se blouse au point de combattre, par la raison, le caprice d'un homme vivement affriolé. Georges ne s'entêta que mieux dans sa fantaisie; si bien que l'autre le poussant, il s'écria, vivement :

— Au fait, elle est sage, elle est honnête et d'une famille de bonnes gens; quand je l'épouserais, ce ne sont pas mes ancêtres, la plupart marchands de cochons, qui crieraient à la mésalliance? Au résumé, je l'aime, cette enfant, j'en suis fou, et s'il faut en passer par le mariage, eh bien ! mon Dieu ! voilà tout, je la veux à tout prix.

Le lendemain, Philippin, trouvant la jeune fille, la prit à l'écart, afin de lui parler, lui dit-il, « dans son intérêt. »

D'autres, qui se souvenaient des attentions de Georges, durant le dîner de Montmorency, le voyant afficher au grand jour ses prétentions sur elle, ne crurent pas devoir moins faire que de donner des conseils à celle-ci. La possibilité d'une liaison avec lui, leur semblait un péril.

On fit tant que Rose, tourmentée, inquiète, commença à souffrir très sérieusement de la situation qui lui était faite. En tous cas, ses idées n'étaient plus nettes. Ses résolutions, variant d'une extrémité à l'autre, dans la même journée, n'avaient plus de consistance. Elle était troublée à l'excès, et sa chambrette, le soir, la voyait pleurant et malheureuse. Qu'une occasion la desservît, elle était perdue.

A quelques jours de là, le théâtre Jouffroy faisait relâche, pour la répétition générale de : *La Petite fille de Célimène*, la nouvelle comédie de La Tréfailles. Dans les offices du boulevard des Italiens, sous le péristyle, on vendait cinq ou six louis, les fauteuils pour la première, qui devait être donnée le surlendemain. Déjà, dans la salle, éclairée comme pour une représentation, tout le personnel de l'administration, la parenté des acteurs et des employés, les machinistes, le chef de claque, et un grand nombre d'invités, s'étaient installés et formaient des groupes épars.

Le rideau levé, montrait le décor du premier acte. Les tapissiers garnissaient les portes et fenêtres, pendant que le chef d'accessoires plaçait, à l'endroit convenu, les objets nécessaires au jeu des personnages. Le décorateur, rectifiant la plantation, faisait *appuyer* les *bandes d'air*, afin de masquer la *découverte*, et le souffleur, assis sur le cabriolet de sa niche, se faisait les ongles, avec le crayon du régisseur, qui se démenait comme un beau diable, bousculant ses subordonnés.

A l'orchestre on répétait l'ouverture, et le chef, à la moindre fausse note, arrêtait tout, furibond, interpellant le délinquant avec une vivacité de dindon en colère, comme s'il ne s'agissait que de sa musique, et que tout fût perdu pour un dièze méconnu.

De temps en temps, le concierge, une carte à la main, courait après le secrétaire général, qui se tenait dans quelque couloir, adossé au mur, et bavardant sur le ton de la plus cordiale familiarité, avec les actrices de la maison. Le portier lui remettait la carte, demandant s'il pouvait laisser entrer celui qui la présentait. Quand c'était un acteur, un auteur, ou un inconnu, un signe de tête ouvrait le sanctuaire au curieux. Quand c'était quelque personnalité, soupçonnée de tenir de près ou de loin à un journal :

— Voyez Flaquinet, répondait le secrétaire.

Et Flaquinet, qui avait la fièvre, répondait vivement.

— Non! Jamais! Pas de journalistes, des « bêcheurs ». Demain, ils feraient un compte rendu. Il n'en faut pas des journalistes !

Sur quoi le portier, revenant au solliciteur, s'en tirait comme il pouvait.

Dans les corridors des loges d'artistes, dans les escaliers, un va-et-vient bruyant, de costumiers, de lingères, de coiffeurs affairés. Un bruit confus de pas, de chants, de réclamations multiples.

— Pacôme ! Pacôme ! criait une voix. Tu sais, mon garçon, quand tu voudras m'habiller, ne te gêne pas !

— Achille, et ma perruque ; quand est-ce ?

Puis d'un ton monotone, l'avertisseur :

— En scène pour le premier acte.

Figurantes et pompiers se croisaient avec le garçon du café voisin, porteur d'un mazagran, ou d'un bock ; mères d'actrices, visiteurs, tout un monde bizarre, pressé, en plein coup de feu.

Pendant ce temps, Georges, Philippin et les censeurs, réunis dans le cabinet de Flaquinet, causaient politique, avec celui-ci, qui s'emportait contre le gouvernement, sur ce qu'il semble favoriser la concurrence des cafés-concerts, et surtout parce que, au mépris de la plus mince justice, il s'entête à maintenir l'inique impôt du droit des pauvres.

C'était le fond de ses opinions. Sur le reste, il trouvait toujours que ça allait bien ; mais les cafés-concerts et le droit des pauvres !...

A son sentiment, il y avait de quoi faire encore une révolution !

On ouvrit la porte du cabinet.

— Mes enfants, quand vous voudrez, dit le régisseur.

— Allons, répondit Flaquinet.

En traversant les coulisses, ils gagnèrent le troisième rang des fauteuils d'orchestre, qui leur était réservé , selon l'usage.

Pendant l'ouverture, répétée sans arrêts, cette fois, Georges parcourut la salle du regard. Dans un coin sombre du pourtour, il aperçut Rose et sa tante, qu'accompagnait madame Berthier, de l'emploi de qui, Georges n'avait pas eu besoin pour sa pièce.

Le premier acte parut plaire à l'auditoire, quoique l'on n'osât applaudir. Toutefois, le chef de claque prenait fréquemment des notes. Un bon signe.

— Ferons-nous l'*entrée* de Juliette, demanda celui-ci, en abordant le groupe directorial.

— Pourquoi donc faire ? répondit brusquement l'auteur.

— Mais si ! mais si ! répliqua Flaquinet avec vivacité. Tu es donc fou, toi ? ajouta-t-il, en s'adressant à Georges.

Depuis huit jours, il le tutoyait, non pas qu'il l'aimât davantage ; mais ce lui était plus commode, et puis, comme beaucoup d'autres gens de théâtre, il tutoyait tout le monde, sans savoir pourquoi.

Cependant, voyant que son auteur allait protester contre l'*entrée* de Juliette, il lui prit le bras en riant, et l'attirant dans un recoin du passage de communication.

— Parce qu'elle n'a pas voulu de toi ? lui dit-il. Ça serait mesquin, mon cher ! Et puis c'est mon *étoile ;* et puis, elle a un abonnement avec le chef de claque ; ainsi !...

Le chef de claque, avait d'ailleurs rassuré son directeur, par un clignement d'œil, qui signifiait :

— Laissez-le dire ! Je ferai l'*entrée* tout de même !

Au moment d'entrer dans dans le cabinet de Flaquinet, pour attendre la pose du second décor, Georges abandonna ses compagnons.

— Où vas-tu ? lui demanda Philippin.

Georges ne lui répondit même pas. Il allait trouver Rose.

Seuls, avec les censeurs, le directeur et Philippin demandèrent à ceux-ci leur avis sur ce premier acte. Ils débutèrent, selon la coutume, par trouver tout très bien, et ni l'un ni l'autre ne manqua l'occasion de placer la phrase indispensable :

— « C'est bien écrit ! »

C'est le moins qu'on doive à tout auteur, dont on va critiquer l'ouvrage, et la politesse faite, on peut s'attendre à ce « seulement » caractéristique, si finement observé dans la pièce de Barrière et Capendu.

Cette fois la critique portait sur un point qui leur avait été sensible à chacun : quelques longueurs dans l'exposition. Philippin lui-même en convenait. Et il en convenait d'autant mieux, à ce moment, que, devinant parfaitement la raison de l'absence de Georges, il n'était pas content de lui.

— « Cette idée ! pensait-il, d'aller faire le galant près d'une doublure, quand on joue si grosse partie ! »

— Il y a longtemps que je le sens, ce défaut, dit Flaquinet. Mais, ces animaux d'auteurs sont tous les mêmes. Dès qu'on parle de coupures, ils poussent les hauts cris. Dites-le lui donc, vous autres, ajouta-t-il, en s'adressant aux censeurs.

Ceux-ci déclinèrent la corvée, et pour cause, disant, au surplus, que Philippin seul pouvait charger de faire entendre à Georges ce conseil d'ami.

Sachant fort bien avec quel dédain il serait reçu, le gros garçon n'en accepta pas moins l'ambassade, moitié par gloriole de paraître fort de son crédit ; moitié par intérêt réel, pour celui, dans la célébrité de qui il se drapait.

Mais, cette fois, moins que jamais, il devait être écouté, car, un moment auparavant, à la demande que Georges lui faisait de son impression, Rose avait répondu :

— C'est charmant !

— N'y a-t-il rien qui vous semble être modifié ?

— Rien.

— Vous savez, il est encore temps, insista le jeune homme, et, à force d'entendre répéter sa pièce, un auteur finit par n'y plus rien démêler. Dites-le moi donc franchement, vous ne voyez rien à couper ?

— Oh ! Dieu ! s'écria Rose, n'y touchez pas, surtout ! Je vous assure que c'est charmant.

Philippin pouvait bien dire, après cela, tout ce qu'il voudrait. Et de fait, quand, plus tard, dans la soirée, prenant mille précautions il hasarda que, « *peut-être !* serait-il bon d'abréger un peu l'exposition, » Georges lui répondit :

— Tu me fais grand plaisir, de me dire cela, mon ami ; je craignais qu'elle ne fût trop courte.

Toute la durée de l'entr'acte, le jeune homme resta près de Rose. Le directeur et les censeurs revînrent à leurs places, avec Philippin, Georges était encore là ; on n'attendait plus que lui pour commencer.

— Ah ça, où est-il ? dit Flaquinet contrarié.

— Parbleu !... répondit sommairement Philippin, en haussant légèrement les épaules.

Juliette, en scène, depuis un moment, s'avança à la rampe.

— Est-ce que nous allons coucher ici ? demanda-t-elle à son directeur.

— Le fait est qu'on se fait vieux ! appuya le souffleur, à demi sorti de son trou.

— Georges ! Georges ! appela Flaquinet, si nous sommes de trop, tu sais, mon petit !....

— Me voilà, répondit l'auteur.

Toute la salle tourna les yeux vers lui, et, le voyant debout, continuer de parler à Rose, on en tira cette conclusion, qui devait courir les cafés le soir même :

— Il est avec elle !...

— Commençons ! s'écria Flaquinet, en frappant du pied, avec impatience.

Et de nouveau, l'orchestre grinça.

Pendant ce temps, Georges disait à Rose :

— Vous viendrez demain ?

— Certainement.

— Vous avez un service ?

— Oui, fit-elle, avec un petit sourire contrit.

— Où êtes-vous placée ?

— Dam !...

— A la seconde galerie ?

— Pas même.

— Ah ! fit Georges scandalisé ; au cintre ? avec les habilleuses ? Imbécile de Flaquinet !

Puis tirant un coupon de sa poche :

— Tenez, dit-il, voilà ma loge.

Elle voulut s'en défendre.

— Je vous en prie, lui dit-il. Je n'ai pas de parents, et je vous crois ma meilleure amie.

Ayant regagné sa place, à l'orchestre, auprès de Flaquinet, celui-ci lui fit la mine.

— « Je m'en moque bien ! » pensa Georges.

Le lendemain, dès midi, le porteur de bulletins collait une affiche manuscrite à la devanture du théâtre, affiche qui portait :

« *Toutes les places étant louées, les bureaux ne seront pas ouverts.* »

Malgré cela, des gens, venus en fiacre, frappaient au bureau de location, offrant jusqu'à deux cents francs d'un strapontin, cherchant à séduire, depuis la buraliste jusqu'aux ouvriers, qui essayaient le cordon de gaz, qui devait illuminer la façade, dès sept heures.

A l'entrée des artistes, dans le passage, il y avait des pourparlers interminables, entre le portier et des personnes, qui pensaient obtenir un coin, à force d'insistance. Les uns se disaient les intimes amis de Flaquinet ou du secrétaire général. D'autres prétextaient d'une promesse formelle et voulaient que le portier lût la lettre qui en faisait foi. Certains se fâchaient tout rouge, les dames surtout, menaçant *d'éreinter* le théâtre, dans la société distinguée qu'elles recevaient.

Là haut, le régisseur, accablé de missives impératives ou suppliantes, se débattait, comme un démon, pour défendre le dernier tabouret de l'orchestre des musiciens, gardé à un ami, qui lui prêtait de l'argent à huit, dans les moments pressants.

Jusque dan le bureau de Flaquinet, cinq familiers de la « boutique » montaient la garde, prêts à s'arracher les yeux, à l'arrivée du premier coupon, qui serait renvoyé, par quelque journaliste empêché. Et, mettant les heures à profit, le chef de claque courait au domicile des acteurs principaux, afin de leur *carotter* ce reliquât de petites places, qu'on n'ose offrir aux gens, chez qui l'on a dîné.

Vers six heures, avant même l'arrivée des pompiers et de la garde, les acteurs se rendaient au théâtre. Pâles, défaits, la bouche sèche, non barbifiés depuis la veille, et pis que maussades, les bonnes âmes n'avaient pas le cœur à la farce. La plupart, n'ayant dîné que d'un bouillon, se sentaient faibles, et se laissaient aller à la peur intense qui les galopait. Mais il n'eût pas fait bon de les taquiner, à ce moment. Si rompus qu'ils parussent, leur système nerveux tendu à l'excès, les eût rendus d'humeur intolérante. Aussi, dans les couloirs et sur la scène, le service se faisait-il, en silence et vivement.

Bientôt, les contrôleurs, en cravate blanche, s'insinuèrent dans le comptoir, attendant la minute réglementaire pour ouvrir les portes. Le moment arriva enfin. Il n'y avait plus à y revenir : la partie engagée allait se jouer : pile ou face !

Déjà, la petite pièce, le lever de rideau se jouait devant les banquettes, où à mesure les arrivants s'installaient avec un bruit de petits bancs, de portes fermées, et d'interpellations aux ouvreuses. De la galerie aux loges on se saluait de la main. Tous ceux de l'enterrement de des Aulnoies étaient là, accompagnés de leurs dames, dont les toilettes rivalisaient de luxe.

La fournée pleine, c'était vraiment, une belle salle de première; de quoi fournir trois colonnes de « Frou-Frou. » Le ministre, et ses deux secrétaires, occupaient la grande avant-scène, ayant pour vis-à-vis, le petit marquis de X…, accompagné d'Emma Vali et de la Barrucci. Plus loin, tout naturellement : Bischoffseim. Au premier rang de la galerie, Ulbach, Paul Foucher, M. et madame de Pène, Alfred Assolant, Derval, Larochelle, Choller, Michel Lévy, Perragallo, Adrien Marx, Nadar, Paul Meurice, Siraudin, Michel Masson, M. et madame Louis Figuier, Gustave Fould, l'architecte Garnier, et quelques acteurs à vedette des autres théâtres.

Entre les loges réservées aux directeurs de grands journaux, et où l'on pouvait apercevoir, au hasard de la lorgnette, Détroyat, Pessart, About, Hébrard, on distinguait quelques personnalités officielles : Léon Say, le fils Rothschild et Camille Doucet.

Dans les baignoires, Dica Petit et sa mère, la petite de Lisy, Schneider, B. d'Antigny, et autres.

A l'orchestre, toute la critique, côte à côte avec Ernest Blum et Vacquerie, derrière le docteur Tripier. Puis, épars, l'arrière-train enfoui sous les volants de leurs voisines, Théodore de Banville, Henri de la Pommeraye, Edouard Fournier, Marcellin, Jonas, Adolphe Nibelle, avec Touroude, perché sur un strapontin.

Assis de travers, le coude appuyé sur le dossier du fauteuil précédent, Sarcey, — le farouche Sarcey! — la jumelle au poing, tâchait de reconnaître le visage de ses plus proches voisins.

Puis, comme des pâquerettes émergeant d'un gazon ; points lumineux, sur un fond sombre! Sarah Bernardt, Clotilde Colas, la jolie petite Massin, et la bonne grosse Thérésa.

Au centre d'un groupe, où l'on apercevait Oswalt, Koning, Hostein, Busnach et la députation du café de Suède, la célébrité culinaire, qui se fait une gloire de gaver— au comptant!— toute cette clientèle, le pâle Paul Brébant, étale un gilet « d'une entière blancheur. »

Au rez-de-chaussée, faisant pendant à Bischoffseim, d'un côté le père et le fils Houssaye, de l'autre la famille Musard. Enfin, pour en terminer avec le monde élégant, tout ce qu'il y a de mieux à la Coulisse de la Bourse, se confondait avec la série des honorables *Gommeux* — un mot tout nouveau, d'hier à peine! — dont la tenue de bal, et le camélia blanc, invitaient à supposer qu'on avait affaire à des membres du Jockey's-Club, ou, tout au moins, à des chevaliers de cinq-louis.

Entre la loge d'Offenbach, et celle de Vaucorbeil, où Blavet montrait son fin museau spirituel, une jeune fille, sévèrement vêtue, un peu pâle, se trouvait seule.

— Qui est-ce? demandait-on.

Seuls les gens de la maison pouvaient répondre :

— Rose.

— Rose? qui ça, Rose?

— Une actrice d'ici, la doublure de Juliette.

C'était-elle, en effet, un peu dépaysée de se trouver là, et cependant heureuse ; confiante surtout. A son sentiment, cette soirée allait être un triomphe pour son ami. Mais que l'attente lui était pénible.

Ne sachant pas, si Georges en lui donnant sa loge, s'était réservé la faculté de disposer des autres places, elle n'avait osé amener sa tante, qui d'ailleurs n'y tenait guère, ayant vu la pièce la veille, et ne comprenant pas quel plaisir on pouvait trouver, à entendre de nouveau la même histoire. Ça l'avait fait rire la brave femme; à un moment elle avait eu envie de pleurer; c'était gentil; mais bon pour une fois! Et puis, pour aller dans une loge des premières, elle n'avait pas la toilette nécessaire.

Enfin! les trois coups retentirent. Il y eut un murmure de satisfaction générale; on était en retard. Le chef d'orchestre frappa les mesures Vers la fin du morceau, un grand silence se fit et la toile se leva bientôt, lentement, avec un bruit de poulie, montrant un décor, qui plut aux assistants. Les spectateurs des premiers rangs de l'orchestre, voyant mal, se levèrent. On cria: « Assis! assis! » et l'acteur en scène dit le premier mot, exposant, selon la règle, le lieu, l'époque et la qualité des principaux personnages.

A la scène II, la situation fut exposée, à son tour, et le public l'accepta d'emblée; car le public, qu'on croit difficile, ne l'est jamais quant à l'exposition. Présentez-lui telle situation qu'il vous plaira: impossible, niaise, révoltante, il ne refuse rien. Mais la chose bien entendue, le contrat passé, tenez-vous ferme sur la logique de déduction, ou amusez-le tout son saoûl, sans quoi gare à la culbute!

Cependant, tant que vous exposez n'attendez aucune approbation, aucun *effet*. Ce n'est que par un silence spécial, dont les auteurs connaissent toute l'âcreté, que le public accueillera vos explications. Les auteurs malins, s'ils en ont long à dire, renversent l'ordre classique. Dès la première scène, à l'aide de *mots*, ou par un trait de mœurs réjouissant, qui tient plus ou moins au sujet, font rire, produisent l'*effet*, forcent l'applaudissement, et ne se décident à exposer qu'après cette manifestation, qui équivaut à une sorte de prise de possession de la part du public. Il a ri, il est désarmé, et il faudrait bien profondément s'embourber ensuite, pour qu'il manquât de patience, tant que l'action n'est pas engagée.

Mais ce silence! c'est une des angoisses les plus abominables pour le malheureux auteur, caché derrière un portant, qui, l'oreille tendue, guette le moindre murmure. Ah! l'odieux revers de médaille! l'atroce moment! Et qu'il faut avoir les enveloppes du cœur solides, pour ne pas tomber roide sur le coup. Et quels sujets d'appréhension! L'acteur en scène, prend-il un « temps » pour un jeu de physionomie, l'auteur qui ne voit rien, devient blême et défaille.

— « Le bandit! se dit-il. Il ne sait pas son rôle. Il va balbutier, rester court! Oh! le souffleur, cette canaille de souffleur! qui ne lui envoie pas le mot! »

Mais non, l'autre a repris. Encore deux lignes, et il va dire un mot qui doit faire rire; applaudir peut-être. L'y voilà. Il le dit! Et?... Le mot n'a porté qu'à peine, n'a produit qu'un léger murmure, que l'autre personnage coupe en répliquant trop tôt.

— Imbécile! idiot! canaille!...

— Ah! mon Dieu! que dit-elle? Il y a: « Dès lors » et cette grue dit: « Pour lors!» On va siffler; penser que l'auteur a le style commun. L'infâme dinde!

Et celle-là, qui arrive seulement. Mais c'est à elle! Elle va manquer son entrée, faire accrocher la pièce!...

C'est à devenir fou; à se sauver; à les injurier tous, jusqu'à mourir de rage! Et la claque qui fait des *effets* à côté. Les horribles brutes!

La peur, l'insurmontable peur, absorbe l'individu, à ce moment. Tout en lui est surexcité outre mesure. La vanité, l'ambition sont en jeu, sur ce coup de dés, et parfois — mais alors, c'est le comble de la douleur! — le pain de la femme et des enfants est en question. Que ces gens de loisir applaudissent, et les obligations du père deviennent faciles; qu'ils bâillent, et tout croule; laissant la misère et l'humiliation, le désespoir, les larmes, la faim!

Quand le rideau tomba sur le premier acte, la claque donna ferme.

— La salle est mauvaise, ce soir, dit Juliette à Georges, qu'elle trouva en sortant de scène.

— Mais non, dit vivement Philippin, qui passait la porte de communication. Ça va très bien. Presque tous les mots ont porté. Et, dans le couloir des premières, je viens de voir Sarcey qui paraissait enchanté.

— Tant mieux, fit l'actrice en regagnant sa loge.

— C'est elle qui ne va pas, reprit aussitôt Philippin en changeant de ton. Elle prend des « temps » interminables, entre ses répliques on pourrait aller faire une course. Dis donc à Flaquinet de lui parler.

— Eh bien! ça va; vous devez être content? demanda l'un des censeurs de la veille. L'impression est bonne, à quelques petites longueurs près; vous ferez peut-être bien d'alléger la scène des domestiques. Elle est charmante; mais ce n'est pas suffisamment joué. N'importe, d'ailleurs. Le second acte va enlever la salle.

— Bravo! mon cher ami! dit Chapelaine, en tendant la main à son « cher confrère. » Il y a un esprit d'enfer. Seulement, pourquoi diable Juliette s'est-elle mis une robe si verte ? Elle a du talent, cette fille-là ; mais aucun goût !

— Ah ! mon gaillard ! fit le dessinateur de costumes ; comme ça marche. Cette fois-ci, le ruban rouge !... Ah ! ça y est ! ça y est !

Georges, dit Flaquinet, un mot :

Et l'attirant dans un coin :

— Mon petit, ajouta-t-il, il y a des longueurs, et j'ai peur, à présent, de la scène qui précède le dénoûment.

— Ah ! fit Georges, impatienté, c'est trop tard.

— Non, écoute. Si tu veux, nous ferons un raccord au foyer, pendant le prochain entr'acte. Fais seulement une coupure dans l'explication de la lettre, et ça ira tout seul.

— Jamais ! répliqua Georges. Ce serait bouleverser les acteurs, les inquiéter. Tu m'ennuies, avec tes peurs. Tu es toujours le même aux premières. Si tu es malade, va te coucher, on n'a pas besoin de toi. Tu m'assommes à la fin !

Et comme Flaquinet paraissait navré.

— Va plutôt dire à Juliette de parler un peu plus naturellement, reprit Georges ; c'est elle qui les fait les longueurs, avec son emphase idiote.

— Ah ! je t'en supplie ! je t'en supplie, ne dis pas un mot à Juliette. Elle perdrait la tête. D'ailleurs, tu te trompes, elle est superbe.

En quittant le directeur, Georges tomba sur un de ces excellents amis, dont on n'a jamais su le nom, et qui vous imposent leur fastidieuse familiarité.

— Ah ! mon cher, c'est charmant, à la bonne heure. Voilà une pièce qui repose de ces opérettes, et de ces sermons sur l'adultère, dont on nous accable. C'est charmant. Il n'y a qu'un mot, un seul, qu'à votre place, je couperais ; il a choqué... et je croirais manquer à l'amitié en vous le cachant. C'est dans la scène, vous savez, où le moraliste, celui qui... enfin le Desgenais ! quand il dit au petit crevé, cette longue tartine sur le devoir, la famille, et que le petit lui répond : « Flûte ! » C'est joli, oui ; mais ça a choqué. Pas les hommes du métier ; parbleu ! pas moi ! Je sens bien que c'est un trait de caractère ; mais le monde est si ignorant ! Et puis, votre littérature est si distinguée à l'habitude !... Ainsi, tenez, mon voisin, qui est du vrai public, un homme du monde tout bonnement (je crois que c'est Samuel, le marchand de chevaux), eh bien ! ça l'a choqué. Et Adèle, en entendant le mot... Adèle, mon Dieu ! elle

n'y met pas de prétention, et elle adore vos pièces (elle a vu cinq fois les *Vieux Arthurs !*) d'ailleurs, je la connais bien ; il y a deux ans que nous sommes ensemble, eh bien ! quand le mot est venu, elle m'a regardé ! Et je me suis dit : « Il faudra que j'en parle à La Tréfailles. »

La cloche de l'avertisseur délivra le pauvre auteur de ces tiraillements énervants, qui l'abattaient, en surmenant sa patience. La bouche sèche, les articulations douloureuses, courbaturées, les mains crispées dans les goussets de son pantalon, il vit évacuer les coulisses, avec un soulagement ineffable. Enfin, les trois coups furent frappés de nouveau. On se retrouvait en famille du moins !

Au moment d'entrer dans le décor, le comique tendit la main au jeune homme :

— Ne vous tourmentez pas, lui dit-il. Ça va se relever !

« Se relever ? » Quoi ! ça avait besoin de se relever ? Ça ne marchait donc pas ? C'était donc en train de tomber ? L'anxiété le prit à la gorge.

Le second acte fit beaucoup d'effet. Juliette dut s'interrompre un bon moment, pour laisser achever d'applaudir ; les bravos couvraient ses paroles. Mais la claque — elle n'en fait pas d'autre ! — reprenant de plus belle, au dernier moment, provoqua quelques : « Chut ! » qui diminuèrent légèrement la bonne impression du public.

Cependant le rideau baissé, Georges se sentit vivre. Il tenait la partie pour gagnée. C'est que, le troisième acte, était celui qui avait réuni tous les suffrages à la lecture et aux répétitions. Il se terminait par la grande scène de Juliette, où, épouvantée des conséquences de sa faute, elle disait à son mari : — « Jugez-moi ! » — Le rappel était sûr ; le baisser du rideau triomphal, certainement ! Eh bien, après ? Le quatre ? Il durait dix minutes, le quatre ! Pas de danger !

Remis de ses terreurs, l'auteur reprit cet air satisfait, un peu hautain, dans sa bienveillance de commande, qui fascine les uns et blesse le plus grand nombre. Il passa l'entr'acte au foyer des acteurs, se permettant une cigarette, en dépit des pompiers. Après les bravos du deuxième acte, il était au-dessus des règlements !

— Allons, mes enfants, dit-il, au moment de continuer la bataille, chauffons le troisième et nous y sommes !

Contre l'attente, il fut glacial, ce troisième acte. Les scènes, sur lesquelles on s'était accordé, dès le début, pour déclarer qu'à elles seules, elles feraient admettre tout le reste, eurent passé inaperçues, sans le chef de claque, qui, d'après les notes prises, et les ordres reçus, tenta d'enlever l'enthousiasme. On le laissa faire quatre ou cinq fois. Mais, les artistes et l'auteur ne s'y méprenaient pas. Au lieu de ces bravos pleins, et bien nourris, qui se fondent dans un murmure de voix sympathique, c'étaient des bravos secs, cadencés, comme une batterie de tambour, qui, partant brusquement, s'arrêtaient de même, laissant après eux, un silence pesant, un froid terrible.

A la grande scène de Juliette, on parut se réchauffer un peu ; mais la claque voulant aller trop vite, se fit rappeler à l'ordre, par quelques spectateurs indisposés de tant de zèle. Les claqueurs se piquèrent au jeu, redoublant d'efforts, ajoutant le « murmure approbateur » les bruits de bottes, et de cannes, disant : « Bravo ! Très bien ! » à la façon des gentlemen, si bien qu'on les laissa s'exclamer tout seuls.

— Faiblot ! faiblot ! le troisième ! disait Benjamin, en entraînant Lamie, chez le glacier voisin.

— Il y a de jolies choses ! répondait celui-ci, avec cette indulgence diplomatique, qui permet de faire le connaisseur, tout en écrasant le camarade.

— De jolies choses, je veux bien, répliquait le petit bonhomme, quelques *mots* ; mais ça ne fera pas deux sous, la semaine prochaine.

— Ah ! dame !...

Il étaient dans la joie de leur cœur.

Rappelée au baisser du rideau, Juliette avait hésité à paraître. Mais le public renforçant, par égard pour la femme, les applaudisseurs à gages, elle se décida.

En sortant de scène, elle avait le sourcil froncé. Rencontrant Georges, elle détourna la tête avec intention. Tout le personnel, au surplus devenait, envers lui, d'une circonspection mortifiante. Personne ne voulant être cause de l'insuccès essuyé, c'est à l'auteur que toute la maisonnée s'en prend. C'est sa faute, à ce monsieur, qui n'a voulu entendre aucun avis, aucun conseil ; « on le lui avait bien dit ! »Quoi ? Tout ! Nous a-t-il assez embêtés avec ses exigences !

III

Georges était livide, épouvanté, dans l'isolement rancunier, où chacun le laissait. Et le quatre ? Comment allait-il être pris ? Flaquinet avait peut-être eu une bonne idée de faire faire un raccord, pour couper à l'avant-dernière scène ? Hélas ! il n'était plus temps !

Quand il commença, ce quatrième acte, le pauvre auteur avait la tête en feu. Le sang lui bourdonnait aux oreilles. Le moindre bruit, une porte qui s'ouvre, une poulie qui grince, lui donnait l'illusion d'un coup de sifflet.

Un sourire de la salle lui parut un murmure d'ironique pitié. Un silence des acteurs, lui fit croire, que la pièce en restait là, et qu'on n'achèverait pas. Apercevant, entre les jointures d'un portant, le ménage Musard quitter sa loge, il crut que le public fatigué, ennuyé, abandonnant la place, méprisait de chuter l'ouvrage.

Comme il arrive le plus souvent, il allait à l'extrême opposé. Le quatre fut écouté jusqu'au bout ; et certains effets se produisirent à des passages imprévus. Ce que Flaquinet tenait pour une longueur passa sans accroc ; enfin, au baisser de la toile, on applaudit généralement, sans protestation d'aucune sorte. Bien plus, quand le régisseur se présenta pour nommer l'auteur, il fut accueilli par quelques voix qui, devançant la claque, répétèrent : « Bravo ! très bien ! » Mieux encore, le cri : « Tous ! tous ! » se fit entendre sans opposition, et les interprètes de la *Petite-fille de Célimène* furent chaudement applaudis.

Néanmoins, ni ceux-ci, ni les autres, ni les gens du théâtre, ni les spectateurs, personne ne s'y trompait ; il y avait là, la pire chose qui puisse arriver, et qui arrive le plus fréquemment, un succès d'estime.

— Un *vestaquin !* disaient les machinistes.

— Un succès d'acteurs ! disait Juliette.

En somme, un « four » ! Le terrible, l'écrasant, le désolant effet moyen, qui laisse l'auditeur indifférent, où il souhaitait se passionner.

Rose, restée la dernière dans la salle, était partagée entre une stupéfaction douloureuse et une colère sourde. Pour elle, c'était un chef-d'œuvre ; l'homme qui avait écrit cela était le premier de son époque. Un seul, à ses yeux, pouvait être mis au-dessus de lui : Emile Augier, sans plus !

Alors, pourquoi donc ce froid dans la salle ? Elle y voyait deux causes : une interprétation insuffisante : Juliette lui avait fait mal ; et d'ailleurs elle n'était plus d'âge à jouer un tel rôle. En second lieu, le mauvais vouloir d'un public composé de jaloux. Et puis, vraiment, la claque avait été bien maladroite.

Toute nouvelle encore au théâtre, la jeune fille ne s'apercevait pas qu'elle répétait-là ce que tous les amis des auteurs, en pareille aventure, disent et redisent, depuis que le monde est monde et que l'humanité, partie du Paradis terrestre, en est venue à produire des particuliers qui écrivent des balivernes pour amuser leurs contemporains; non qu'ils y parviennent toujours, et que ceux-ci, loin de leur tenir compte de l'intention, se gaudissent volontiers à leurs dépens de la prétention grande.

Navrée, au fond de l'âme, Rose, comptant bien, il est vrai, que la seconde représentation serait un triomphe frénétique, voulut y assister. Quittant sa loge, elle gagna la porte de communication, afin d'obtenir une place du régisseur, qui devait encore être là.

Sur le théâtre, des groupes commentaient, avec cette consternation qui n'exclut pourtant pas la malice, le résultat, tout au moins insuffisant, de la soirée.

—Je ne vous comprends pas, disait-elle. Je n'ai pas quitté la salle, et je vous assure que l'effet a été excellent. Je vous assure encore que la pièce est une œuvre forte, qui fera demain le double d'effet. Et je vous assure enfin qu'au moment du rappel, Sarcey, tout debout à l'orchestre, applaudissait à tour de bras.

Cela, sans doute, c'était bien quelque chose; mais... mais!...

Les acteurs ont le flair de la réussite, et plus exactement, ils disaient :

— C'est un four d'actrice.

Rose apprit que le régisseur était enfermé avec Flaquinet, dans la loge de Juliette, et qu'on discutait la nécessité de faire un raccord le lendemain, en vue de couper dans le premier acte, ainsi que dans le trois, et de régler à nouveau certains mouvements scéniques.

La jeune fille résolut d'attendre la fin de la conférence, et, souffrant des appréciations de ses camarades, elle se dirigea vers le cabinet du régisseur.

La porte en était entrebaîllée; les allants et venants menaçaient de heurter la jeune fille, dans l'obscurité; elle pensa n'être pas indiscrète en pénétrant.

Dès le premier pas, elle aperçut un homme appuyé des coudes sur la table, le visage enfoui dans ses mains, immobile, silencieux. C'était Georges. Elle le reconnut. Ainsi, il était là, délaissé, troublé, peut-être malade? De temps en temps un mouvement de ses épaules, indiquait une crise nerveuse. La réaction des émotions de la soirée sans doute. Très émue, elle-même, elle fit un mouvement, dont Georges entendit le bruit. Brusquement,

il releva la tête, et la contempla avec inquiétude. Il avait les yeux rouges et humides. Deux larmes coulaient sur ses joues.

— Ah! s'écria Rose, vous pleurez! vous! vous!...

Georges se redressa, et lui tendant la main, avec un sourire navré :

— Ce sont les nerfs qui se détendent, répondit-il. Ces quatre heures ont été mortelles pour moi, et pour quel résultat!...

Rose entreprit de le rassurer.

— Ah! fit-il, je sais mieux que personne ce qu'il en faut penser. S'il me restait un doute, au surplus, voyez dans quel abandon on me laisse. Où sont-ils tous ceux qui, ce matin encore, m'accablaient de leur assommante amitié? Jusqu'à Philippin, tenez! tous partis. La veine est contre moi; on m'évite, on m'isole comme si l'on craignait la contagion. C'est un affreux métier que le nôtre, mademoiselle; mais c'est la première fois que je vois, par moi-même, ce qu'il a d'odieux, dans la mauvaise fortune, et combien notre monde est abominable. Pendant que les sanglots me suffoquent, deux mille personnes se frottent les mains et se moquent de moi.

Au sentiment de Rose, il n'y avait, dans ses paroles, que l'exagération d'un esprit affecté.

— Cependant, dit-il avec amertume, vous voyez où j'en suis réduit : j'attends que directeur et régisseur décident des amputations à pratiquer demain!

— Et vous y consentirez? demanda Rose, indignée. Vous laisserez ces gens, qui n'y entendent rien, porter la main sur votre pièce? Oh! je vous en conjure, ne vous abandonnez pas ainsi. Votre comédie est un chef-d'œuvre, et si elle n'a pas eu le succès qu'elle mérite, cela tient uniquement à ce qu'on l'a mal jouée, du premier au dernier. Pour vous-même, monsieur, ne souffrez pas qu'on y touche; qu'on y dérange rien. Personne n'a qualité pour cela; laisser faire, ce serait trahir le public, et, qui pis est, vous trahir vous-même. Il ne le faut pas. Et si tant est que votre sympathie pour moi me fasse compter à vos yeux, je vous demande, comme une grâce, de vous refuser à la moindre coupure.

L'animation de la jeune fille, la nature de ce qu'elle disait, releva l'énergie du malheureux, en un moment. De nouveau, il lui tendit la main, et la regardant dans les yeux :

— Vous avez donc souci de moi? lui demanda-t-il tendrement.

Elle baissa le regard. Et Georges l'attirant doucement, ajouta tout bas :

— M'aimez-vous, Rose ?

Quelques instants après, Philippin, suivi de Flaquinet, arriva au cabinet du régisseur, lequel resta sur le seuil, pour attendre les ordres de la direction. Ils trouvèrent Georges seul, le visage calme, la cigarette à la bouche.

— Mon petit, dit Philippin, avec un coup d'œil à Flaquinet, il y a trois coupures à faire; trois seulement. Tu le reconnaîtras toi-même, et dès lors, en une heure de répétition, demain, tout s'arrangera, sans que tu aies besoin de venir. Est-ce entendu ?

Georges les regarda tous les deux, du haut d'une supériorité qui peut se permettre de rester souriante.

— Pas un traître mot, dit-il; pas une virgule ! Et si tu veux m'obliger, ajouta-t-il, en se tournant vers Flaquinet, rends-moi ma pièce ; je la ferai jouer autre part et surtout... autrement !

Sur quoi, enfonçant son chapeau, il les salua d'un mot :

— Bonsoir !

Philippin, qui, jusque-là, avait été enchanté du rôle important qui lui était dévolu, et qui, pour en tenir compte au directeur, n'avait que faiblement défendu la pièce, s'aperçut du discrédit que son ambassade lui valait.

— Au fait, dit-il, il a peut-être raison.

Et s'élançant dans les couloirs, il courut après Georges, qu'il rattrapa dans le passage Jouffroy, désert à ce moment :

— Toi, lui dit La Tréfailles, tu es un bon garçon, dont j'estime les avis, et l'amitié, pour tout ce qui concerne la vie courante. Mais quant à mes pièces, désolé d'avoir à te dire que tu n'y comprends goutte, et que tu t'en occupes beaucoup trop ; ce qui m'est, je le répète, très pénible à te dire ; fais en sorte que ce soit une fois pour toutes, n'est-ce pas ?

Froissé au plus profond, Philippin s'appliqua à n'en rien laisser paraître. Il se rejeta sur Flaquinet...

— Un âne ! dit Georges.

— ... Qui s'était laissé circonvenir par Juliette...

— Une grue ! fit l'auteur.

Philippin, abandonnant sa justification, fit semblant de rire.

— Tu as raison, dit-il. Le succès de demain leur montrera la bêtise de leurs terreurs. Mais, avec tout cela, nous n'avons dîné ni toi, ni moi; allons manger un morceau, hein?

— Non, répondit Georges. Tu me déplais ce soir.

Avec une certaine surprise, le gros ami de La Tréfailles avait suivi Georges, dans le passage, non du côté du boulevard ; mais vers la grille de la rue Grange-Batelière. Les marches descendues, tous deux sur le trottoir, Georges s'arrêta, et tendant la main :

— Adieu, dit-il.

— Je ne te reconduis pas?

— Non.

— Où vas-tu donc ?

— Eh ! tu m'ennuies, à la fin, répondit le jeune homme. Je te dis que tu me déplais, là ! J'ai besoin d'être seul. Laisse-moi tranquille.

— Soit ! reprit Philippin, ahuri. Mais, à demain ?

— Dans l'après midi.

Les deux hommes se séparèrent.

De l'autre côté de la rue, un coupé se tenait arrêté, dans un espace sombre. Philippin, tout en gagnant le faubourg Montmartre, et jetant un regard oblique, aperçut son ami aborder la voiture et y monter sans parler au cocher. Celui-ci savait donc où toucher. Il devait y avoir quelqu'un dans le coupé.

— Qui ça? se demanda Philippin.

C'était Rose.

IV

RÉVÉLATION D'UNE ÉTOILE

Quand la jeune fille rentra chez elle, il était quatre heures du matin. Sa tante, madame Varnel, inquiète de son absence, était levée, attendant les premières lueurs du jour, pour aller aux informations.

— Te voilà enfin ! dit-elle, en la voyant entrer. Comme tu es pâle ! Tu as les yeux rouges et gonflés. Que t'est-il arrivé, mon enfant?

— Laissez-moi me reposer, répondit Rose. Je vous dirai tout au réveil. Je suis brisée.

Quel que fût l'état de son âme, elle s'endormit immédiatement, d'un sommeil lourd, agité, mais profond.

A neuf heures, sa tante étant entrée, pour lui proposer de prendre du chocolat, elle la trouva, toujours endormie, mais couchée à peu près en travers du lit. Sa tête, pendait en dehors, entraînant ses cheveux jusque sur le tapis.

La respiration était courte et irrégulière, pénible.

La veuve fit effort pour la replacer convenablement, sans que la jeune fille entr'ouvrit les yeux. De ses doigts crispés, elle tenait quelques plis du drap, qu'il fut impossible de lui faire lâcher. Qu'avait-elle donc? Elle avait pourtant, plus d'une fois, veillé fort avant dans la nuit, pour apprendre un rôle, ou pour se faire un costume, au temps, si proche encore, où elle allait jouer la comédie, à ces parties, montées par les élèves de Ricourt. Un détail fit réfléchir la vieille femme : au poignet, Rose avait une profonde écorchure, qui remontait dans toute la longueur de l'avant-bras. D'autre part, le col de dentelle, qui avait été jeté sur la cheminée, avait l'entre-deux déchiré.

A midi seulement, Rose secoua l'assoupissement, qui avait succédé à son réveil. Durant plus de trois quarts d'heure, on l'entendit tourner chez elle. La veuve prêtait l'oreille ; il lui semblait parfois entendre des sanglots.

Enfin, la jeune fille sortit de sa chambre. Elle était livide, et ses yeux boursouflés avaient encore les cils humectés de larmes.

Elle vint droit à madame Varnel.

— Ma tante, dit-elle, il faut nous séparer.

— Que dis-tu là ! fit la veuve. Pourquoi nous séparer ?

— Parce qu'il ne convient plus que vous soyez mêlée à ma vie.

— Mon Dieu ! fit l'autre, devinant le malheur de la jeune fille.

Un grand silence suivit ; elles étaient debout, l'une devant l'autre, immobiles, embarrassées, impassibles.

Alors, la vieille, se laissa tomber sur une chaise. Elle ne dit qu'un mot :

— Toi !...

Ce qu'il y avait de peine, dans ce mot, de douleur, dans l'accent dont il était prononcé, est intraduisible.

Rose, par un mouvement, tomba devant sa tante, sur les genoux de qui elle cacha son visage, et bientôt une larme, roulant des yeux de la vieille, vint tomber dans les cheveux de Rose, à cette place, où, dans le sentier de la forêt, Georges avait posé ses lèvres.

La crise passée, les deux femmes se relevèrent ; puis, sans un reproche de l'aînée, sans une plainte de la jeune, elles se retirèrent chacune dans leur chambre.

Les intentions de Rose étaient d'abandonner, à sa tante, cette modeste rente de dix-huit cents francs, qui lui permettrait de vivre décemment. Pour elle, ses appointements suffiraient.

— Non, répondit la vieille femme, quand, une heure après, sa nièce lui fit part de cette proposition. Tant que je pourrai travailler, je ne veux rien. Plus tard, tu paieras ma pension dans une maison de retraite. Mais jusque là, tu as besoin de tout l'argent. Garde-le.

Le jour même, elles se séparèrent.

Au dernier moment, madame Varnel tendit les bras à Rose, et, l'embrassant :

— Je te pardonne, dit-elle. Le ciel puisse-t-il en faire autant ! Je vais provisoirement chez une vieille amie. Quand je serai chez moi, viens me voir tant que tu voudras ; tu entends, ma fille ?

Puis après le dernier baiser :

— C'est égal, fit-elle, avec un soupir, on aurait mieux fait d'acheter un petit fonds de lingerie !...

Grâce aux grandes affiches, grâce à la réclame, grâce aussi à la dureté excessive de certains comptes rendus, dureté qui avait provoqué une sorte de réaction de l'opinion, en faveur de La Tréfailles, la *Petite-fille de Célimène* faisait seize cents francs en moyenne. Or, le théâtre n'avait que quatorze cents francs de frais journaliers, c'était un léger bénéfice, qui facilitait, en tous cas, les moyens de monter la pièce suivante :

Et puis si Flaquinet, ne s'entendait pas mieux que les autres — qui n'y entendent guère ! — à la valeur des ouvrages à représenter, il était malin comme un singe, en matière d'administration. Par un système de billets à demi-droits, qu'il avait sinon inventé, du moins poussé jusqu'au plus haut degré de perfectionnement, il avait des salles combles, quand même, et savait refuser habilement la loge demandée, par un grand journal, disant : « Il n'en reste plus ! » ce qui, vérifié le soir par un reporter, lui valait quelques lignes d'information et de réclame.

Au résumé, ce four, ce fameux four, avait encore bonne attitude; si bonne que Chapelaine, jubilant en lisant les *lundistes*, passait son temps à répéter, d'après l'exemple de sa femme :

— « Parbleu ! tous billets donnés ! En voulez-vous, des billets? Je crois que le soir, Flaquinet arrête les passants, sur le boulevard, pour les mener, par le collet, dans ses fauteuils. Mais allez demander à madame Porcher, si le *bouillon* lui paraît salé ! »

De son côté, Juliette était furieuse. Elle eût voulu qu'il ne vînt pas un chat. Les journaux avaient parlé de son âge, et le rôle lui était devenu odieux. Cependant, le soir, devant ces deux mille visages béants, le « *sacré chien* » la reprenait, en dépit de son déplaisir. L'instinct de l'acteur qui *veut* des bravos, de toutes les forces de son organisation, la poussait à déployer ses moyens, et elle contribuait, malgré ses dents, à la reprise du succès.

Une phrase de feuilleton, lui était, à chaque représentation, comme un coup de fouet cinglé au beau travers de l'amour-propre : « Un peu trop marquée pour le rôle », avait écrit l'incivil rédacteur. Il s'agissait de montrer, qu'en dépit de la « marque », on était encore jeune et séduisante. Et cependant « un rôle comme ça! » rien qui vaille!

Quand à La Tréfailles, il se remontait peu à peu ; il osait de nouveau se montrer dans les théâtres, au café, et à la Commission des Auteurs, d'où il s'était éclipsé, tout d'abord, par appréhension des compliments de condoléance.

Et puis, mon Dieu! un four! un four! c'est déplaisant, cruel même ; mais en fin de compte, on n'en meurt pas! Tout autant que quelques confrères, qu'il serait, cependant, indiscret de nommer ici, celui qui écrit ces lignes en peut parler, d'autant plus savamment, qu'il se porte à merveille, et n'a nulle envie de tomber dans la mélancolie.

Le diable est qu'à ce fantasque métier, l'approbation est si directe, si brutale, qu'on en a des soifs inextinguibles, et qu'adulé outre mesure, tant que la réussite se maintient, on donne, un peu trop volontiers, dans le panneau du sacerdoce!

A chaque salve de bravos, on se grandit sur les échasses de la vanité ; il n'est que plus dur d'en choir, et la tristesse prend ; ce qui n'arriverait pas si, mettant moins d'idéal à l'affaire, on réduisait les choses à leur juste valeur; à savoir que, faire une mauvaise pièce n'est pas un crime, et qu'à tout prendre, cette façon d'ennuyer son monde, est encore une des moins dangereuses qu'il y ait pour un gouvernement.

Georges n'en cherchait pas si long; les salles combles sauvaient l'honneur, et les coups de patte, à Juliette, lui tenaient lieu de circonstances atténuantes. Au bout de huit jours, il n'en restait pas moins, « le jeune et sympathique auteur des *Vieux Arthurs!* »

Déjà, les côtés fâcheux de sa nature étroite reprenaient le dessus. Rose, qui lui avait semblé, d'abord, l'ange de la consolation, la femme rêvée, l'humiliait un peu, par la modestie de sa situation. Entre elle et une figurante, il ne faisait pas grande différence. Pouvait-il se montrer avec elle à une première, par exemple? Pas de notoriété; toilette suffisante; mais sans éclat! Et puis Rose n'était pas d'un caractère à le suivre au café Anglais, aux courses, aux dîners des confrères qui donnent à jouer.

Certes, une « bonne petite fille », bien gentille, si vous voulez; mais un peu simple, un peu « de son pays », et vraiment, sans l'ombre de chic! Pour lui rendre justice — il éprouvait, déjà! le besoin de lui rendre justice, — pour lui rendre justice, il fallait reconnaître qu'aucune autre, avant elle, n'avait écouté, avec plus d'attention, la scène qu'il avait écrite dans la journée, ainsi que tous ces projets de pièces qu'il se complaisait à raconter à tout venant, moins par besoin d'en éprouver l'intérêt sur l'auditeur, que par désir d'occuper les autres, et lui-même, de lui-même.

Il prétendait, il est vrai, s'être fait avant elle les observations qu'elle hasardait; mais, au fond, il n'en méconnaissait pas la valeur. Cette fille-là pouvait lui être une sorte de La Foret; voilà tout, par exemple; car pour le surplus, dame!... les prima-donna des Folies-Dramatiques, des Bouffes et des Variétés lui étaient, à mille égards, supérieures.

Philippin, rentré en possession de son intimité, avait dit un mot, qui avait encore refroidi le jeune homme.

— Elle est sûre de débuter maintenant! avait dit le gros garçon, jaloux d'elle.

Quoi! tout ce joli roman — car ç'avait été un roman, avec péripéties larmoyantes et quasi-dramatiques — ce roman aurait eu une arrière-pensée, de la part de l'héroïne? une pensée d'avenir? se faire donner des rôles?

Il en douta, par amour-propre, autant que par conscience. Mais le milieu dans lequel il vivait, entraîne au cynisme, par habitude de la plaisanterie. Il admit que cela fût possible.

Ce garçon, quelque talent qu'il eût, était un pauvre homme.

De la part de Philippin, cette insinuation n'était qu'une arme de guerre, contre la jeune fille, qui menaçait, pensait-il, de prendre de l'influence sur l'esprit et la conduite de celui, dont il recevait le mesquin relief, qui le satisfaisait, par force. C'était une vengeance aussi! Rose lui aurait plû.

Quant à elle, sincère, éprise, dupe de la soi-disant supériorité de celui à qui elle avait fait le plus grand sacrifice dont elle fût capable : le sacrifice de sa propre estime, loin d'avoir aucune arrière-pensée intéressée, elle était tentée de se sacrifier plus complétement encore.

— Fais de moi ce que tu voudras, lui disait-elle. Veux-tu que je renonce au théâtre? Assister à ta gloire me suffit ; tu seras le premier entre tous.

Pour Georges, qui ne connaissait pas les aspirations de la vocation de Rose, ce renoncement le faisait légèrement sourire. Renoncement d'artiste à douze cents francs! Il en parla à Philippin, que le *mot* amusa beaucoup.

A la quinzième représentation de la *Petite-fille de Célimène*, on fit six cents francs. Le soir, après le troisième acte, Juliette fit demander l'indulgence du public. Elle se sentait malade. Pourrait-elle jouer demain?

Le théâtre était sens devant dimanche, et Flaquinet devenait fou. Qu'on arrêtât la pièce, il n'aurait pas demandé mieux; mais que jouer? Le théâtre, nouvellement ouvert, n'avait pas de répertoire. La pièce qui devait succéder, n'était pas achevée, par la bonne raison, qu'en la commandant aux auteurs: Fortuné Lamie et Benjamin, qui avaient à la tirer d'un roman de Paul Féval, on leur avait dit de calculer sur au moins cent représentations de *la Petite-fille de Célimène*.

Pas moyen, non plus, de reprendre la pièce précédente. Chapelaine, se croyant très habile en cela, exigeait ordinairement l'engagement d'artistes du dehors — ce qu'on appelle des « acteurs en chambre »— si bien que l'ouvrage retiré de l'affiche, l'acteur s'engageait chez le voisin, ou partait en tournée, et la pièce était démontée. Comme on voit, une habileté cousue de fil blanc, que le bon Chapelaine tenait de sa femme et qui lui retombait sur le nez.

Tout à coup, Flaquinet se souvint de Rose, des promesses qu'il lui avait faites, et que tout naturellement, il avait oubliées. Au régisseur qui, le médecin entendu, revenait effaré, annonçant que Juliette était dans l'impossibilité de jouer le lendemain, le directeur, le prenant de haut, eut un geste de supériorité superbe.

— Eh bien! voilà tout! dit-il en haussant les épaules. Nous allons faire un coup. N'en dis pas un mot, à personne; cours à l'imprimerie, remplace le nom de Juliette par celui de Rose Varnel, que tu feras mettre en grande vedette, et dont tu annonceras le début, comme si c'était un lauréat du Conservatoire.

Le régisseur tomba de son haut, comme disent les commères, blémissant jusqu'à la lividité; tant ce « coup » était contre les usages. Ces gens, dont le métier consiste à tout attendre du hasard, et de la hardiesse, sont d'une routinerie affligeante.

Malgré l'obéissance passive, qui est de règle en administration théâtrale, le brave homme poussa un hélas.

— Mais tu es fou! dit-il. Une doublure! une inconnue! Tu vas la faire *empoigner*,

elle se fera *reconduire* dès la première scène. Elle n'a seulement pas répété?

— Le tout pour le tout! répondit Flaquinet. Fais ce qu'on te dit, et envoie des bulletins demain matin, pour un raccord dans la journée. Si la petite *pique une tête* tant pis! Qu'est-ce que nous y risquons? Nous n'avons pas fait les frais ce soir, et si cette combinaison ne marche pas, il faudra faire relâche plus de huit jours, rien que pour monter la plus insignifiante reprise d'un *mélo*. Tais-toi, et jouons la partie en beaux joueurs.

Mandée, à dix heures du matin, au domicile de Flaquinet, Rose ne fit pas antichambre.

— Mon mignon, lui dit l'impressario en se mettant à la tutoyer — témoignage de son plus vif intérêt — tu joues ce soir le rôle de Juliette.

— Bien, monsieur, répondit simplement la jeune fille.

— Tu es prête?

— Oui.

— Eh bien! sois à une heure au théâtre, pour le raccord.

— Il est inutile de déranger mes camarades, répliqua Rose. Je sais la mise en scène, et je ne veux pas risquer de les indisposer.

Flaquinet l'examina.

— Tu me fais peur, toi! dit-il. Je n'aime pas les gens qui ont tant de confiance.

— Rassurez-vous donc, répondit la jeune fille. Je n'en ai aucune, et déjà mes dents claquent d'émotion. Mais vous m'aviez dit d'étudier le rôle, afin de le jouer au pied levé, et comme depuis quatorze mois, vous me payez à ne rien faire, il m'a paru de simple probité de faire étroitement ce que vous me disiez. Je serai peut-être mauvaise, je balbutierai sans doute un peu; mais je sais le rôle à la lettre, et tous les mouvements me sont familiers. Je les ai répétés à mesure, chez moi, toute seule. Si je me fais *accrocher*, ce ne pourra être que faute de talent. Contremandez donc la répétition de raccord.

Le directeur, surpris de la netteté de cette fillette, sans notoriété, qui, pour la première fois, allait affronter le vrai public, la contempla en silence, se demandant s'il avait affaire à un tempérament d'artiste, ou à une de ces filles avantageuses qui, médiocres, insuffisantes, paient d'aplomb.

— Voyons, fit-il, tu te sens les reins assez solides pour porter le poids de ce début, sans préparation?

— Je vous réponds de mes efforts et de ma mémoire, sans plus. Quant au résultat, je ne vous promets rien.

— Eh bien ! allons-y ! Et bonne chance, ma fille.

Rose sortit. Mais un quart d'heure après, elle revenait.

— Je viens de voir l'affiche, dit-elle. Vous avez eu tort d'annoncer mon début, et le bien plus grand tort de mettre mon en vedette.

— Possible ! mais c'est fait.

— En ce cas, je vous prie de me faire parler au chef de claque, devant vous. Et puis, je pensais qu'une de mes toilettes pourrait suffire, après un grand nombre de représentations, à l'acte du bal, et j'avais été d'accord avec la costumière, pour vous faire une économie à cet égard.Mais, si je suis en vedette, et puisque je reprends le rôle à la seizième, ma toilette est bien maigre. Je vous en avertis.

— Attends ! dit Flaquinet, qui se montait la tête. As-tu déjeuné ?

— Pas encore ; non.

— Mange, avec moi, deux œufs et une côtelette. Pendant ce temps, on ira chercher la costumière, et le père de Bonœil.

Le père de Bonœil, c'était l'entrepreneur de bravos, bis, rappels, murmures approbateurs, enthousiasmes, et délires frénétiques.

— Mon bon chat, dit Flaquinet à la costumière, tu vas aller à la Ville-de-Paris, au Louvre, au Printemps, où tu voudras, fût-ce chez Worth ; il me faut une toilette de bal pour cette enfant-là. Et *chique*, tu sais ! Ça coûtera ce que ça coutera ; ne me vole pas trop, voilà tout.

Puis se tournant vers le vénérable claqueur :

— Mon gros père, je t'ai fait venir pour que tu prisses les ordres de Rose. Dans le feu de l'entraînement, il se fendait du subjonctif !...

Rose demanda de ne pas lui faire son entrée, et de n'applaudir qu'avec, mais *après* le public, sauf aux fins d'actes bien entendu.

Le père de Bonœil fit la lippe.

— C'est que ça va déranger tout mon travail ! dit-il, avec mécontentement.

— Je n'en sais rien, répondit Rose ; mais je crois que les *effets* se trouveront déplacés, quant à ce qui me concerne.

Il fallut batailler. Le chef de claque lui aussi a sa routine, et pas plus que les autres, il n'entend qu'on l'en sorte.

Mais Flaquinet montra les dents, le traita de vieille « baderne », de vieux sabot, et l'important fonctionnaire se rendit, en haussant les épaules, augurant un four majestueux.

Lui sorti, le directeur émoustillé, par la singularité de ces details, revint à Rose.

— Et maintenant, lui demanda-t-il, que te faut-il encore ?

— Rien. Je vous remercie et je m'en vais.

— Embrasse-moi, dit le directeur.

— De grand cœur ; fit la jeune fille en s'exécutant gaiement.

Le lendemain, un journal, un seul, rendait compte, en termes circonspects, des débuts de la doublure.

Le lundi suivant, Sarcey, qui revient volontiers, sur les comptes rendus qu'il a déjà publiés, donnait de nouveau, quatre colonnes à la *Petite-fille de Célimène*, et deux autres, étaient entièrement consacrées à Rose, qu'il encourageait chaleureusement.

Toute la presse suivit.

Le cinquième jour des débuts de Rose, il y avait deux mille huit cent quinze francs de location à trois heures. Le soir, les bureaux et l'agence complétaient la somme de quatre mille deux cents passés ; cinquante francs de plus qu'aux Variétés, malgré Offenbach ; juste autant qu'au Gymnase, avec Desclées, dans la pièce de Meilhac.

Le soir de ce cinquième jour, Juliette arriva au théâtre vers neuf heures. Ses camarades lui demandèrent de ses nouvelles du bout des lèvres. Le garçon de bureau fit des difficultés pour l'annoncer à Flaquinet, qui était soi-disant en affaire. Après une heure d'attente, il la reçut.

— Tiens, fit-il, vous voilà, vous ? Eh bien ?

— Eh bien ! je reprends mon rôle demain.

Flaquinet la regarda ; puis, éclatant de rire :

— Folle enfant ! s'écria-t-il, ça te rend gaie, la maladie !

Un débat violent commença aussitôt, et ce que ces deux êtres se jetèrent au nez d'aigreurs mortifiantes, ne saurait se traduire.

Juliette n'y gagna rien. Malade tout de bon, cette fois, elle publia une lettre dans les journaux ; lettre qui lui attira une réponse sanglante de son directeur ; ce dont, comme de juste, la galerie se divertit au détriment des deux.

Les « gommeux » chauds partisans de Juliette, qui était de leur domaine courant, allèrent voir sa rivale, afin de juger de l'affaire. Par malheur pour leur protégée, ils trouvèrent Rose très jolie ; ils lui donnèrent gain de cause.

En moins d'une semaine, Rose tint le haut du pavé; la révélation de son talent fut l'événement du jour, et, chantée sur toutes les gammes, elle valut à son directeur, un redoublement d'éloges, qui le mit, dans l'opinion, de pair avec Montigny, Perrin, et Cogniard, les maîtres de la mise en scène.

Le 5 du mois étant venu, Rose s'habilla de bonne heure, pour se rendre à la caisse du théâtre. Elle avait grand besoin de ses appointements. La séparation, qui s'était accomplie entre sa tante et elle, avait entraîné quelques frais. D'autre part, il lui fallait au moins trois paires de gants par soirée pour jouer le rôle, et on a beau les faire nettoyer, c'est une grosse dépense, pour qui ne gagne que trois francs trente-trois centimes par jour!

Le caissier lui compta ses cent francs. Puis comme elle s'éloignait, après avoir émargé :

— Un moment mademoiselle, lui dit-il.

Il ne l'appelait déjà plus : « mon petit lapin » selon l'habitude, qu'il avait à l'égard des artistes du dernier ordre.

— Tenez, ajouta-t-il, en lui passant une feuille volante, signez-moi encore cela.

C'était un reçu de mille francs, à titre de gratification.

Emue, tremblante, se croyant millionnaire, serrant tout cet argent dans sa main, elle courut au cabinet de la direction; sans se faire annoncer, elle entra, et, apercevant Flaquinet en train d'écrire à son bureau, elle le prit par les épaules, l'entoura de ses bras, et l'embrassa avec effusion.

Le vieux routier, ancien acteur lui-même, avait cette sensibilité professionnelle, qui étonne, dans un milieu, où tout est sujet à plaisanterie. Les larmes lui montèrent aux yeux. Attirant sa pensionnaire sur ses genoux, avec cette familiarité, infiniment moins licencieuse qu'on ne croit, familiarité que son âge et sa qualité de protecteur autorisaient, d'ailleurs, dans une certaine mesure, il la retint un moment.

— Tu n'as pas à me remercier, dit-il. Sans toi, je boirais un crâne bouillon ; c'est donc moi qui suis ton obligé. Pour remettre les choses en équilibre, tu vas me signer un nouvel engagement de trois années. Je te donne six mille, huit mille, et dix mille francs, avec dix francs de *feu*, pour tes voitures. Ça te va-t-il?

Rose, pleurant à son tour :

— Que vous êtes bon, monsieur Flaquinet! dit-elle.

— Tu trouves, gamin? reprit-il, avec un sourire de profonde satisfaction. Eh bien !

tu as raison, je suis un brave homme, et si tu écoutes ce que je vais te dire, tu en seras tout à fait certaine.

Il l'avait embrassée de nouveau, en lui tapotant les mains, pendant qu'elle se relevait, restant debout, devant lui.

— Ma chère enfant, lui dit-il, je me fais enfoncer tout comme un autre, quand il s'agit de savoir si une pièce plaira, et si elle fera de l'argent. Le plus avisé n'y voit pas plus loin que le bout de son nez, sur cet article-là, et ces gredins d'auteurs sont si journaliers! Mais, vingt ans de pratique m'ont rendu plus clairvoyant, en fait d'artistes. Je sais ton affaire, à toi : tu es douée; tu as, de nature, les éléments d'une actrice d'école; tu as, en outre, l'instinct de l'*effet*, une voix magnifique, et une souplesse extraordinaire d'expression. Ce qui te manque encore s'acquiert avec le temps, quand on a ce qui te distingue : la facilité de travail et d'assimilation, sans laquelle on ne dépasse pas la moyenne. En un mot, tu as tout pour toi, et si tu suis ta route, ne t'en fiant qu'à tes propres forces, tu seras une grande comédienne. Je te dis cela, parce que tu t'ignores et que tu dois te bien connaître, pour ne pas t'égarer. Avec bien d'autres, je risquerais gros à parler ainsi; la qualité dominante de tes collègues n'est pas précisément la gratitude. Mais toi, tu as une bonne nature, et je m'en fie à ton caractère. Eh bien! mon petit, ne me quitte que dans un cas : si la Comédie-Française t'offre le sociétariat. Autre part, on te paiera plus cher, peut-être...

— Ça m'est égal! interrompit Rose, dont le cœur battait violemment, aux paroles de cet homme qui, le premier, lui confirmait toutes ses espérances.

— Ne me coupe pas la *sifflote*, reprit Flaquinet, je m'embarbouillerais dans les adjectifs.

Puis ayant rattrapé le fil :

— Autre part, répéta-t-il, on te paiera plus cher ; mais on te fera jouer des âneries, et tu y compromettras ton avenir. Moi, au contraire, t'ayant trouvée, je vais modifier mon genre. En deux temps, j'écoule les machinettes de Lamie, Benjamin et autres Chapelaines, pour faire la place nette à de vrais auteurs ; de ceux qui savent, et n'ont pas l'air de faire du théâtre, par incapacité d'exercer une profession régulière. Quand je devrais coucher sur son paillasson, je veux une pièce d'Augier. Je veux de l'Octave Feuillet, et, quitte à tuer Du Quesnel, j'aurai une comédie de madame Sand ! Ceux-ci, et deux ou trois encore, vois-tu, Mignon, ils font de l'art. Ça réussit plus ou moins; mais il y a toujours de la ressource, pour les acteurs. Avec eux, tu feras des créations, on viendra te voir, et je ferai des recettes. Beaucoup, parmi les autres, peuvent décrocher un succès de rencontre. Ça fait un bruit du diable, ça va deux cents fois ; mais c'est plein de ficelles ruineuses, et, au bout du compte, on n'y a pas gagné le sou ; d'autant que les successeurs ne paraissent plus que du fretin, et ce sont culbutes sur culbutes, jusqu'au retour de l'auteur phénomène qui, parfois, pique une tête atroce, à son tour, et vous conduit à la faillite. Des bêtises ! Il n'en faut plus ! Je veux des auteurs, dont les œuvres soient de bon sens ; des auteurs qui font des bonshommes vivants et qui écrivent leur langue. Voilà mon projet, ma fille. Penses-en ce que tu voudras, ça m'est égal. Pour moi, si je m'y ruine, tant pis ; mais nous avons de la marge : j'ai huit cent mille francs sur la planche. N'apprécie la chose qu'à ton point de vue particulier. Te voilà sûre de ne pas avoir à jouer des comtesses, qui ont des sentiments du bal Mabille ; des épouses, qu'on a l'air d'être allé chercher à Saint Lazare, et des jeunes personnes, — de la plus haute société ! — à qui l'on a envie d'offrir un bock.

Il attendit vainement qu'elle sourît au trait final de sa tirade. Rose se sentait à un moment solennel de sa carrière ; une vague appréhension lui disait que Flaquinet avait à ajouter des choses, de nature à la toucher intimement.

En effet, prenant son parti de l'*effet* raté, le bon diable, lui tendit la main, par un mouvement de tendresse.

— Si je te dis tout cela, ma fille, reprit-il, d'une voix un peu plus grave, c'est que j'ai à cœur de te prémunir contre un danger, auquel tu t'es exposée de toi-même. J'ai peur, qu'éblouie par ce que tu crois le génie de La Tréfailles, tu ne te laisses absorber par lui.

Rose devint écarlate et baissa les yeux.

— Prends garde ! reprit Flaquinet. Georges a eu un malheur : il a débuté trop brillamment, et qui pis est trop bruyamment. Il se croit le premier moutardier du Pape. Il s'imagine inquiéter Augier, et tambouriné sur tous les tons, il tient Dumas, Barrière, Sardou, Meilhac et Gondinet pour ses égaux. Pour Touroude, il se sent de la bienveillance ; les *jeunes* ne l'inquiètent pas, et il est persuadé qu'il ne tient qu'à lui d'évincer Labiche du *Palais-Royal*. Il se trompe, mon enfant ; ce qui me serait bien indifférent, si je ne craignais que tu n'en fusses victime un jour ou l'autre. Georges a certainement un talent ; talent aimable, facile et gai. D'une imagination restreinte, un peu terre-à-terre, par instinct de réalisme,

il excelle dans les scènes épisodiques, où il faut de l'esprit et de l'observation. Mais Georges ne sait rien. Lisant tard, ce que les autres ont oublié, il découvre le fil à couper le beurre, et crie à la trouvaille, au nez de gens, qui ont abandonné cette invention caduque. Les *Vieux Arthurs* étaient amusants, ils venaient bien ; tout leur a été favorable ; mais... voilà tout. Et déjà, il a perdu la voie, croyant, lui dernier, se devoir à la « thèse ». La thèse de qui ? la thèse de quoi ? Croit-il pas qu'on l'ait attendu pour étudier la question du mariage ? Et lui-même, où va-t-il l'étudier ? Où prend-il ses observations ? Au café Anglais, au Cercle, chez les femmes et dans les ateliers de peinture ? Georges, vois-tu, aurait besoin d'être guidé. Bien entouré ; il peut tenir sa place, dans le second rang. Mais, abandonné à lui-même, gonflé d'orgueil et de présomption, affligé d'appétits, non en rapport avec ses facultés, il est appelé à dégringoler peu à peu. Médiocrité triomphante aujourd'hui, demain médiocrité aigrie, puis hargneuse, il peut finir misérable, humilié et hypocondriaque.

Rose restait muette.

— Pour moi, poursuivit Flaquinet, ça m'est égal ; mais pour toi, c'est autre chose, et il faut éviter qu'il ne t'entraîne. Il t'a prise en passant, quand tu ne comptais pour rien, il doit fatalement, se raccrocher à toi un jour, parce qu'il a l'intuition de ce que tu peux lui valoir. Fais ce que tu voudras, ma fille ; mais ne te laisse pas engraver avec lui. Tu as l'âme ferme, le cœur à sa place, si tu l'aimes, sauve-le ; sinon... marche de l'avant, sans t'encombrer d'un attachement que tu auras à ta remorque demain.

Flaquinet supposait que la jeune fille, qui l'écoutait le regard baissé, prendrait congé sans lui répondre. Il se trompait. A ce moment, relevant le regard, elle lui tendit la main.

— Je vous remercie, lui dit-elle. Je profiterai certainement de votre affectueux avertissement. Mais, laissez-moi vous dire d'abord, qu'à mon sentiment, vous vous trompez sur le mérite de M. La Tréfailles : il a moins de talent que de génie ; un génie à lui, en propre, dont les défauts déterminent d'autant l'originalité. Je crois avec vous, qu'il aurait besoin d'être guidé ; mais pour moi, il ne me sera jamais donné, je le crois, de le pouvoir ; parce que je n'oserais me permettre de l'influencer, et surtout — c'est la grande raison — parce que je l'aime. Toutefois, avant d'être femme, avant d'être... à personne (au moment de dire : « sa maîtresse » elle n'avait pu surmonter la répugnance) — je suis toute à mon art. Je deviendrai ce que le ciel voudra ; mais j'ai l'ambition d'être une artiste, je crois que je puis le devenir, vous me le faites espérer ; rien ne prévaudra jamais là contre. Est-ce assez vous dire pour vous rassurer !

— Oui, fit le directeur.

— Eh bien! ajouta Rose en s'approchant avec un sourire attendri, prenez-moi encore dans vos bras, embrassez-moi bien fort, croyez que je vous aime, et que je ne ferai rien sans votre avis.

Elle partit.

Flaquinet resta un moment pensif, puis, se résumant :

— Toi! se dit-il, comme si la jeune fille pouvait encore l'entendre ; toi, tu te vantes! Mais tu le payeras cher, pauvre fille!

Il pensait juste, quoique les mots dont il se servait, ne rendissent pas exactement sa pensée.

Sincère en ceci, comme en toutes choses, la jeune fille se croyait forte contre l'amour de Georges, et ses intentions étaient bien de ne jamais lui sacrifier son avenir ni sa vocation. Mais elle comptait sans la sensibilité de son cœur, sensibilité que la vie artistique développe au delà de la raison.

Une première fois, déjà, saisie de pitié à la vue des larmes de cet homme, qu'elle paraît d'un prestige excessif, qu'elle tenait pour supérieur et grand, par l'intelligence, n'avait-elle pas fléchi, du haut de sa dignité, entraînée par la compassion? Le voyant malheureux, méconnu, terrassé, elle avait fait le grand sacrifice de sa pureté; celui de ses légitimes aspirations à une tenue honorable, dans le monde, quel qu'il soit; le sacrifice de sa supériorité, sur la plupart des femmes dont les besoins du service, lui avaient, jusque-là, infligé le contact; le sacrifice en fin de la paix, dont elle jouissait près de sa tante, et de la considération de celle-ci.

Que serait-ce par la suite? Et que pouvait-elle être certaine de lui refuser, si, pleurant de nouveau, mais sur ses genoux cette fois, il lui demandait du secours?

Flaquinet savait toute l'histoire, grâce aux indiscrétions de Philippin, qui avait appris du triomphateur, la lutte désespérée de celle qui, finalement, avait succombé. Bonne pâte, en somme, le directeur tremblait pour l'avenir, tout en n'attachant, d'ailleurs, qu'une importance secondaire à la chute en elle-même. Il avait la morale extra facile de son monde.

Mais un détail avait mis en éveil sa sollicitude, pour l'artiste, qui venait de se révéler.

Quelques jours après cette nuit de la première de la *Petite-fille de Célimène*, La Tréfailles, complimenté plaisamment de son double succès, s'était comme excusé, à la façon des fats, d'avoir séduit une personne de si mince importance; semblant faire entendre qu'il en avait plutôt du regret et de l'embarras; paraissant légèrement humilié d'une telle liaison, indigne du « jeune et sympathique » auteur des *Vieux Arthurs* (couronnés par l'Académie, comme chacun sait!).

Mais, depuis le triomphe de Rose, depuis qu'elle était célébrée par la presse, entourée au théâtre, félicitée, voire courtisée, par tous ceux qui avaient accès dans les coulisses, il la revendiquait avec ostentation, cette liaison, dont au début, il s'était montré pis que modeste. Flaquinet l'avait entendu se vanter d'avoir deviné l'artiste, de l'avoir *faite* : c'était son œuvre, maintenant! Bien plus, il donnait à entendre, qu'instrument merveilleux, mais passif, le talent de la jeune fille ne vibrait que sous son inspiration. Tirant la couverture à lui, il s'implantait dans le succès de Rose; il en faisait sa chose.

Et Philippin, suivant le mouvement, renchérissait de son côté, s'implantant à son tour. Georges l'avait devinée, mais Philippe la lui avait signalée; ils l'avaient *faite* à eux deux.

Jusqu'au père Lubœuf qui disait :

— La Tréfailles doit une fière chandelle à mon fils, pour cette trouvaille-là !

Et Aglaé, mise au fait à mots couverts, savait que la nouvelle étoile était la maîtresse du grand homme.

Tout Paris le savait de même, au surplus. Georges l'affichait le plus possible, en se montrant, avec Rose, dans tous les endroits où il y a chance d'être remarqué par les reporters : aux concerts de Pasdeloup, aux matinées littéraires de Ballande, aux solennités musicales de l'Odéon.

Ce que Flaquinet redoutait le plus, pour elle, fut un fait accompli, dès le mois suivant : Georges décida Rose à vivre en commun. Cela se fit tout naturellement, grâce à la belle saison.

Les acteurs sont fanatiques de la campagne ; ce qui se comprend de reste, de la part de gens, que l'exercice de leur profession enferme toute la journée dans un endroit tantôt sombre, tantôt chargé d'acide carbonique, toujours hermétiquement clos. Le grand air a pour eux un charme entraînant. Quitte à partir dès le matin, pour ne rentrer qu'après minuit, ils s'installent dans la grande banlieue, dès que la température s'attiédit. Georges avait loué une maisonnette à Ermont, en vue de cette forêt de Montmorency, qui leur était chère. Tout l'été, ils y vécurent ensemble, attirant des amis le dimanche, et recevant Philippin, presque chaque jour.

Poussée jusqu'à cent dix représentations, quand la *Petite-fille de Célimène* quitta l'affiche, Rose, libre de son temps, se fit maîtresse de maison. Sa tenue, la direction de l'intérieur, les soins qu'elle prodiguait à Georges, faisaient d'elle, à la légalité près, une épouse.

Georges prenait l'habitude de ces soins et de ce bien-être, et, cédant à son humeur contemplative, il se laissait vivre, sans autre souci que d'organiser des promenades, des réceptions et des parties aux environs.

— Tu n'es donc pas en train de travailler? lui demandait Rose, de temps en temps.

— Ne t'inquiète donc pas ! répondait-il. Je *creuse* un sujet.

Ce ne fut qu'à Paris, en reprenant sa vie agitée, que, vers la fin d'octobre, il put se remettre au travail. Il s'arrangea pour faire annoncer qu'il faisait une grande pièce, destinée à Rose.

Mais malgré l'annonce, Flaquinet ne lui en parla pas. Décidé à écouler son stock, afin de faire place nette aux grands auteurs, celui-ci ne pensait pas avoir besoin de La Tréfailles. D'ailleurs l'aventure de la *Petite-fille de Célimène* l'avait mis en défiance. Il désirait, pour l'avenir, ne plus prendre chat en poche, et il n'entendait pas risquer Rose, dans un rôle insuffisant.

— Que fais-tu de tes loisirs? demandait-il, parfois, à sa pensionnaire.

Un jour, en souriant, avec un peu de confusion, elle lui répondit :

— J'apprends l'orthographe.

Par malheur pour les projets de Flaquinet, il ne se trouva pas, dans son stock, une pièce qui pût rester un mois sur l'affiche. Toutes tombaient à plat, si bien que Georges arrivant, enfin, vers le début de février, avec sa fameuse pièce, déjà tambourinée dans le public, la direction se crut obligée de l'accepter.

L'ayant lue, Flaquinet n'en était pourtant pas émerveillé. L'idée lui en semblait banale, et, pour la seconde moitié, d'un *lâché* déplorable. Mais, ses actionnaires poussaient des hélas inquiétants, en voyant les recettes de chaque jour. Du reste, le rôle destiné à Rose était bien; pas d'originalité sans doute, dans les situations ; mais une certaine variété d'aspect permettait d'espérer, qu'à elle seule, l'artiste provoquerait la curiosité.

En un mois, on répéta, on joua et ce fut un succès. Mais un succès douloureux pour Georges, par cela que, tout entier, il appartint à Rose. Dans les couloirs, pendant les entr'actes, on n'entendait que deux phrases :

— Cette fille a un talent extraordinaire !

— La pièce est idiote ! Ce doit être quelque *ours* de sa jeunesse qu'il aura retapé ! Dès que Rose n'est plus en scène, c'est mortel d'ennui !

Quand on nomma l'auteur, la claque ne parvint pas à dominer les « chut » qui se produisirent des loges. de la galerie et de l'orchestre ; mais quand Rose, rappelée avec frénésie, revint, entourée de ses camarades, ce fut un tonnerre de bravos. Les dames, debout, applaudissaient du geste, les hommes levaient leurs gants blancs en l'air.

Des bouquets — non de ceux que l'ouvreuse jette, des hauteurs de l'avant-scène —des bouquets, qu'on ôtait de son corsage, étaient envoyés à la jeune fille, qui voyait trouble, ne saluait même pas, ne savait que devenir; car les autres acteurs, par un sentiment d'équité, qui se concilie on ne sait comment, avec la rivalité artistique, s'étaient reculés de quelques pas, lui laissant tout le triomphe; ce qui avait redoublé l'enthousiasme de la salle.

Elle faillit s'évanouir, quand le rideau baissa. Aussitôt, tous les familiers de l'administration l'entourèrent. On l'embrassait, on lui serrait les mains. Juliette, elle-même, n'y put tenir. Les ovations n'en finissaient pas.

Et lui ?

Lui, il était bien malheureux. On ne le voyait seulement pas. Un peu après que la jeune fille fut rentrée dans sa loge, pour se déshabiller, on fit quelques compliments à l'auteur. Mais quels compliments ! Tous avaient trait à Rose, et allaient à elle par ricochet.

Il quitta les coulisses et monta à la loge de Rose.

En le voyant entrer, elle se jeta dans ses bras, pleurant, l'embrassant, se faisant petite, sur sa poitrine.

— Ah ! mon ami, mon ami ! disait-elle, c'est à ton amour que je dois tout cela. Tu m'as communiqué ton souffle; je n'existe que par toi. Ah ! Georges ! Georges !...

Et lui, pâle, embarrassé, le sourcil plissé, lui répondait, sans lui rendre ses caresses.

— Oui, oui, bon! Mais dépêche-toi de t'habiller; j'ai ma migraine.

En montant dans la voiture, qui les attendait, ils étaient silencieux et sombres.

— Qu'a-t-il donc? se demandait-elle.

Au tiers du chemin, Georges lui dit, avec une sorte de timidité honteuse :

— Tu ferais peut-être mieux de rentrer chez toi, ce soir.

— Au contraire, répondit-elle, si tu souffres, je te soignerai.

— Ah! fit-il, avec indifférence, la migraine, tu sais, il n'y a rien à faire. Le silence et la solitude me vaudront mieux.

Elle se tut. Elle avait du chagrin plein le cœur; un chagrin indéfini, instinctif.

Quand la voiture s'arrêta, rue de Boulogne, Georges, qui était resté muet, dans son coin, se tourna à demi vers elle.

— Eh bien? fit-il.

— Eh bien! répondit-elle, dis au cocher de me conduire.

Il lui tendit la main.

— C'est ça, dit-il. Bonsoir.

Rose était atterrée; elle ne s'aperçut ni du trajet, ni de sa rentrée chez elle. Le froid seul la rappela à elle-même, et, secouant la torpeur, qui l'avait laissée sur une chaise, sans même avoir défait son chapeau, elle se retrouva dans cette petite chambre, depuis si longtemps délaissée. Elle était glaciale; l'ordre qui y régnait, lui donnait ce je ne sais quoi de morne et d'attristé, qui frappe dans les chambres d'hôtel de province, quand on y arrive, au milieu de la nuit, après quelques heures de chemin de fer. Rien de préparé, personne pour l'aider dans ses arrangements, du silence et du froid; un isolement d'abandon.

L'impression était trop pénible, pour que Rose pût, si vite, pénétrer la cause de la conduite de son ami, et de nouveau, elle se demandait : — « Qu'a-t-il? »

Mais, la joie du triomphe, joie que Georges était venu interrompre si brusquement, n'était pas usée. Elle restait à l'état latent, éclairant, malgré tout, les pensées de la jeune fille, qui peu à peu, malgré elle, en subit l'influence, au point d'oublier la situation, de ne pas se voir agir, de ne plus avoir la notion du lieu, où elle se trouvait.

L'ouïe semblait, par une mémoire spéciale, ressentir encore ce bruit d'enthousiasme, qui l'avait grisée, et la fatigue brochant sur le tout, elle s'endormit, en suivant le mouvement de ses idées.

Le lendemain, vers neuf heures, elle ouvrit les yeux. La portière, qui lui servait de domestique, avait allumé du feu. Sa robe de chambre, ses pantoufles, étaient préparées, sur une chaise. Un bol de lait chaud se tenait à tiédir, dans un récipient d'eau bouillante.

Sans s'étonner d'être là, sans se demander pourquoi elle était chez elle, toute seule, elle resta sous le charme des souvenirs de son succès, rêvant des destinées extraordinaires, repassant les phases de la grande affaire de la veille. Assise sur son lit, oubliant le présent, elle répétait les passages de son rôle, qui lui avaient valu des acclamations. Et, naïvement, éprouvant, de nouveau, le bonheur ressenti, elle se disait, tout haut, toute seule, à elle-même :—« Bravo! bravo! très bien! »

IV

RÉVÉLATION D'UNE ÉTOILE

Tout à coup, la personnalité de Georges se mêla à ces impressions, en en modifiant tristement la nature, lui gâtant son bonheur. De nouveau, les larmes lui montèrent aux yeux, et la même question se posa devant elle : — « Qu'a-t-il? » Cependant, une nuance s'ajoutait à la question elle-même, précisant mieux son inquiétude : — « Qu'a-t-il contre moi? »

A ce moment, la portière entra vivement, le visage animé d'une satisfaction non équivoque.

— Mademoiselle, mademoiselle, fit-elle, lisez donc ce que l'on dit de vous!

Et elle lui tendit un petit journal à un sou.

Ayant lu, Rose comprit enfin ce que Georges devait avoir *contre elle!* Le journal, disait en toutes lettres que, sans l'artiste, la pièce n'eût peut-être pas été achevée. En regard des éloges qu'on lui prodiguait, à elle, c'étaient des critiques très dures, à l'adresse du « jeune et sympathique auteur des *Vieux Arthurs.* » On signalait, de sa part, un relâchement excessif de talent ; de la pauvreté d'invention, des négligences impardonnables de style et de goût.

—Ayez la bonté de faire acheter tous les journaux, dit la jeune, fille en se levant.

Les autres comptes rendus tenaient tous le même langage. Les uns empreints de raillerie, les autres affectant une bienveillance mortifiante, abattaient, d'un même coup, l'idole si encensée jusque-là.

Rose était consternée. Son succès, maintenant, lui semblait désastreux. Plus on la louait, plus elle était désolée.

— Mais non ! se disait-elle ; ce n'est pas moi qui ai réussi, c'est le rôle. Il faut qu'on lui en veuille ; qu'il ait des ennemis, des envieux.

Elle se révoltait contre ceux qui, injustement, de parti pris, pensait-elle, sacrifiaient la gloire de Georges à la sienne.

Celui-ci, de son côté, et presque à la même heure, parcourait les mêmes journaux. Dès la seconde ligne, il comprenait le sens de l'article, et par un mouvement furieux, il froissait la feuille. Pas un qui ne le blessât. Il les injuriait, dans sa pensée ; il s'en prenait à Rose, protestant contre l'appréciation publique, niant le talent de la jeune fille, traitant journaux et spectateurs d'imbéciles.

Il était jaloux. Il voulait rompre avec elle ; s'il eût pu lui retirer le rôle, il l'eût fait, à cet instant douloureux, et l'impuissance de sa colère contre tout au monde, en exagérait les transports.

Pourtant, la voyant arriver — elle venait, douce, émue, comme repentante ! — la voyant, dis-je, il se composa un extérieur avenant.

— Eh bien ! fit-il, tu es contente, hein ? T'en fait-on boire du lait !

Et, venant le premier, aux critiques, dont il était l'objet :

— Ah ! je m'y attendais ! ajouta-t-il, avec un sourire méprisant. Ces gens sont au désespoir du succès des *Vieux Arthurs* ; ils ne me le pardonneront pas de sitôt ! Que veux-tu ! Il faut payer sa réussite !

Malgré tout, le train de leur existence ayant repris son cours, le fond de ses sentiments, pour elle, s'était absolument modifié. S'il l'avait jamais aimée — était-il capable d'aimer qui que ce fût ? — il en était loin maintenant. Il voyait un rival en elle ; non que l'engouement du public lui parût légitime, au contraire ; il n'en comprenait pas la raison, et, illogique en cela, il lui en voulait davantage.

Pour Rose, qui ne pénétrait pas les réels sentiments de son ami, elle se faisait petite le plus possible, auprès de lui, lui rendant, elle seule, l'hommage qu'on lui refusait de toutes parts. Elle croyait le calmer, le toucher. Loin de là, elle l'exaspérait, en cela, qu'elle lui semblait n'en rien faire que par pitié.

Un moment vint, où il la prit en haine. Et il l'aurait quittée, brusquement, brutalement, n'eût été la préoccupation de son intérêt. En la gardant, il pouvait du moins empêcher que son crédit sur le public ne servît à des concurrents, à Chapelaine surtout, dont la femme avait fait annoncer que son mari terminait un rôle inouï, pour la nouvelle Etoile.

En dépit de l'humiliation, que lui valait, chaque soir, le triomphe renaissant de Rose, il n'admettait pas encore qu'il dût lui être attribué. Un incident le lui démontra, d'une façon incontestable :

Il allait la chercher, le soir, au théâtre, après la représentation. Mais fatigué des éloges qu'on lui faisait d'elle, il ne montait pas, et fumant un cigare, il se promenait à l'extrémité du passage Jouffroy. Un soir, s'étant attardé je ne sais où, il la laissa, là, une grande demi-heure. Elle n'osait partir, crainte de le fâcher. Elle prit froid.

Malade le lendemain, elle joua quand même ; mais, le rideau baissé, elle tomba épuisée. Voyant le déplaisir de Georges, qui dépassait de beaucoup, celui de la direction, elle trouva l'énergie de se traîner, encore une fois, au théâtre ; mais, au second acte, il n'y eut plus moyen de poursuivre, et Juliette, mandée par Flaquinet, acheva la représentation. On en était à la cinquantième. Durant huit jours, Juliette joua le rôle. Plus de recettes, la claque seule applaudissait. Enfin, Rose reprit, et, avec elle, le succès revint brillant, productif et soutenu.

Dès lors commença un autre martyre pour l'auteur, dont la mesquinerie de sentiment s'était trahie. Les artistes l'accablèrent d'éloges, malignement perfides, pleins d'une raillerie détournée, qui aggravait la blessure de sa vanité.

A la tristesse qui l'avait envahi, finalement, succéda une activité fébrile, et l'on apprit, bientôt, que, renonçant aux théâtres de genre, il écrivait une grande pièce pour la Comédie-Française.

C'était la vérité ! Il fallait qu'il se tirât de là ; il fallait qu'il grandît, qu'il obtînt, par lui-même, plus de succès qu'elle ; car, tout se résumait en cela, pour lui, désormais.

L'influence du travail assidu, l'espoir, puis, la conviction de la réussite, le calmèrent peu à peu, et il lui fut possible de vivre avec elle sans plus souffrir. L'ayant mise au courant du sujet qu'il traitait, il trouva en elle un conseiller utile, doué de goût et de discernement.

— Quel dommage ! lui disait-il parfois, que tu aies signé, pour trois ans, avec Flaquinet, je t'aurais fait engager au Théâtre-Français. Ma pièce reçue tu penses qu'on n'aurait rien à me refuser.

Cependant, cette combinaison était loin de lui agréer. Jamais, au grand jamais, il n'eût voulu s'exposer à ce qu'elle lui *escamotât* encore son succès. Et le succès ne pouvait faire doute, comme bien vous pensez; Philippin en répondait ! Déjà, Georges, peut-être cousin germain de Perrette, élevait des châteaux en Espagne sur cette base. Une fois au Théâtre-Français, il verrait venir les directeurs, et ne livrerait rien sans une prime.

— Et les journaux ! disait-il à Philippin. Tu les verras ! Je veux qu'ils ne puissent faire autrement que de me mettre au-dessus de tous les autres ; même d'Augier ! Enfoncé Augier ! Il n'en faut plus. Quant au reste : des « raplapla ». Et le nez de Chapelaine ; tu le vois d'ici ? Pauvre Chapelaine ! -

Avec la confiance, sa gaieté revenait. Quand il avait écrit une scène à son contentement, il se faisait presque tendre pour Rose. Il organisait quelque partie de plaisir, il reconnaissait qu'elle était jolie et que — en travaillant ! — elle aurait du talent... plus tard !...

Loin d'être blessée de la restriction, la jeune fille le prenait au pied de la lettre. Incapable de suspecter le dévouement affectueux de celui, dont elle partageait l'existence, et qui, quoi qu'il advînt, devait être le seul objet de son amour, elle se croyait vraiment un peu surfaite.

—J'ai eu de la chance, se disait-elle. Mais il y a un peu de mode dans ce qui m'arrive, et, pour ne pas décroître, il faut acquérir des qualités solides et sûres.

Un jour, elle revint du théâtre, transfigurée. Une expression de joie naïve éclairait son joli visage ; la joie communicative, résultat du bonheur sérieux d'un cœur bon, qui veut s'épancher, qui veut partager, s'il est possible de dire ainsi.

—Comme te voilà gaie, lui dit Georges. Est-ce que Juliette est malade ?

Prêtant ses sentiments aux autres, et ne sachant rien de plus agréable que le déplaisir d'un concurrent, il n'imaginait pas que la jeune fille pût être si joyeuse, sans que quelqu'un en pâtit.

— Ecoute, dit-elle, tout à l'heure Flaquinet m'a fait appeler, et, me présentant à une personne, qui attendait, dans son cabinet, il me dit qu'au cas où j'accepterais les propositions qui m'allaient être faites, il me rendrait ma liberté. Or, devine qui était cette personne ?

— Le directeur du théâtre du Caire, de Pétersbourg ? Je ne sais pas, moi.

Il n'eût pas trouvé mauvais qu'elle s'expatriât.

— Du tout ! reprit-elle. Le chef de la division des Beaux-Arts.

— Qu'est-ce qu'il te veut ? demanda Georges, un peu inquiet.

— Il s'est expliqué, très nettement, répondit Rose. On voudrait m'engager à la Comédie-Française ; pensionnaire un an, puis le sociétariat.

— Et Flaquinet te laisserait aller ?

— Oui.

— Sans dédit ?

— Heureux, dit-il de m'aider à faire ma position.

Georges, combattu entre différentes pensées, les unes craintives, les autres riantes et pleines d'espérances, resta un moment silencieux.

— Et qu'as-tu répondu ? demanda-t-il.

— J'ai demandé à réfléchir, non sur les conditions, qui vont bien au-delà de ce que je puis désirer ; mais pour te consulter, d'abord, et avoir, avec Flaquinet, une conversation à cœur ouvert.

— Avec Flaquinet ? fit brusquement Georges. Pour quoi donc faire ?

— Je lui dois de la reconnaissance et ne veux pas le mettre dans l'embarras.

— Ta, ta, ta ! s'il t'a été utile, tu n'es pas en reste avec lui : sans ma pièce, il aurait fait faillite. Ne t'inquiète donc pas de ce gaillard-là ! Et s'il te laisse aller, c'est qu'il a son *truc;* bien trop *roublard*, le sieur Flaquinet ! En voilà un qui n'aura jamais rien de moi, par exemple !

Tout en épanchant sa rancune, contre l'homme, qui était venu le chercher, pour le tirer de l'obscurité, où il croupissait, Georges songeait :

— Pourquoi souhaitait-on d'engager Rose à la Comédie-Française? Y avait-il donc, en projet, une pièce importante? De qui? D'Emile Augier? Non. Les journaux en auraient parlé. Feuillet y avait-il une pièce en un acte ! Non. Cela ne nécessitait pas des engagements. Dumas fils était marié à Montigny. Meilhac, Gondinet, Sardou étaient occupés ailleurs. Pailleron, peut-être ? Guère probable ! Pailleron fait sa pièce tous les deux ou trois ans ; le moment n'était pas venu ; et puis, une *chose* en vers !... Non ! ce n'était pas pour lui qu'on songeait à la nouvelle Etoile. Qui donc en ce cas? Pas madame Sand, qui appartient, en quelque sorte, à l'Odéon ; pas Hugo, qui venait de fournir la reprise à tapage, de la saison. Mais alors ?...

Alors, il voyait flamboyer, à son souvenir, une *indiscrétion* (vous m'entendez bien !) par laquelle la presse militante, n'avait pas caché à l'Europe, — et autres lieux circonvoisins, — que « le jeune et sympathique auteur des *Vieux Arthurs,* dédaignant la concurrence de Sardou, se consacrait, exclusivement, à la scène classique.» Bien mieux, il avait conté son sujet à un familier de la maison. Est-ce que celui-ci flairant une œuvre capitale, grandiose, gigantesque, aurait pris les devants, sentant que, pour une telle pièce, il faudrait une interprétation hors ligne ? Pourquoi pas ? En ce cas, on l'attendait donc, au comité ? Mais, au fait, depuis cinq jours, il avait écrit à la direction, afin de demander une lecture. La coïncidence n'était-elle pas frappante ? »

— C'est ça, se dit-il, ce ne peut être que ça !...

Pendant le travail de réflexion, qui amenait Georges à cette conclusion flatteuse, Rose restait préoccupée, un peu chagrine intimement, de ce qu'il lui avait dit de Flaquinet. Georges lui paraissait, — non peut-être, injuste envers celui-ci, mais, — prévenu, chiche d'équité.

— Eh bien ! demanda-t-elle, que penses-tu, que je doive répondre ?

— Nous avons, au moins, huit jours devant nous ! fit-il. Il ne faut pas paraître empressée.

Tout en se réjouissant, du pronostic, Georges n'était pas enchanté de ce que l'on parut songer à engager Rose, pour créer le rôle de sa pièce. Si cette fois encore, il allait falloir partager — il pensait très sincèrement : *partager !* — le succès avec elle ? Néanmoins, il en faisait le sacrifice intentionnel; pour une fois encore; surtout, si, comme il le supposait, on en devait faire une condition. L'année prochaine, on verrait ! Car enfin, on ne pouvait avoir la prétention de le condamner à une perpétuelle association avec Rose !

Comme ils en étaient là, une lettre lui fut apportée. L'administration de la Comédie-Française l'informait que le comité se réunirait le surlendemain, pour entendre la lecture de sa pièce.

Plus de doute ! Cette lecture ne devait être, assurément, qu'une formalité; la pièce était reçue d'avance ; Rose était engagée pour jouer le rôle; très, mais très certainement ! Le familier du Théâtre-Français avait dû conter le sujet à Messieurs du comité. Oh ! l'indiscret !...

— Tu vois, dit-il, à Rose; ça y est ! Eh ! ma foi ! tant mieux ; nous débuterons en semble, dans la « maison de Molière ! »

Règle générale, quand un auteur espère être accueilli au Théâtre-Français, c'est inévitablement « la maison de Molière ». S'il est éconduit, ce n'est plus cela du tout. Dans le premier cas, les sociétaires sont : « la Compagnie », dans le second, ce sont : « ces gens-là ! » et le café de Suède en entend de belles !

Ravi, sûr de son sort, Georges embrassa Rose avec effusion, et, elle, s'oubliant, était plus heureuse que lui-même, qui cabriolait dans son cabinet, pinçant des cavaliers seuls abracadabrants, sur un air d'Hervé, auquel il avait substitué, pour la circonstance, des paroles de son cru :

Le bon Chapelaine va-t-il faire un nez;
Va-t-il faire un nez, le bon Chapelaine !

Réussir, pour certains esprits, est bon, sans doute; mais, que la réussite mortifie, inquiète, attriste le voisin !... ah ! parlaz-moi de ça : voilà le triomphe, voilà qui met de la joie dans l'âme !

Et prenant Rose par la main, il l'entraîna à lui faire vis-à-vis pour un pas impossible. Ses beaux yeux, à elle, exprimaient un bonheur sans mélange, de le voir triomphant et si content de lui-même.

Philippin survenant fut mis au fait en deux mots, et Georges reprenant sa chorégraphie, répéta, avec variations :

Le bon Chapelaine va-t-il faire un nez;
Va-t-il faire un nez, le bon Chapelaine !

Puis, tombant sur un fauteuil, essoufflé, haletant :

— Ah ! s'écria-t-il, avec une conviction parfaite, ça fait du bien de savoir qu'on va faire rager tous ces cadets-là !

Si Rose n'eût été aveuglée par l'affection, éblouie par l'idéal, qu'elle s'était formé du génie de ce garçon, elle eût pu, par ce mot, apercevoir le fond de son âme, son caractère, dans toute sa nudité glaciale.

Philippin, qui ne manquait pas l'occasion de se donner de l'importance, coupa court aux manifestations excentriques.

— Tout cela, dit-il, est bel et bon; mais il ne s'agit pas seulement d'être reçu, il faut encore « éplafourdir » le comité. Au lieu de gambader, comme un gamin, tu devrais nous lire ta pièce, afin de te la mettre dans la bouche.

Par un don de nature, Georges lisait bien. Instinctivement, il savait éviter la monotonie d'un débit, coupé, à tout instant, par le nom des personnages, et, bien que ce ne fût pas le résultat laborieux, mais certain, d'aucune étude, il en tirait grande vanité.

— Laisse-moi donc tranquille, répondit-il, en haussant les épaules, je lirai comme un ange.

— Cependant, fit Rose, si tu allais avoir de l'émotion ?

— De l'émotion ? reprit Georges. Pour qui ? Pourquoi ? Puisque cette lecture n'est qu'une formalité ; voyons ?...

— C'est vrai ! dit Philippin.

— C'est égal ! dit Rose.

Il faillit la quereller. Cependant, le soir, seul, pendant qu'elle jouait au théâtre, il se prit la tête à deux mains, et, se figurant en face du comité, il lut à haute voix, s'appliquant à nuancer les répliques, à faire sentir les délicatesses du dialogue.

— C'est superbe ! se dit-il en terminant, répétant le mot habituel de Philippin. Et s'enfonçant dans sa rêverie, il imagina les félicitations, dont il ne doutait pas qu'il ne fût accablé. Dans son rêve, il voyait l'un, enchanté de son rôle, le combler d'éloges. L'autre approuvait par des mouvements de tête et de sourcil, généralement se déclarait à l'envi satisfait, et en dépit de la réserve diplomatique, que lui imposent ses fonctions, l'administrateur général ne pouvait dissimuler le degré auquel il avait été *empoigné*.

Oh! ces triomphes imaginaires de l'homme de lettres! Qui ne s'en est bercé ne saurait avoir idée de ce qu'ils ont de charme. Cela ne correspond à rien; ce sont des ivresses idéales, qui ne s'expriment ni ne se comparent. Les rêves ambitieux du conquérant, de l'inventeur restent, assurément, en deçà de ceux de l'auteur. Le héros même est distancé. Ici seulement, il y a jouissance complète, immédiate, directe.

Mais, hélas! quel réveil parfois! Encore qu'en cela, comme en toutes choses de ce monde, la réalité ne donne jamais ce que le cerveau imaginait. Les bravos, les trépignements, d'un public transporté, sont bien loin du concert dont on berçait son oreille, quand l'ouvrage achevé, seul dans la nuit, les nerfs surexcités, on relisait les passages saillants, léchés, caressés, dont on s'est dit à soi-même, en argot de coulisses— mais avec quelle noble franchise!

« C'est épatant !... »

Il ne doit guère y avoir que les compositeurs de plus naïfs et de plus fous.

En somme, tel est le meilleur du métier: folie, peut-être, mais folie douce, chez les âmes droites et équitables; un signe certain de probité littéraire. Il convient, à ce temps, plus qu'à d'autres, de n'en pas faire fi.

Le surlendemain, à quatre heures, Georges sortait du Théâtre-Français. Il avait le teint animé, le regard voilé, et ses mains crispées, moites, serraient convulsivement le manuscrit de sa pièce. Ce manuscrit, apporté, par lui, trois heures auparavant, avec tant de précaution, il le froissait maintenant, sans y prendre garde. Au fait, de quelle valeur était-il à présent?

La pièce de Georges avait été reçue... à corrections! Un refus courtois. Jusqu'au matin, cette pièce c'était la gloire, la richesse, la supériorité sur les confrères ; un trésor, un talisman : de quoi *embêter* Chapelaine! Refusée, que vaut une pièce? Rien; mais rien du tout. Le marchand d'habits, le brocanteur, l'usurier de lettres n'en donnneraient pas cent sous.

Oh! les effondrements terribles! Oh! les vertiges abominables! Il fait bon, à cette profession, d'avoir les enveloppes du cœur élastiques; ce sont des battements à les déchirer mille fois !

Georges sortait, de là, abruti, titubant, heurtant la colonnade, comme s'il eût été ivre. Le sang lui bourdonnait aux oreilles, la vue était brouillée, la fièvre lui martelait le cerveau.

Philippin et Rose, anxieux, mornes, l'attendaient dans un café du Palais-Royal. Il n'osait aller les retrouver. Que leur dire? Quelle attitude garder? S'ils allaient le plaindre? Oh! non! pas cela!... Plutôt se sauver, en les laissant là. Il lui semblait que les passants, riant sous cape, le regardaient en goguenardant.

Tout à coup, une violente colère ranima son énergie, et, pressant le pas, le regard hautain, il traversa fièrement la foule, qui ne faisait pas attention à lui.

— Eh bien ? demanda Philippin, en le voyant pénétrer dans le café.

— Des idiots! hurla Georges.

Puis se tournant vers Rose, et, l'interpellant d'une voix brève :

— Ah! ça! fit-il, tu ne vas pas, je suppose, accepter les propositions de « ces gens-là, » toi ?...

V

DEVANT LA RAMPE

Une personne qui avait bien de l'agrément, c'était mademoiselle Aglaé Lubœuf. Sans être d'une beauté étonnante, elle avait cette gentillesse des jolies bourgeoises françaises, qui n'a point d'équivalent autre part. Fraîche, très bien faite, elle pouvait prétendre à l'amour, et, comme de raison, à l'alliance d'un garçon aimable et honoré. Disons tout : son esprit s'était complu à cette prétention, qui, se nuançant d'espérance, constituait, finalement, son idéal.

Par malheur, pour son repos et sa satisfaction, elle ne manquait ni d'intelligence, ni de perspicacité; si bien que, pénétrant les vues de son père et du bon Philippin, elle se voyait menacée d'un projet de mariage, qui lui déplaisait souverainement. Longtemps cette crainte était restée vague, à l'état latent; mais depuis quelques mois, l'appréhension s'était aggravée, en entendant ses parents répéter :

— C'est un meurtre de laisser un homme de talent, une des illustrations nationales déchoir incessamment, faute d'une atmosphère propice à l'épanouissement de ses facultés supérieures.

— C'est son entourage qui lui nuit, disait le père.

— Le beau rôle, pour une jeune fille, ajoutait Philippin, quelle mission! que de se faire l'ange gardien d'un génie!

Et Aglaé, tout en restant muette, se disait :

— Ils sont forcenés sur l'idée de me faire épouser M. La Tréfailles!...

Pour le père, il ne s'agissait que d'un sauvetage héroïque. Moins avide que son fils, de notoriété, il mettait la gloriole au second plan, et il n'en était que plus entiché de l'affaire; ce qui était le vrai danger.

Le grand malheur, encore, est qu'Aglaé, élevée dans les plus purs principes de la morale domestique, ne se croyait qu'un droit restreint de disposer de son avenir et de ses sentiments. Et, tout en répugnant franchement à ce mariage, tout en se promettant de résister le plus ouvertement, que permet le respect de l'autorité paternelle, elle sentait bien qu'il faudrait en passer par là, si l'insistance des siens dépassait de certaines bornes.

Au surplus, personne à qui demander du secours.

Et pourtant, ce lui semblait bien dur de lier à jamais sa vie à celle d'un homme qui avait peut-être bien — encore n'en pouvait-elle juger — le plus beau talent du monde; mais qu'en son for intérieur elle mésestimait parfaitement. Il avait fait les *Vieux Arthurs*, elle n'allait pas contre; c'était un chef-d'œuvre, elle le voulait bien; l'admettant de confiance, jusqu'à ce que, une fois femme, elle eût licence d'en prendre connaissance; mais il donnait, dans le moment même, une revue, dans un théâtricule, en collaboration avec un nommé Benjamin, et un autre écrivain, de même farine : Fortuné Lamie, dont elle avait entendu dire de drôles de choses, entre nous!

D'autant que cette revue-là, paraît-il, vous avait des couplets, qui n'avaient pas passé tout seuls à la censure; institution qui, sur les gravelures et les joviales excitations à la débauche intellectuelle, est d'assez bonne composition, lui avait-on

dit. Et puis, n'avait-il pas publié un livre singulier, sorte de physiologie de mœurs qu'elle n'entendait pas ?

On dira :

— « Mais c'est précisément de cet avilissement, qu'il s'agissait de sauver le grand homme en le mariant! »

A quoi, d'avance, elle répondait :

— Le sauver est, sans doute, une précieuse entreprise; mais il ne faut pas se dissimuler que, pour moi, je ne m'en soucie point, au-delà de toute expression !

Eh! au fait, pourquoi donc, sa maîtresse, mademoiselle Rose, n'entreprenait-elle pas cette tâche si avantageuse? Plus à même qu'une autre, évidemment, d'en apprécier l'importance, que ne s'y mettait-elle de tout son cœur, au lieu de laisser la tâche à une pauvrette, bien incapable de comprendre de certaines sublimités? Etait-ce que mademoiselle Rose y avait perdu son latin? Que serait-ce donc pour Aglaé, qui savait, tout au plus, le français, et quel français! celui de la vie courante, et des sentiments ordinaires?

Cependant, elle ne pouvait s'y méprendre, son père et son frère se croyaient l'obligation de tout entreprendre, pour placer Georges dans des « conditions favorables à l'épanouissement de son génie. » Tout le programme se résumait ainsi. D'abord; elle ne vit, là, qu'une formule assez vague; puis, ayant entendu parler des embarras pécuniaires du jeune homme, elle vit, à la fin, clairement, qu'il s'agissait, pour elle, non-seulement de lui donner sa vie, ses affections, tout son être; mais encore, et en premier lieu, sa dot.

Sa dot, c'étaient trois cent mille francs, nets, écus sur table. Eh bien! elle eût volontiers fait marché de racheter sa liberté au prix de ce capital. Elle avait des amies d'enfance qui, sans un sou, s'étaient mariées à leur gré. Elle eût, de bon cœur, fait de même.

Après avoir un peu pleuré, beaucoup discuté, sur les moyens de se dérober à l'honneur qu'on se proposait de lui infliger, elle trouva en elle et — si vous permettez un mot un peu gros, pour une personne de si mince condition! — dans sa vertu, le courage d'accepter la destinée qu'on lui préparait. Cette jeune fille, qui n'était peut-être pas suffisamment de son époque, avait un grand respect du devoir.

Avant qu'on lui eût déclaré formellement les choses, elle voyait Georges multiplier ses visites. Il avait son couvert mis; un peu plus, il eût eu son rond de serviette. On l'accaparait. Plus une réception sans lui, et assez souvent, on allait au théâtre ensemble.

D'ailleurs, il ne l'incommodait pas de ses prévenances. La tenant pour une personne d'entendement moyen, il ne lui parlait guère que « de choses et d'autres. » Les questions d'esthétique se débattaient plus particulièrement, entre hommes, et il la traitait en petite fille.

Un matin, le père Lubœuf, déjeunant seul avec Aglaé, tourna un bon moment autour de la question, qu'il formula enfin, sous forme interrogative.

— Qu'est-ce que tu penserais d'un mariage avec La Tréfailles?

Aglaé sourit bonnement.

— Mon Dieu! papa, répondit-elle, y tiens-tu beaucoup?

Le père, sans dire « oui », énuméra nombre de considérations, qui touchèrent peu la jeune fille; ce qu'elle avoua loyalement.

— Comment! reprit le père Lubœuf, tu ne serais pas flattée d'être la femme d'un des grands écrivains de ton pays?

— A te dire vrai, non.

Le bonhomme éprouva une très sincère surprise. S'il avait été femme, lui, il eût épousé tous les grands écrivains qu'on aurait voulu.

— Mais, fit-il, est-ce qu'il ne te plaît pas?

— Pas du tout! répondit Aglaé, avec la plus simple tranquillité.

L'ancien commissionnaire n'en revenait pas. Dites à certaines gens que vous n'aimez ni les truffes, ni les huîtres, vous les étonnerez, à faire croire qu'ils se scandalisent. Vous n'êtes pas un homme, pour eux; vous tombez de la lune. Alors, qu'est-ce que vous aimez? Le père Lubœuf ressentait un étonnement analogue.

Georges, l'auteur des *Vieux Arthurs*, ce garçon, dont les rhumes de cerveau étaient annoncés dans le journal; ce cavalier qui recevait des déclarations anonymes, La Tréfailles, enfin! il ne plaisait pas; pas du tout, à Aglaé! C'était renversant. Ah ça! est-ce que sa fille manquerait de bon sens? N'y avait-il pas à craindre qu'elle n'eût quelque difformité de l'intellect?

Très contrarié, le brave homme fit un sermon à sa fille, lui reprochant de n'être pas « comme tout le monde, » la soupçonnant d'avoir, peut-être, quelque idéal extraordinaire en tête.

En l'écoutant silencieusement, Aglaé se demandait si, au cas où, les rôles intervertis, elle eût voulu épouser Georges malgré son père, celui ne lui eût pas dit exactement les mêmes choses? De fait, il y

a gros à parier, qu'il n'eût pas trouvé mieux.

Se levant alors, et venant s'appuyer sur l'épaule de son père, elle l'embrassa :

— Calme-toi, dit-elle. Je n'ai point d'idéal en tête. M. Georges ne me plaît pas du tout; mais il ne me déplaît pas non plus, jusqu'à la répugnance. Et puis, je sais ce qu'une fille doit de confiance à ses parents. Donnons-nous un peu de temps, et si, finalement, tu me répètes que ton souhait est d'avoir « ce grand écrivain pour gendre », je ferai ce que tu voudras.

Comme de juste, Lubœuf se fâcha. Il avait tort; au lieu de le lui remontrer et de lui résister énergiquement, elle cédait; le moins qu'il pût faire était de se susceptibiliser.

Croyait-on pas qu'il voulait sacrifier son enfant! Il n'entendait pas qu'on prît la chose ainsi, et il se défendait d'être mis en situation d'avoir de l'obligation à sa fille, quand il ne pensait qu'à faire son bonheur.

En dépit de son bon sens naturel, la jeune fille eut de la peine. Ces subtilités la blessèrent. Il était si bien clair qu'une pensée de vanité dominait tout cela! Or, elle s'y prêtait par bonté, et voilà qu'il fallait paraître ravie. C'était un peu trop. Mais que faire? Ce qu'elles font toutes, quand elles ont les qualités de leur sexe : elle pleura un bon moment, après quoi, se dérobant, par avance, à la lutte, elle se résigna intentionnellement.

Mais cela, sans grands mots, sans désespoirs échevelés, comme on en voit dans la littérature. Non. Elle se résigna tout bonnement, se promettant de tirer le meilleur parti possible de la situation future, pour être, si non bien heureuse, du moins tranquille. Après tout, le mariage comporte, en lui-même, sa consolation, pour les femmes, qui ont l'esprit sain : la maternité. Un bébé fait passer sur bien des choses; même sur les déplaisances d'un mari qui ne convient pas.

Quelques jours après cet entretien, l'attitude de Georges se modifia, à l'égard d'Aglaé. Il débuta par lui apporter un bouquet; puis, en sortant de table, il s'assit près d'elle et lui parla, toujours de « choses et d'autres, » mais à mi-voix.

Elle comprit qu'il lui faisait la cour.

A mesure, il fit des progrès en intimité. En phrases pleines d'inversions et d'images, il lui disait des lieux communs, auxquels son regard voilé, sa voix de plus en plus basse, donnaient une accentuation spéciale.

Elle lui répondait bravement, sans le suivre, sur le ton pittoresque et langoureux qu'il affectait. Loin de là, surmontant la première gêne, elle paraissait de belle humeur, plutôt enjouée, et n'éprouvait, aucunement, le besoin de pousser des soupirs à l'unisson des siens.

Au fond, elle en avait un peu pitié. Il devait, pensait-elle, souffrir à se contorsionner ainsi l'imagination, pour paraître poétique, et elle se demandait s'il était Dieu ! permis qu'un garçon d'esprit, de tact, et bon sens se crût contraint et forcé de débiter tant de balivernes, dont il ne pensait pas un mot.

Gaiement, un jour, en tête à tête, elle effleura la question. Georges ne lui en sut pas bon gré, et, protestant de sa conviction, il brûla ses vaisseaux, se déclarant amoureux tout de bon.

— Ma famille, lui répondit-elle, a le désir que nous nous mariions ; sans éprouver des sentiments excessifs pour vous, ʲe me sens disposée à satisfaire au vœu général, et je puis vous répondre qu'il ne dépendra pas de moi que vous n'en ayez aucun regret par la suite.

Fort peu fait au monde régulier, ignorant la « jeune fille » comme le plus grand nombre de ses confrères, Georges pensa qu'Aglaé n'en pouvait décemment dire davantage. Dès lors, il se fit tendre. Elle restait d'aspect affable, mais elle ne se livrait pas. Une fois, il lui prit la main et fit mine de la lui embrasser. Elle sourit, mais ne le lui permit pas. Ce que voyant, il crut devoir la régaler de la scène du *Dépit amoureux* (qu'elle ne connaissait pas) et il s'oublia à répéter, de mémoire, quelques répliques d'*Antony* ; ce qui n'y fit ni chaud, ni froid.

— C'est drôle ! se disait-elle. Il paraît sincère, et, en me quittant, il va retrouver sa maîtresse !... Au fait ! ajoutait-elle, en manière de consolation, il croit peut-être que je n'en sais rien ?

Toutefois, comptait-il garder Rose, une fois marié ? Dame ! elle pouvait se le demander. Ce qu'avait parfois rapporté son frère, de certaines célébrités, l'autorisait à trouver au moins étranges les mœurs de ces gens-là. La perspective lui semblait dure, et, à certains moments, il lui montait des bouffées de révolte, qu'elle avait peine à dominer, quelque soumission qu'elle fît profession d'avoir, pour la volonté paternelle. Mais le doute la calmait. Etait-ce bien possible ? Peut-être aussi, rien n'étant encore fixé, Georges ne voulait-il pas rompre définitivement, avec Rose, crainte de se retrouver comme l'âne de Buridan, le nez entre deux picotins ?

Une curiosité plus ou moins légitime, mais fort logique, assurément, la poussa à s'enquérir adroitement du caractère de cette maîtresse. Elle parvint à recueillir quelques renseignements, qui la frappèrent. Le talent de l'actrice lui était connu. L'histoire de sa liaison avec Georges la surprit. Mais comment restait-elle avec lui, sachant qu'il allait se marier ? Au fait, Rose l'ignorait peut-être. En ce cas, celle-ci ne pouvait être que dupe, et non complice.

Il ne lui vint qu'un mot, à cette simple fille de bourgeois, qui, d'instinct cependant, avait les femmes artistes en répulsion :

— « Pauvre femme ! »

Elle supposait la vérité, Rose ne se doutait de rien. Il faut dire aussi que jamais elle n'avait été plus absorbée par ses travaux. Flaquinet, arrivé à son but, avait décidé un auteur de talent à lui donner une pièce. De ce moment seulement, Rose avait apprécié les joies de sa profession ; elle s'était sentie vivre, respirer dans une atmosphère normale.

Il ne s'agissait plus, ici, d'exprimer, au hasard de la trouvaille, des sentiments de convention, de faire admettre cette fausse sensibilité, qui frise le burlesque, et qu'on ne sauve des huées, que grâce à l'autorité de l'interprète. Tout était naturel, vivant, plein. La phrase, concise et sobre, exprimait des idées, qu'il n'y avait qu'à émettre avec persuasion et probité artistique.

Et puis, quelle facilité de rapports avec l'auteur, dont l'affabilité et l'exquise courtoisie, signe certain du mérite, contrastaient, si agréablement, avec la tracasserie hautaine des médiocrités courantes !

Rose, enchantée, n'avait que son rôle en tête, elle vivait en lui, le composait et l'étudiait incessamment. Arrivée la première aux répétitions, elle en attendait la fin, pour demander à l'auteur telle indication qui lui semblait nécessaire. Georges ne l'avait jamais vue si active et si gaie. Il savait bien qu'elle répétait la pièce d'un grand confrère ; mais il n'y attachait pas d'importance. Ayant lu des passages du rôle, s'étant fait conter le sujet, il avait dit :

— Ça ?... ça ne fera pas le sou !

Puis, pour éviter le soupçon d'envie, il s'était empressé d'ajouter :

— Ce n'est pas qu'il n'y ait de quoi faire, ou que l'auteur manque de talent. Non, certes ! Je suis plutôt de son école, et, à côté des Chapelaines de ce temps-ci, il a mille coudées. Seulement, pourquoi veux-tu qu'il ait donné une bonne pièce à Flaquinet, quand Perrin, Montigny, Car-

valho, eussent été enchantés de lui donner la saison d'hiver?

Par besoin de diminuer le bonheur d'autrui, il disait à Rose, elle-même :

— Te donner le rôle à toi, quand l'auteur pourrait avoir Favard?... C'est qu'il
n'attache pas d'importance à la pièce, qui
doit être une œuvre de jeunesse, retapée
par complaisance, ou lassitude des sollicitations de Flaquinet. A-t-il dû le « raser »
mon Dieu !

Malgré cela, Rose se passionnait. Et
puis, il lui importait peu que « ça ne fit
pas le sou. » Elle l'eût regretté pour son
directeur; mais, voyant des vilenies faire
le maximum des recettes, elle prétendait
que « faire le sou » n'était pas l'unique
objectif à se proposer. D'ailleurs, qui pouvait prononcer sûrement là-dessus? L'expérience lui venait. Que de fois, à son
souvenir, les ouvrages auxquels on pré-
disait soit deux cents représentations,
soit la débâcle, avaient eu le sort opposé!

Sans voir clair dans les sentiments de
son ami, — il était dans sa destinée de n'y
jamais rien démêler, — elle commençait à
se dérober au partis pris, qu'il lui avait
imposé, au début de leurs relations. La
femme, l'amante restait sous l'influence
de l'homme aimé — les êtres nous sont
chers en raison de ce qu'ils nous coûtent
de sacrifices — mais l'artiste se dégageait
de toute tutelle ; l'âme prenait son essor,
et, sans le vouloir, sans raisonner, rien
que par la conséquence inévitable des
choses, elle réalisait le mot que Goëthe
fait dire à Méphisto :

— « Si tu veux être, sois par tes propres
forces. »

Ce n'est pas cependant qu'elle doutât du
« génie » de Georges. A cet égard elle était
comme au premier jour, en admiration,
éblouie; sans doute, elle constatait chez
lui des défaillances de volonté, mais non
de vitalité, et elle se maintenait, en face
de l'auteur des *Vieux Arthurs*, dans l'attitude de « la doublure » à l'égard du phénomène frais éclos. Avec une conviction
profonde, elle disait encore :

— « S'il voulait !... »

Pourtant, ses énergies intellectuelles,
l'obligeaient à s'affranchir, peu à peu, de
toutes lisières, en ce qui ne concernait
qu'elle, et, se sentant valoir, il lui venait
le respect de sa valeur.

Le besoin de son indépendance artistique s'était fait sentir impérieusement,
en elle, du jour où elle avait vu Georges
se diminuer, en des collaborations presque inavouables.

Tant qu'il s'en était tenu à la menace
de « faire du métier, » elle n'avait vu, là,
qu'un dépit passager. Mais le voyant, lui
s'accoupler avec des fabricants de revues,
de pièces à femmes, elle avait renoncé au
projet, qui l'eût tant satisfaite, de se consacrer, presque exclusivement, à l'interprétation de ses œuvres. Elle avait cédé à la
fougueuse aspiration de vivre, par elle-
même, tout en excusant son ami de cette
apparente défection. Il lui avait dit :

— Que veux-tu? j'ai des dettes !

Elle s'était bornée à le plaindre, sup-
posant que le sacrifice devait lui coûter
terriblement.

Au demeurant, sa vie d'artiste, un peu
séparée de celle de Georges, désormais,
l'occupait assez entièrement pour que,
seule peut-être, elle ignorât encore le
danger d'abandon qui la menaçait.

Les répétitions avançaient. Le soin de
ses toilettes, l'émotion, qui déjà s'accusait, tout cela empêchait Rose de remarquer les modifications d'habitudes et de
tenue de Georges. Elle s'était bien, parfois, étonnée de certains chuchottements
de ses camarades, de certaines nuances de
compassion ; mais, n'y voyant pas de
cause, elle n'y avait pas pris garde.

Le jour de la répétition devant la censure, ces détails la frappèrent plus particulièrement. Mais, ayant tant de choses
à préparer, pour cette répétition, elle se
trouva distraite de la légère inquiétude
qui s'était, à la fin, éveillée. C'est qu'aussi
ce jour-là, il lui avait fallu opérer une
sorte de petit déménagement. La veille,
Georges lui avait annoncé devoir être
obligé de faire un petit voyage.

Quelques intérêts de famille l'appelaient à Avesnes, chez son oncle, qui vivait encore, plus notaire honoraire que
jamais. Il y avait, disait-il, rapprochement entre eux, et il se pouvait faire que
l'oncle, très formaliste, retînt son neveu
plus longtemps que celui-ci ne paraissait
le désirer.

Rose avait pensé qu'il valait mieux,
à tous les points de vue, qu'elle habitât
chez elle, jusqu'au retour de Georges. Et
le matin, il y avait eu grand transport de
malles.

Elle-même, pour expliquer quelques
minutes de retard, avait mis ses camarades au courant de la situation. Ils l'a-
vaient écoutée en gardant une physionomie étrange ; la plupart avaient baissé
les yeux, détourné le regard, et quelques-
uns lui avaient serré la main plus chaleureusement que de coutume. Flaquinet
avait même débattu s'il ne devait pas
l'instruire de ce qui était, maintenant, un
fait acquis; à savoir : son abandon. Mais

l'arrivée des censeurs avait coupé court aux préoccupations personnelles.

A l'issue de la répétition, Flaquinet, la voyant si heureuse de l'effet produit, par elle, sur le petit auditoire, n'avait plus osé lui faire la révélation du fait.

Elle partit.

Le lendemain, on fit relâche pour répéter géhéralement devant un public d'intimes. Rose arriva la première au théâtre, essaya ses robes et répéta avec entrain.

— Mon Dieu ! pensait le directeur, pourvu qu'elle ne reçoive pas ce coup-là demain !...

On ne vivait pas, dans toute la maison, ce lendemain-là. A chaque lettre qui arrivait, on tremblait, qu'elle ne fût de Rose, disant : « Je suis incapable de jouer ».

A sept heures, la jeune fille arriva, un peu pâle, et le visage fatigué. Flaquinet, qui s'était fait servir à dîner, dans son cabinet, l'attendait au passage.

— Eh bien, Rosette? fit-il, en allant à elle.

— Eh bien ! me voilà, mon ami, répondit Rose, en souriant. J'ai les nerfs tendus ; mais je me sens vaillante. N'ayez pas peur !

— « Elle ne sait rien, pensa le malheureux directeur. Nous sommes sauvés. »

Comme il la quittait, après quelques paroles d'encouragement, elle le retint.

— Vous n'avez pas reçu de nouvelles de Georges, lui demanda-t-elle ?

— Non.

— C'est, ajouta Rose, qu'il devait m'écrire, aussitôt arrivé chez son oncle, et aucune lettre ne m'est parvenue.

Il ne savait que lui répondre.

— Bah ! fit-elle, on l'aura absorbé ; ce sera pour demain matin.

Et elle monta à sa loge.

— Hélas ! pensa Flaquinet, quel réveil !...

Le sujet de la pièce, qu'on allait jouer, était une étude de la situation que la loi fait au père, qui a le malheur de marier sa fille à un coquin, et le premier acte se passait le jour même de la cérémonie.

Rose faisait sa première entrée au retour de l'église, en toilette de mariée. Au théâtre, autant qu'à la ville, ces ornements blancs sont difficiles à porter ; les plus jolies personnes, les plus gracieuses n'y gagnent guère. Rose avait pensé éviter la gaucherie en s'habillant longtemps à l'avance.

Quand elle fut prête, il lui restait une grande heure, avant de paraître en scène. Parée, un peu embarrassée, elle se pro-

menait, en récitant son rôle, s'étudiant à la glace. Cependant le temps lui durait, d'autant qu'en arrêtant sa pensée, sur ce qui allait se passer, l'émotion, la peur la gagnaient. Mais, que faire? Sur la table différents objets, apportés par les fournisseurs, étaient à demi renfermés dans un journal dont la date était celle du jour.

Trop occupée de la *première*, elle n'avait rien lu le matin ; elle pensa se distraire, en lisant les nouvelles, et, au risque de noircir ses doigts blanchis, selon l'usage, elle défit les plis du journal froissé.

Durant les premières minutes, elle lut machinalement, sans comprendre le sens des phrases que ses yeux parcouraient. Tout à coup un nom éveilla son attention; nom bien connu de son regard, nom dont la physionomie typographique semblait se détacher du texte et, en quelque, sorte flamboyer. Le nom de « La Tréfailles. »

Il y avait :

« L'une de nos plus jeunes et plus sympathiques célébrités, va renoncer à Satan, à ses pompes ; mais non, Dieu merci ! à ses œuvres.

» Le tableau des publications de la mairie du IXe arrondissement annonce le tout prochain mariage de M. André-Léon-Victor Libourt, autrement dit : Georges La Tréfailles, avec mademoiselle Fulgence-Antoinette-Aglaé Lubœuf.

» La fiancée, jeune personne du meilleur monde, et qui, à ses charmantes qualités, ajoute une dot fort respectable, est la sœur de notre ami, le gros Philippin, le jovial campagnon, que tout Paris connaît, et qui semble le complément (direct) de l'auteur des *Vieux Arthurs*.

» Frères par le cœur, ces deux personnalités du monde parisien, vont avoir, entre elles, le trait d'union le plus solide et le plus gracieux qui se puisse souhaiter. »

Rose ayant achevé la lecture de l'entrefilet recommença, puis s'y reprit encore, jusqu'à ce que, récitant de mémoire, les phrases se dévidassent dans sa pensée, avec une vitesse vertigineuse.

Le journal lui était tombé des mains; elle ne voyait plus, elle n'entendait rien; n'étant sensible qu'à une sorte de fantasmagorie, qui déroulait, devant elle, des lettres fantastiques, dont l'assemblage formait, et reformait les mots qu'elle venait de lire.

La voix de l'avertisseur répétait, dans le corridor :

— En scène pour le premier acte.

Puis :

— On a frappé.

Puis encore :
— On commence.

Rose assise, immobile, n'avait plus notion de sa situation.

La porte entrebaillée fut poussée.

— C'est à toi, ma fille, lui dit le second
régisseur, qui, la voyant prête, se retira,
pensant qu'elle allait le suivre.

— Hein ? fit-elle , réveillée brusquement. A moi ?.... Quoi ?...

Puis, se levant, elle s'aperçut dans la
glace, en robe blanche, entourée d'un
voile, coiffée de fleurs d'oranger. Par une
illusion, que son trouble expliquait, elle
se crut la fiancée de Georges, et tournant
la tête, elle le chercha.

Le mouvement qu'elle fit, produisit un
bruit de papier froissé. Elle baissa les
yeux, vit le journal, et revenant à la réalité, elle en ressentit toute l'horreur.

— Oh ! s'écria-t-elle, avec un accent de
terreur désespérée... Et je joue ! Oui, c'est
à moi d'entrer en scène...

Interdite par l'excès de la douleur, elle
resta encore un moment inerte, puis s'é-
lançant vers le théâtre, par un mouvement de folie :
— Mon Dieu ! fit-elle.

Elle arriva, juste au moment, où la
porte du décor s'ouvrait, pour son entrée, et brusquement, elle se trouva inon-
dée de lumière, devant deux mille spectateurs, les yeux braqués sur elle.

Interdite, épouvantée, ne sachant plus
exactement où elle était, qui elle était, ce
qu'on voulait, elle s'arrêta dès les premiers pas, intérieurement effarée, voyant
tout tourner, tout danser autour d'elle.

Une salve d'applaudissements se fit entendre. Le public, de lui-même, lui« faisait
son entrée. » On la trouvait charmante
ainsi, charmante de décence et de timidité.

Et pendant qu'on battait des mains,
elle se disait :
— « Qu'ai-je à dire ? à faire ? Je ne sais
plus. J'ai oublié mon rôle. Quelle pièce
est-ce que je joue ? »

A de certaines heures, qu'aucun acteur
n'évite, c'est un abominable métier. Etre
là, le cœur en lambeaux, assommé, des
idées de suicide en tête, et avoir à amuser
la foule ! Celui-ci, qui fait le Jocrisse, a
son enfant malade à la maison. Celle-là,
qui minaude, et qu'on lutine, a enterré
sa mère, ou sa sœur, le matin. Il y en a
qui, en jouant, aperçoivent, à l'avant-
scène, l'homme qu'elles aimaient, en compagnie de leur rivale. L'inquiétude ronge
l'un, le chagrin aveugle l'autre, la colère

et l'humiliation étranglent les dernières ;
bah ! « Saute, Paillasse ! Tu remettras le
crêpe à ton chapeau, quand nous aurons
fini de rire. »

Et l'on rit ; car, en dépit de tout, ces
pauvres gens font rire ; c'est leur état.
Seulement, en retournant au cercle, le
« gommeux » dit à son ami :
— Elle n'était pas en train, la petite
Chose, ce soir !...

Tandis que le pâle voyou, dégringolant
du poulailler, dit au municipal :
— Malheur !... elle a été rien toc !

En rentrant chez elle, Rose n'avait le
souvenir d'aucune des impressions de la
soirée. La pièce avait été achevée, voilà
tout ce qu'elle savait ; mais nulle notion
de l'accueil fait par le public. Encore
moins se rappelait-elle l'effet produit par
elle-même. A chaque réplique, elle avait
dit ce qu'elle avait appris, par une sorte de
tour de force de l'instinct des acteurs. Il
y avait eu des bravos, des rappels ; mais il
y en a toujours aux premières, qui se tien-
nent assez pour ne pas tomber à plat.

Manquant de liberté d'esprit, elle n'a-
vait pu apprécier ce je ne sais quoi, qui
se dégage d'une assemblée de spectateurs
et qui, indépendant des manifestations ex-
térieures, et, pour ainsi dire, officielles,
précise le degré du succès.

Sur sa table de toilette, elle trouva une
lettre, datée d'Avesnes. L'écriture, au surplus, suffisait à en indiquer la provenance.
Au moment de rompre le cachet, une extrême fatigue morale la fit hésiter.

— Non, se dit-elle, avec une apparente
force d'âme, qui n'était que de l'abatte-
ment, pas ce soir, je n'en peux plus !...

Et se jetant sur son lit, sans avoir le
courage de se déshabiller, elle tomba dans
une sorte de léthargie, qui la rendit insensible absolument.

Au jour, sans s'éveiller encore, la conscience de son être lui revint lentement,
doucement. Elle se complaisait dans une
impression de bien-être, qu'elle craignait
vaguement de dissiper en s'agitant, en faisant le moindre effort de volonté, pour se
ressaisir. Elle pressentait une douleur prochaine, à son complet réveil, et elle pensait s'y dérober par la force d'inertie.

Cependant cet état ne se prolongea pas ;
un bruit de la rue lui fit ouvrir les yeux,
et la lettre de Georges fut le premier objet
qu'elle aperçut. Toute l'âcreté de la situation se présenta à son esprit. Elle se souvint de ses angoisses de la veille, durant
cette représentation, à laquelle elle avait
concourru, sans avoir conscience de ses
actes, et, au moment de rompre le cachet,
elle hésita de nouveau.

Que lui disait-il ? Un fait était là : il la quittait. Qu'importait le reste ? Bonnes ou mauvaises, les raisons qu'il donnerait ne changeraient rien. Il était résolu, puisque ses bans étaient publiés. Autant valait ne pas lire cette lettre.

Ce n'était, de la part de la pauvre fille, ni colère, ni orgueil froissé, c'était lassitude de cœur. Elle souffrait trop ; elle aspirait au repos.

Doucement, tranquillement, elle prit, par force, le parti de son abandon. Elle tint seulement à en être certaine. Quoiqu'elle eût les yeux rouges, le visage décomposé, elle sortit, gagna posément la rue Drouot, pénétra dans la cour de la mairie, et voyant un grand cadre grillagé contre le mur, elle alla voir.

Elle ne chercha pas longtemps.

La formule nette, brutale, légale, se moulait sous ses yeux. Un long temps, elle resta plantée devant le cadre ; puis, elle s'en alla, comme elle était venue, ne se disant qu'un mot :

— C'est vrai.

Rentrée dans son petit appartement elle prit une plume et écrivit :

» Je ne veux pas lire votre lettre ; je
» sais, d'hier soir, que vous vous mariez.
» Je vous souhaite tous les bonheurs possibles ; le théâtre me permettra, j'espère, de vous oublier. Adieu.

» Pour la dernière fois,
» Je vous embrasse

» ROSE. »

Ayant inséré la lettre de Georges dans la sienne, elle ferma l'enveloppe, et envoya la portière jeter le tout à la poste.

Toute la journée, il lui fut impossible de penser à rien ; elle pleurait sans sanglots, regardant le ciel, à travers les vitres.

A l'heure du dîner, elle mangea par devoir, sachant qu'elle avait à jouer un rôle le soir, un rôle fatigant, ce qui lui était une pensée pénible.

Comme elle s'habillait dans sa loge, on frappa.

— Qui est-là ? demanda-t-elle.

— Flaquinet.

— Un moment, fit-elle.

Puis, ayant achevé de s'agrafer, elle ouvrit elle-même la porte.

— Ah ! ça, dit le directeur, où as-tu passé la journée ?

— Chez moi, toute seule.

— Je me suis présenté deux fois.

— Pardon, dit-elle, je ne pouvais le supposer. J'avais donné ordre de ne laisser monter personne.

— Tu étais malade ?

— Non, je pleurais.

Et comme Flaquinet gardait le silence :

— C'est juste ! ajouta-t-elle, vous ne savez pas : il me quitte.

— Tu l'as appris ce matin ?

— Non, hier soir, ici, au moment d'entrer en scène, par un bout de journal. Mais, au fait, dites-moi, mon pauvre ami, comment ai-je joué ? Vous m'en voulez peut-être ? Je vous demande pardon. Je ne sais pas ce que j'ai fait.

Flaquinet la regardait ébahi.

— Tu te moques de moi ? fit-il.

— Non, reprit Rose, je vous jure que je n'ai pas conscience de ce qui s'est passé.

— Mais, mon cher enfant, tu as été superbe ; mais c'est un triomphe ; mais c'est avec l'auteur que je suis allé deux fois chez toi, tantôt.

Le visage de la jeune fille s'était légèrement éclairci.

Flaquinet, ouvrant la porte, appela un garçon :

— Va chercher tous les journaux sur mon bureau, dit-il.

Et, revenant à Rose, il lui conta la représentation, lui faisant sentir les nuances de l'effet obtenu.

Puis, prenant, un à un, les journaux qu'on lui apportait, il lui lut les passages intéressants.

Quand il eut fini, il regarda sa pensionnaire. Elle était transfigurée. Un contentement sérieux, profondément intime, se lisait sur ses traits.

— Mon cher ami, dit-elle, je suis guérie de mon amour ; je suis guérie de l'amour. Je n'étais pas faite pour aimer ; je ne suis qu'une artiste, pas plus ; mais rien de moins. Ce que j'ai souffert depuis ces quatre ans est inouï. Je m'aperçois seulement de l'erreur que j'ai commise ! Je me répétais tant de grands mots que j'ai lus, croyant les comprendre, croyant ressentir les sentiments qu'ils expriment, m'étonnant seulement de rester si maîtresse de ma raison ; mais je vois aujourd'hui qu'il y avait malentendu. Il m'a fascinée du prestige de son talent...

Ah ! fit-elle, en voyant Flaquinet hocher la tête, ne lui en refusez pas, mon ami, il en a ; il est du moins très doué. Mais il s'est grisé de succès, il s'est laissé envahir, il a cru qu'on pouvait abuser des jouissances mondaines et faire des chefs-d'œuvre. Là est son tort, la cause de sa décadence apparente. Pour faire bien, et monter au rang qui lui était assigné, il lui aurait fallu, soit le stimulant cruel de la misère ; soit l'opulence excessive ;

soit encore une femme qui le guidât. Je ne pouvais être cette femme-là. C'est moi qui subissais son ascendant, et c'est bien dommage! Mais la femme qu'il épouse est riche; si elle comprend son rôle, attendez-vous à quelque œuvre de maître, dans un avenir prochain.

— Tu es folle! répliqua Flaquinet. Tu n'y vois pas plus clair aujourd'hui qu'autrefois. Ce n'est qu'un vaniteux et, à ton égard, un ingrat, de la perte de qui tu te consoleras aisément.

— Comment l'entendez-vous? demanda-t-elle. Par un autre amour? Oh! Dieu! jamais! Si vous saviez, mon ami, quel soulagement j'éprouve! Je ne m'appartenais plus; je vivais par un autre, je m'étiolais d'intelligence et d'âme. Tandis que je me suis reprise, je me possède, et, je vous le jure, je ne me donnerai plus.

Craignant qu'il ne se méprît sur le sens de ses dernières paroles.

— Ce n'est pas un regret que j'exprime, dit-elle. Non. Je ne regrette rien. Je l'ai aimé comme il m'est possible d'aimer, et je crois que toute ma vie je l'aimerai de cette manière. Mais, j'aime le théâtre par dessus toute chose; là est ma vie, là ma passion. Je veux fuir tout ce qui pourrait m'en distraire.

Comme il arrive assez souvent, la pauvre fille, en parlant ainsi, comptait un peu plus que de raison sur sa volonté. Elle était de fait délivrée; mais l'habitude a ses attaches au plus secret de nos âmes, et la peine subsistait.

Tant qu'elle était dans l'exercice de sa profession, tout allait bien. Elle se sentait libre; mais la solitude lui ramenait des souvenirs, lui rappelait des impressions qui entretenaient, dans son esprit, un fond persistant de mélancolie.

Elle était si seule! Et pourtant elle ne voulait pas se prêter à des fréquentations nouvelles. Georges continuait de peser sur ce qui, de sa vie, n'était pas employé par le théâtre.

Et puis tout le lui rappelait chaque jour. C'était son nom, sur lequel ses yeux tombaient dans le journal; un cancan de coulisses, la rencontre d'un de ses amis, qui avait été de leur intimité, quand ils vivaient ensemble.

Les choses même s'en mêlaient. Un morceau de musique, entendu au concert, rappelait ce jour où, serrée contre lui dans sa stalle du Cirque, elle avait, pour la première fois, compris Beethoven et Mozart. Elle se revoyait, frissonnante, profondément émue, le regarder les yeux humides.

Le moyen, au surplus, de n'y pas penser? Son mariage était l'objet de la conversation de tant d'autres! Et puis, elle voyait parfois Philippin, au théâtre. Si attentive qu'elle fût à l'éviter, le hasard les mettait forcément en présence.

— Rose, lui dit-il, un jour, en l'arrêtant, vous m'en voulez?

— Non, répondit-elle; cela devait arriver.

Il lui tendit la main. Elle n'osa refuser. Et s'étant éloignée elle pleura. Chez elle encore, les larmes la gagnèrent au souvenir de cette rencontre, elle qui se croyait si forte! En y resongeant, elle eut peur d'elle-même. Est-ce donc que jamais elle ne parviendrait à se dégager entièrement de cet amour?

Le jour du mariage était annoncé. Le matin, il lui prit une envie folle d'aller se cacher dans l'église, pour les voir, pour souffrir à cœur joie. Certains esprits sont tentés d'exaspérer la douleur, avec l'arrière espoir de l'épuiser, de s'en guérir. Elle ne se sentait pas l'énergie de rester seule dans sa chambre, craignant de le suivre en imagination, à chaque moment de la journée. Mais, comment s'en distraire, qui voir, qui appeler à son secours? Personne. N'importe! Elle s'habilla et partit. Elle voulait quitter la ville où son abandon se consommait définitivement.

Par cette sorte d'instinct qui nous pousse vers les endroits connus, elle suivit les rues qui, jadis, ce beau jour de Vendredi-Saint! l'avaient conduite à la gare du Nord. Il y avait trois quarts d'heure à attendre, avant le premier train.

Elle s'assit sur un banc. Le mouvement du public et des employés changea le cours de ses idées. Les gens qui partent semblent engager à les suivre. L'endroit où ils se rendent a probablement quelque attrait, et quand l'inconnu n'effraie pas, il attire.

A côté d'elle, une jeune femme tenait entre ses genoux, un bambin de trois ans, qui paraissait ravi de s'en aller. Il parlait à sa mère de ce qu'on devait trouver en arrivant, le jardin, les fleurs, les feuilles.

— S'il en reste! répondait la jeune femme en souriant.

On était à la fin d'octobre, le ciel était couvert de brouillards tièdes.

Quand le guichet de la vente des billets s'ouvrit, la jeune dame se leva, afin d'aller prendre le sien. Mais la queue était fournie de gens bruyants et pressés. Le petit garçon menaçait d'être heurté, faute d'être aperçu, et la mère avait peine à le préserver.

Rose, qui l'avait suivie, lui proposa de prendre son billet en même temps que le sien, et la jeune femme accepta avec contentement.

— Une première Montmorency, dit-elle à Rose, en lui remettant une pièce d'argent.

Celle-ci, qui n'avait pas de projet arrêté, demanda deux places de première pour Montmorency, et les deux femmes entrèrent ensemble dans les salles d'attente.

On causa. Ensemble encore, elles montèrent dans le train, et le voyage se fit de compagnie jusqu'à la station, après quoi on se salua, sans savoir à qui l'on avait eu affaire.

Une fois seule, Rose qui venait pour la seconde fois dans ce pays, prit naturellement le chemin qu'elle avait suivi la première, ce Vendredi-Saint, où humble doublure, elle s'était jointe à ses camarades, en velléité de villégiature. Mais quelle différence entre ces deux visites, à quatre ans de distance ! Et que s'était-il passé durant ce temps ?

Tout en gagnant la forêt, dont le feuillage roux, mais encore touffu, contrastait avec le souvenir de verdure tendre, presque pâle, qui caractérisait ce qu'elle pouvait considérer comme le prologue de sa liaison avec Georges, le roman de sa jeunesse, Rose, oubliant l'heure présente, se plongeait avec délices dans le passé. Elle revoyait les ânes; elle entendait les gamineries de ses camarades de la « troupe de zinc. »

Sans effort, elle retrouva le sentier où Georges lui était apparu, alors qu'emportée par l'entêté baudet, elle galopait rudement à travers les ornières. C'est au pied de cet arbre qu'il était assis. C'est là que l'âne heurta la racine en saillie, qui le fit trébucher; là que Georges, souriant, la reçut dans ses bras.

Elle s'assit, à son tour, à cette place, au pied de ce même arbre, et, cédant à l'attrait, elle se livra au charme des souvenirs.

Les heures passaient sans qu'elle y prît garde. Déjà la brise apportait, par bouffées, le tintement d'une cloche d'église, appelant les fidèles à la messe, faisant accompagnement aux poésies rétrospectives dont la jeune fille se repaissait.

Progressivement, une voix d'homme, voix un peu grosse, se fit entendre à travers le taillis. C'était un chant, lent et naïf, sur des paroles plus naïves encore : la complainte de M. de la Palisse :

< Monsieur la Palisse est mort
» Mort de maladie
» Un quart d'heure avant sa mort
» Il était encore en vie. »

Sur quoi, un rire d'enfant, suivi de cette injonction :

— Encore mon oncle!

Et la voix d'homme reprenait :

< Il était très comme-il-faut
» Ce qu'on appelle honnête
» N'ôtant jamais son chapeau
» Sans s'découvrir la tête!

A la fin du couplet suivant, le chanteur et son compagnon parurent à quelques pas.

L'oncle se tut devant ce témoin fortuit de ses facéties paternelles, tandis que Rose, un peu gênée d'être surprise, détournait les yeux autant par discrétion que par embarras, s'imaginant se donner une contenance en arrachant des touffes d'herbe.

Comme ils se croisaient, l'enfant dit :

— Tiens! la dame !

Rose reconnut le petit avec la mère de qui elle avait voyagé.

L'oncle tourna machinalement la tête ; puis, avec un accent d'agréable surprise :

— Mademoiselle Varnel ! fit-il.

C'était l'auteur de la pièce que celle-ci jouait au Théâtre-Jouffroy.

— Et vous êtes là, toute seule ? lui demanda-t-il, après quelques explications.

— Oui, dit-elle. Je ne sais trop comment, d'ailleurs. La vie artistique a ses lassitudes ; ce matin, j'avais le cœur triste, les idées sombres, je suis partie, droit devant moi, sans projet préconçu, désireuse seulement de respirer un autre air que celui de la rue, de voir des arbres, beaucoup de ciel au-dessus de ma tête, et d'oublier, un moment, tout ce monde qui s'agite pour des intérêts restreints.

— Mais, fit l'auteur, onze heures viennent de sonner. Avez-vous déjeuné?

— Vous m'y faites penser, répondit Rose. Je vais rentrer.

— Ecoutez, mademoiselle, reprit l'auteur, la maison que j'habite est proche; voulez-vous me faire la grâce d'accepter deux œufs frais de mes poules? Il y aura certainement quelque plat supplémentaire, puisque ma sœur et mon neveu sont venus me surprendre.

Rose s'en défendit, mais l'auteur insistant délicatement, elle put céder, contente, en somme, de l'aventure que le hasard lui procurait.

L'enfant lui prit la main, sans quitter celle de son oncle, et l'on arriva ainsi à l'une des premières maisons de Montmorency.

Une certaine curiosité éveillait l'attention de Rose. Celui dont elle acceptait d'être l'hôte, était sinon le plus illustre des membres de la corporation des auteurs dramatiques, du moins celui dont la supériorité littéraire était le moins contestée. Il avait dans son répertoire, des œuvres qui l'avaient fait chef d'école; de l'aveu général, c'était un maître en l'art d'écrire.

Commandeur de la Légion d'honneur, membre de l'Institut, il s'était fait ce qu'il était, par sa plume. Respectant l'art et soi-même; moins soucieux de profits, que de sa liberté de production, on pouvait répéter de lui, qu'il montrait — spectacle reconfortant : —

« L'accord d'un grand talent et d'un beau caractère. »

Et Rose se sentait à l'aise devant ce maître, dont l'affabilité facile et bienveillante la touchait.

Grand, solide, le visage plaisant, sa bonhomie témoignait d'une bonne humeur, qui est le fait d'une santé robuste et d'une intelligence d'élite. Seuls, les yeux, relativement petits et quelque peu rapprochés d'un nez recourbé, sur une barbe brune, trahissaient une malice naturelle, que plus d'un avait éprouvée. On citait de lui des reparties, des traits d'un esprit pénétrant, tels qu'en ont prodigués les deux Dumas, Barrière, Henri Heine, et, dans un ordre inférieur, Roqueplan.

Vêtu d'une jaquette, chaussé de fortes bottines, et couvert d'un chapeau rond, il allait, une main dans sa poche, semblant le premier venu, et, par là, surprenant Rose, qui se souvenait de Georges en veste de velours, les pieds dans des babouches, en chemise de soie ou de batiste fine, à manchettes plissées, comme s'il n'eût été qu'un chanteur.

L'habitation, couverte de verdure envahissante, n'avait rien de particulier. C'était une maison de campagne, comme il y en a tant, peut-être élevée à l'entreprise, sur un plan type, qu'on rencontre dans toute la grande banlieue de Paris. A l'intérieur, même caractère de simplicité. Un mobilier confortable, sans prétention à l'originalité, quelques tableaux jolis, un bronze, et voilà tout. Le buste de Molière et celui de Voltaire pouvaient indiquer que la littérature française était honorée dans la maison, et si la bibliothèque était importante, c'était bien plus par le choix des ouvrages, que par la rareté des volumes, ou la richesse des reliures.

Sur une table, le fouillis de quelques papiers indiquait à peine la profession du maître de la maison; mais nulle part ces attirails, cette mise en scène, qui joue le sanctuaire, et où là pipe, les fleurets, la vieille vaisselle, disent au visiteur : — « Attention ! vous êtes ici chez un prince de la plume ! »

Rose n'en revenait pas, la maison était celle de n'importe qui, l'homme était comme tout le monde. Il parlait de tout, sans le prendre du ton d'un docteur impeccable, et même sur les choses de théâtre, il se prononçait d'une façon à ce point réservée, qu'il n'avait pas l'air d'être de la partie ; qui ne l'eût pas connu, l'aurait pris tout au plus, pour un connaisseur, un lettré, simplement homme de goût.

Quelle opposition avec La Tréfaillès, Chapelaine, Fortuné Lamie, et autres Philippins, gaillards qui, en deux mots, faisaient le procès de chaque pièce nouvelle.

Quand elle sortit de là, elle avait des idées plus larges, plus sereines sur une multitude de sujets ; ses facultés d'appréciation avaient trouvé une base solide ; elle comprenait mieux l'art, et définissait le talent.

Obligée de rentrer dîner à Paris, puisqu'elle jouait le soir, elle se vit reconduire par l'auteur, la sœur de celui-ci et le bambin, jusqu'à la gare, et, sensible aux égards dont elle avait été l'objet, elle se complut à repasser les impressions de cette belle et si douce journée.

Ce ne fut qu'en débarquant qu'elle se rappela le motif de son excursion : le mariage de Georges. Elle fut étonnée de ne plus retrouver l'amertume du matin ; sa peine s'était, en quelque sorte, attendrie, et, avec une pitié profonde, songeant à Georges, à cette cérémonie qui devait durer encore, elle se dit :

— Le pauvre garçon !

Elle arriva au théâtre, l'esprit libre, le visage souriant. On y était non moins de belle humeur. Durant un entr'acte, comme elle entrait au foyer, elle vit un groupe de ses camarades, joyeux, au centre duquel l'un d'eux chantait, à mi-voix, une sorte de complainte, qu'il lisait sur un manuscrit.

En apercevant Rose, celui-ci s'interrompit et serra la feuille volante.

— Qu'est-ce que c'est? demanda-t-elle.

— Rien, lui répondit-on, avec un léger embarras.

Et le groupe se dispersa.

C'était une complainte sur le mariage de Georges, une suite de couplets gouailleurs, sinon tous d'un goût bien fin, ni d'une langue bien distinguée, mais fort exacts, quant aux sentiments attribués au héros, au patient. L'avant-dernier avait trait à Rose et était fait à sa louange.

À la même heure, les salons de Lemardelay, ruisselants de lumières, contenaient une bonne partie du tout-Paris théâtral et artistique, mêlé à la crème des commissionnaires de roulage, aux notabilités de la messagerie, et à tout ce qui fait autorité dans le commerce de gros.

— « Comme un bouquet de fleurs ! » disait Benjamin.

Georges, un peu humilié des idées bourgeoises de son beau-père, qui parlait vraiment un peu trop, quoique visiblement la langue fût épaisse, regardait sa montre, en homme qui commence à se fatiguer de se donner en spectacle. On ne lui marchandait pourtant pas les hommages, pas une des deux cents personnes qui étaient là, n'avait manqué de lui glisser un compliment sur sa littérature, et l'on ne saurait dire combien de fois les *Vieux Arthurs* avaient été remis sur le tapis.

Georges lui-même en était agacé, à la fin. Très gentil, les *Vieux Arthurs*; mais toujours les *Vieux Arthurs*?... Oh ! trop, trop ! de *Vieux Arthurs !*

À onze heures, les mariés se retirèrent, tous les deux, bras dessus dessous, comme de bonnes gens, mariés depuis longtemps.

Aglaé ne pleurait pas.

Dans l'antichambre, pendant qu'il mettait son paletot, Georges aperçut un groupe de quatre ou cinq de ses collaborateurs. Ils riaient, prêtant l'oreille à ce que leur chantait, tout bas, Benjamin. Il vit l'un des auditeurs appeler l'attention des autres sur sa présence.

— C'est un chant séditieux ? demanda Georges en riant.

— C'est un chant de célibataires, répondit Benjamin, ça ne te regarde plus.

C'était la complainte faite sur son mariage.

Cinq jours après, Rose, chez elle, un matin, entendit sonner avec une sorte de violence, qui la fit tressaillir. Elle n'attendait personne ; qui pouvait venir ? Un pressentiment lui disait : — « C'est lui ! »

Mais, non ! En y réfléchissant, ce n'était pas admissible. Que fût-il venu faire ? Elle se remit, et alla ouvrir.

Le pressentiment ne l'avait pas trompée : c'était Georges.

En l'apercevant, elle se recula avec terreur.

— Ah ! fit-il, d'une voix étranglée par la colère, n'aie pas peur. Ce n'est pas un amant qui te revient.

Et fermant la porte, il l'entraîna dans le petit salon. Alors, tirant un papier de sa poche.

— Connais-tu cela ? lui demanda-t-il. C'est ton nouvel amant, sans doute, qui, pour te venger, a rimé cette infamie contre moi ? Et tu l'as fait publier dans une feuille de choux, en quête de lecteurs?

Il l'accusait d'être l'instigatrice de la complainte, dont les foyers de théâtre se faisaient des gorges chaudes, à ses dépens.

Cette fois, c'était trop, pour Rose; sa droiture se révolta, et, le prenant de haut :

— Vous êtes un pauvre homme, lui répondit-elle, et je ne descendrai pas à me disculper.

Il voulut riposter; elle lui imposa silence avec une autorité qui le frappa. Un à un, elle reprit les événements de leur liaison, et sans grands mots; mais avec une précision foudroyante, elle lui montra les sacrifices qu'elle lui avait faits. Pas une plainte, pas un reproche pourtant, elle n'avait qu'une idée : le convaincre, par ses propres aveux, de l'injustice de son soupçon.

Il l'écoutait intimidé, subjugué, découvrant enfin, ce caractère, sur lequel il s'était si grossièrement mépris. Les duretés qu'elle lui épargnait, il se les adressait à lui-même. Il se voyait absurde, et ingrat devant elle, qui, sans y tâcher, l'accablait d'une pitié souveraine. Et par un retour stérile, sauf en douleurs, il appréciait, mais trop tard, tout ce qu'il avait possédé en elle, tout ce qu'il avait perdu.

Bouleversé, muet, il resta un long temps immobile, quand elle eut fini de parler. Il ne savait que faire ni que dire ; car il était bien inutile de lui demander pardon, elle lui avait dit n'avoir pas même de rancune, et c'est lui qu'elle tenait pour victime de sa propre conduite.

Il sortit de chez elle, étourdi, confus, rapetissé, et ce ne fut qu'après avoir marché longtemps, sans savoir où il allait, qu'il se souvint du rendez-vous qu'il avait donné, par lettre, à deux de ses camarades : Fortuné Lamie et Benjamin.

Ceux-ci l'attendaient, en effet, dans la galerie d'Orléans. On se serra la main et, gravement, tous trois se dirigèrent vers la rue Coq-Héron.

Le n° 5 de cette rue est, si l'on peut dire, une usine à journaux. L'odeur de l'encre d'imprimerie vous saisit à la gorge dès les premiers pas. Tout est noir. Nuit et jour, des gens gravissent et dégringolent un escalier, dont les marches usées semblent enduites d'un margouillis où la boue domine. Là se croisent, et parfois se saluent, des écrivains qui viennent de passer une heure à corriger les épreuves d'un article, dans lequel ils se frottent réciproquement les côtes. Journal gouvernemental, journal radical, journal ultramontain, vivent sur le même carré.

Les rédacteurs, passant par un même couloir, au troisième, portent leur copie à des équipes qui ne sont pas même séparées les unes des autres, et, dans un coup de feu, pour une page tombée en pâte, il arrive que les compositeurs de l'*Opinion nationale* aident ceux de la *Gazette de France* à recomposer les *paquets*, comportant un maître *éreintement* de ceux-là mêmes, qui fournissent le secours. C'est le véritable terrain sur lequel ces messieurs « se divisent le moins », un terrain neutre absolument, où la confraternité règne, par force.

Tous, locataires de l'imprimeur Dubuisson, ils ont l'absolu respect des droits de l'adversaire, voire du concurrent, et c'est bien rarement qu'un reporter, en peine, est convaincu d'avoir chippé les nouvelles du voisin; ce qui est pourtant si facile, à qui a l'habitude de lire au rebours les caractères assemblés en *paquets*.

Sous la porte cochère, la boîte de chaque feuille (seul point de contact entre elles), des rouleaux enduits d'encre, des monceaux de papier à imprimer, des charretées de numéros non vendus; le *bouillon;* le terrible *bouillon!* Là, comme sous le vestibule, comme sur les marches et les paliers de l'escalier, des quantités prodigieuses d'allumettes, et de cigarettes aux trois quarts brûlées. Aux murs des affiches, indiquant les bureaux, l'étage où ils sont situés, avec des mains indicatrices; un luxe inouï de renseignements semblant dire :—« Pour l'amour de Dieu ! n'allez pas confondre avec la boutique à côté !... »

Mais ce ne sont là que les grands seigneurs de l'endroit, et, pendant que la bourgeoisie, s'annexant la maison voisine, avec son entrée spéciale, rue d'Argout, le frétin, le petit journal, qui financier, qui agricole, qui littéraire, se tapit dans des cabinets, des recoins, des soupentes, où l'on ne peut parvenir qu'après un voyage à travers des couloirs sans fin, des montées et des descentes interminables, comme aussi, sans se heurter à des ouvriers au travail, des secrétaires de rédaction furieux, contre les metteurs en pages, des plieuses et des employés de toutes sortes.

Pour le profane, c'est un laboratoire infernal, dont la première vue doit inquiéter. Que diable peut-on bien cuisiner làdedans? Pour l'homme du métier, c'est tout simple, c'est même beau. En parcourant ces ateliers, il semble qu'on soit dans le sanctuaire; ces émanations sont agréables au flair; comme le marin, à l'odeur du goudron, on se sent dans son élément, on se retrouve chez soi, et, pour peu qu'on y songe, on ne peut éviter de se recueillir, en pensant à la puissance effroyable de cette industrie intellectuelle.

Georges et ses amis étaient de la maison. Sans se tromper de porte, ils arrivèrent bientôt à une petite pièce carrelée, sous les combles, prenant jour sur des toits, dans laquelle un brave homme, la pipe au bec, les manches relevées, mesurait, avec une ficelle, les lignes d'une liasse d'épreuves corrigées.

Au moment où ils se présentèrent, le bonhomme se disait :

— Va te faire l'en lair !... j'en étais certain !... il manque une colonne et demie! Que le bon Dieu les pataflole !

Puis tournant la tête :

— Tiens ! fit-il, c'est vous mes enfants. Quel hasard ?

Ce bonhomme-là, était, de son état courtier d'annonces; voilà pour le solide, mais pour l'honorifique, il était en outre rédacteur en chef de *La Melpomène,* un bon petit *canard,* qui se tirait tous les jours, mais dont la rédaction n'était changée qu'une fois par semaine.

C'était une concurrence à l'*Entr'acte,* le journal de Michel Lévy. Donnant une large place au programme des spectacles, les numéros se plaçaient, plus ou moins, à la porte des théâtres et dans l'intérieur des cafés-concerts.

A vrai dire, le bonhomme ne tenait pas à en vendre beaucoup; le bénéfice lui venait d'autre part : car, à l'affaire du journal, se liait une agence dramatique, une sorte de bureau de placement, à l'usage des acteurs, chanteurs, danseurs, voire acrobates des deux sexes, sans dédaigner les articles : prestidigitateur, conférencier et chien savant. La *Melpomène* n'y mettait pas de préjugés.

Mais le plus difficile était de trouver, chaque semaine, la rédaction suffisante. Ce n'est pas que la copie soit marchandise rare, sur la place de Paris; au contraire; de la bonne et de la mauvaise, tout autant que vous en voulrez; encore qu'on vous l'apporte à domicile, et le plus poliment du monde, pour peu qu'on vous soupçonne d'en avoir le moindre besoin.

Et le rédacteur en chef de la *Melpomène* en avait besoin, et on lui en apportait de Paris et des départements, par lettrés affranchies, de quoi suffire à vingt feuilles comme la sienne. Or, parmi les plus accommodants sur le style ou la moralité du sujet, il était le plus facile. En somme, il ne lui demandait qu'une qualité à cette copie: il la voulait gratuite. Inutile de discuter avec lui là-dessus; c'était son goût.

C'est pourquoi, ayant eu la complainte, à ce prix, il l'avait trouvée charmante et s'était empressé de lui octroyer deux colonnes, largement interlignées, en première page.

La visite de Georges, flanqué de ses deux amis, avait pour but de savoir qui était l'auteur de cette complainte, qu'il tenait pour une infamie.

En deux mots, le bonhomme fut mis au fait.

— Tu veux lui faire une affaire ? demanda-t-il à Georges.

— Parfaitement! répondit celui-ci.

— Et si je refuse de te nommer l'auteur ?

— Je m'en prendrai à toi.

— Superbe! s'écria le rédacteur en chef. Ils n'ont pas assez de souffle pour beugler en faveur de la liberté de la presse, et dès que ça les égratigne, ils mettent flamberge au vent ! Désolé, mon garçon, ajouta-t-il en ôtant sa pipe; mais je me suis battu cinq fois; mes preuves sont faites, je te tire ma révérence. Fais-moi un procès si tu veux, nous verrons qui en sera le bon marchand.

— « Mon garçon », répliqua Georges, en lui retournant l'apostrophe, je suis déterminé à ne pas me laisser vilipender par le premier bobèche venu. Mes pièces, mes œuvres, je vous les abandonne; quant à ma personnalité, je défends qu'on y touche: « le public n'entre pas ici. »

Il croyait avoir fait merveille. L'autre reprit sa pipe, en jeta la cendre, la ralluma, puis d'un ton paternel :

— Mon petit Georges, dit-il, tu n'es qu'un ingrat. Si tu es quelque chose, si tu places ta marchandise, tu le dois bien moins à ton talent, qui ne pèse pas lourd — entre nous ! — qu'à nous autres, qui t'avons tambouriné sur tous les tons, comme un phénomène. Nous avons enregistré tes rhumes de cerveau; nous t'avons prêté tous les « mots » de Chamfort, de Dumas père et fils, de Barrière et de tous ceux qui ont de l'esprit; nous avons appris aux peuples attentifs par quelle jambe tu enfiles ton pantalon, le nombre de côtelettes que tu dévores, et celui de tes grains de beauté. Tu l'as trouvé fort bon, et par là, tu nous as donné le droit de te blaguer à outrance, si ça nous amuse.

Tu consens à nous livrer tes pièces ? C'est d'un bon *roublard;* qui s'en souvient maintenant? La réclame, chéri, c'est trois francs la ligne, déduction faite de l'escompte qui t'est dû. Quant à ta personnalité, elle est à nous, mon bel ami! tu nous l'as livrée, en nous apportant, la bouche en cœur, les notes nécessaires à la publication de ta biographie; en laissant vendre ta photographie cinquante centimes, chez tous les papetiers de l'Europe civilisée, en te donnant en spectacle, de toi-même, et moyennant finance, aux conférences du boulevard des Capucines. J'ai payé ma place cent sous, j'ai le droit de dire, s'il me plaît, que tu as le nez de travers, les yeux louches, et la physionomie d'un vaniteux. Tant qu'il s'est agi de te prôner, tu n'avais que des sourires à nous distribuer, et durant quatre ans , nous avons « rasé » l'abonné avec des histoires sans fin, sur ton compte, l'informant, aux « dernières nouvelles » de tes changements de maîtresse. Et tu prétends aujourd'hui nous défendre de toucher à ta personnalité? Trop tard! mon bon André, Victor, Léon Libourt ! Au lieu de nous fournir de quoi jeter des cailloux dans le jardin de tes confrères, tu n'avais qu'à continuer de vendre les cochons de ton père, on ne s'occuperait pas de toi, on te prierait d'agréer l'assurance de notre haute considération, et faute de te connaître, je te donnerais du « Monsieur » gros comme le bras.

A lui débiter cette tartine, le bonhomme s'était monté, et voyant Georges pâlir, il alla au devant de ce qui menaçait :

— Après tout, ajouta-t-il en se levant, je suis bien bon d'y mettre des mitaines. J'ai publié la complainte parce que cela m'a plu, et si tu n'en es pas content, tu feras prudemment d'aller t'en plaindre à d'autres; la patience n'est pas ma qualité dominante avec les polissons.

Comme il achevait, Georges lui cingla ses doigts au travers du visage, envoyant la pipe s'*écrabouiller* contre le mur.

Vingt minutes après, les cafés de Suède, de l'Ambigu, de la Porte-Saint-Martin et des Variétés étaient en révolution : « La Tréfailles se bat avec le père Grignol !... »

— Le père Grignol? faisaient les délicats. Ce vieux saltimbanque de *la Melpomène ?* Un cadet qui a trempé dans un tas de mic-mac de bas étage, plus ou moins malpropres ?...

— Lui-même.

— Ce pauvre Georges! Il ne lui manquait plus que ça : il est coulé !

Pendant ce temps, celui-ci était au tir, et s'appliquait à ficher des balles dans un carton.

Pour éviter que sa femme ne s'émotionnât, il avait prié Benjamin, son second, avec Fortuné Lamie, de recevoir les témoins de l'adversaire, chez lui. La conférence devait être fort simple. Grignol insulté avait, comme de juste, le choix des armes, du lieu et de l'heure. Cependant, sur ce dernier point, Georges faisait ses réserves. Il ne voulait pas se battre avant midi, de façon à ce qu'il pût quitter sa femme, sans éveiller ses soupçons.

Benjamin s'était fait fort d'imposer cette condition. D'ailleurs, par égard pour la sœur de Philippin, Fortuné Lamie s'était mis en route pour les bureaux des principaux journaux du matin, afin d'obtenir qu'il ne fût rien dit de l'affaire, avant quarante-huit heures; mission délicate, difficile. Le public est si gourmand de ces événements ! Un duel littéraire n'est-ce pas, aussi, une « fête de l'intelligence ? »

Quand Georges revint chez Benjamin, lui montrer ses cartons, celui-ci fit la grimace.

— Et à l'épée ? demanda-t-il, es-tu fort ?

Georges secoua la tête.

— Mais, reprit Benjamin, les murs de ton cabinet sont encombrés de panoplies, de fleurets, de sabres.

— Mon Dieu ! fit Georges, piteusement, j'aime les armes, mais...

— Tu n'en uses pas ! répliqua Benjamin, en plaisantant par habitude. Attends ! attends ! fit-il en écrivant un mot à la hâte, nous allons savoir ton affaire. Le filleul de Gatechair est un de mes amis, je le fais demander toute affaire cessante; en tous cas, il t'apprendra un coup.

Celui-ci arriva bientôt, porteur de son outillage.

C'était un petit homme, doux, charmant, qui n'eût pas fait de mal à un poulet : par bonté naturelle, il se détournait de sa route, pour ne pas déranger un chien endormi au milieu du trottoir.

Filleul d'un des premiers maîtres d'armes de Paris, il avait été l'élève de son parrain, et s'était établi, à son tour, se croyant fermement la vocation d'enseigner, à ses contemporains, la meilleure façon de s'égorger en cérémonie.

En entrant, il tomba en admiration devant le mobilier de Benjamin, qui se fût cru déshonoré d'avoir un meuble qui ne fût pas, au moins du temps de Mazarin. Ce n'était pas bien commode, vu l'exiguïté de la pièce; mais Benjamin était convaincu que ça avait un caractère « énorme ! ».

— Du vieux chêne tout neuf ! disait Chapelaine, en raillant son confrère.

Après les meubles, il fallut que le maître d'armes passât les faïences en revue. Puis ce fut le tour des tableaux.

Georges s'impatientait un peu.

— Voyez-moi cette nature morte ! s'exclamait le maître d'armes. Ces cerises ! ces prunes ! ces abricots !...

Et Benjamin radieux, se rengorgeant, comme si le mérite lui en revenait, répondit simplement :

— Ce sont des abricots Louis XIII.

Enfin la leçon commença. Fortuné Lamie, qui était survenu, satisfait de ses démarches, remarquait avec un certain étonnement que le maître d'armes boutonnait le malheureux Georges à tous coups, — ce qui n'eût rien été ! — en lui disant à chaque fois : — « Bien !... Très bien !... Parfait ! »

— Parfait ! parfait ! hasarda l'auteur; mais il n'arrive jamais à parer.

Le maître d'armes le regarda.

— A parer ?... mon coup droit ? demanda-t-il, il ne manquerait que cela ! Mon cher monsieur, on ne pare pas mon coup droit ! Voulez-vous essayer ?

— Il ne s'agit pas de moi, ni de vous, répondit Fortuné Lamie, mais de La Tréfailles.

— De grandes dispositions. En six mois de salle, je me charge...

— Il se bat demain !

— Demain matin ! fit Georges avec une nuance d'inquiétude.

— Connu ! connu ! fit le maître d'armes ! Ne vous inquiétez pas.

— Il y a un moyen ?

— Toujours, un moyen !

— Eh bien...?

— Prenez le pistolet.

— C'est que nous n'avons pas le choix des armes.

— Ah ! diable ! fit le professeur. Et contre qui vous battez-vous ?

— Le père Grignol.

A ce nom, le maître d'armes parut se remettre « d'une alarme si chaude. »

— Je connais son jeu ! dit-il. Pas de style. C'est un ancien sous-officier. Il n'a qu'un coup.

— Un coup ?

— Un seul !

— Un seul ?

— Un misérable coup : une méchante feinte de dégagements, et puis, en tierce, et, en dessous : v'lan !... C'est égal ! ajoutat-il, tâchez d'avoir le pistolet.

On lui montra les cartons de Georges. Il les examina et resta silencieux.

— Voyons ! dit Georges, déterminé, par excès d'inquiétude, votre avis ?

— Mon avis ?

— Oui, firent les autres. Votre avis ?

— Eh bien ! le voilà, mon avis : si l'on peut arranger l'affaire, n'hésitez pas !

Georges bondit.

— Jamais ! s'écria-t-il.

Le professeur l'examina entre les deux yeux ; puis se résolvant :

— En ce cas, dit-il, venez dans un coin, tous deux, tous seuls. Je ne vous promets rien ; mais... C'est une affaire sérieuse ?

— Oui.

— Une affaire d'honneur ?

— D'honneur !

— Eh bien ! je vas vous apprendre une ficelle !...

Benjamin leur livra la salle à manger.

— Il est bon, lui ! avec son : « N'hésitez pas ! » fit-il en revenant à Fortuné Lamie.

— Ce qu'il en dit, répondit celui-ci, visiblement taquiné, c'est par humanité, car j'ai bien peur que le pauvre Georges...

— Ça ne fera pas un pli.

— Tu crois ?... sapristi !

Benjamin le contempla de haut.

— Mon cher, dit-il, il l'a cherché. Et pour moi, je t'avoue que je n'entends pas me prêter à des simulacres !

« Simulacres » parut une trouvaille à Fortuné Lamie.

— Moi non plus ! dit-il, du ton d'un homme qui pense à autre chose. Seulement, depuis quelque temps, les tribunaux sont d'un raide !...

— Que veux-tu !... tant pis !

— Les témoins y gobent de la prison !

Benjamin, se tourna vers lui, puis, avec une grande naïveté de conviction :

— Pas ceux de la victime, je suppose ? demanda-t-il.

— Eh ! comme les autres ! répondit son camarade.

Ils se regardèrent en silence un moment, puis à l'unisson, en chœur :

— Oh ! diantre ! firent-ils.

La bonne entr'ouvrit la porte.

— Il y a là, dit-elle, deux messieurs, qui prétendent être attendus...

— Parfaitement, répondit Benjamin. Faites entrer.

C'étaient les témoins du père Grignol, deux pince-sans-rire, qui s'étaient si bien habillés de noir qu'ils avaient l'air de porter, à l'avance, le deuil de l'un des adversaires.

Les présentations se firent, puis Benjamin offrit à s'asseoir ; mais ce ne fut pas sans quelque difficulté qu'on y parvint. Pas un siége ne ressemblait à l'autre, ni par le caractère, ni par la dimension, ni par la hauteur du fond, en sorte que, les témoins ayant pris place, il s'en trouva un si haut perché que ses bottes pendaient dans l'espace, tandis que l'autre, accroupi, avait les genoux à la hauteur de son menton.

La conférence n'en marcha pas moins bien, au début principalement, toutes concessions étant faites par les amis de Georges. La réserve, de celui-ci, au sujet de l'heure, provoqua pourtant un débat assez vif, si vif que Benjamin, devant le parti pris des adversaires, revint sur les concessions faites et déclara tout remettre en question, s'appuyant sur ce que Grignol avait été agressif, insultant, et ainsi, pouvait paraître tout autant provocateur que leur ami.

On éleva la voix ; on se monta de part et d'autre, tant et si bien que Fortuné Lamie conseilla de se reposer un moment, afin de s'y reprendre avec plus de calme.

Les deux groupes se retirèrent dans un coin opposé l'un à l'autre ; mais le premier témoin de Grignol ne profitait guère du répit. Gesticulant comme un ancien télégraphe aérien, il cornait à l'oreille de son second :

— Nous avons été souffleté, ne l'oublions pas ; giffié même, parfaitement giffié à travers le nez ; voilà ce qui nous met en attitude devant l'opinion.

L'autre cherchait à le calmer, lui remontrant qu'il ne s'agissait que d'une condition relativement peu importante.

— Sur laquelle vous céderiez ? demandait le premier.

— Mon Dieu ? pourquoi pas !

— Céder... à des « auteurs ! » hurla le furibond.

La susceptibilité professionnelle, l'esprit de corps, se mettait de la partie. C'est que si tant est que « l'infanterie n'est pas la cavalerie » et réciproquement, en dehors des hauteurs de l'échelle, le « journal n'est pas le théâtre. » La république des lettres n'a pas qu'un pavillon.

Le plus clair de la chose est que le lendemain, à une heure et demie, le pauvre Georges se faisait embrocher de part en part, en plein poumon.

Le soir, on répétait dans les foyers d'acteurs que le médecin n'en répondait pas, et l'on se montrait consterné.

Les grands journaux blâmèrent durement leur confrère du petit format. Trois théâtres supprimèrent les entrées de Grignol. Plus de cinquante artistes se désabonnèrent, immédiatement, à *la Melpomène*.

On publia le bulletin de la santé de Georges, redevenu, en un moment, « le jeune et sympathique auteur des *Vieux*

Arthurs », cet écrivain qui, « du premier élan, s'était placé à côté des Dumas, des Sardou, des Barrière. » D'un seul coup, toutes les sympathies lui étaient revenues ardentes et passionnées.

Par opposition, on manifesta quelque froideur à Rose.

N'était-elle pas pour quelque chose dans le malheur qui frappait Georges? On n'en savait rien, et par cela même qu'on n'en savait rien, on se croyait autorisé à le craindre.

Ce monde est extrême en toutes choses.

VI

THÉATRE EN FAILLITE

Trois ans après les événements qui précèdent, Georges était assis dans le petit kiosque du jardin de sa maison.

C'était dans un petit pays de Seine-et-Marne, à Champs; un village, planté en haut d'une légère colline, qu'on gagne par un chemin ombreux, tracé en pente douce, et bordé de haies vives, où les bergeronnettes font leur nid, sans crainte des passants.

Un peu avant d'arriver au rond-point, qui fait esplanade, devant le château de Santerre — l'agent de change, un descendant du trop célèbre patriote, dont les tambours couvrirent la voix de Louis XVI, sur la place, étrangement nommée « de la Concorde » — avant d'arriver là, disons-nous, une petite rue, qui tire sur la droite, montre, encadrées dans les maisons de paysans, quelques habitations bourgeoises.

L'une appartient à Brindeau, l'artiste regretté de la Comédie-Française; l'autre est la résidence d'été de Frédérick Febvre, aujourd'hui sociétaire du même théâtre. Quelques pas plus loin, est la maison de La Tréfailles.

La grille de celle-ci, garnie de volets, où grimpe la vigne vierge, mêlée à de somptueuses grappes de glycine, porte, en écusson, l'entrelacement d'un G et d'un T barrés diagonalement par une plume.

La grille passée, on trouve à gauche, une écurie où deux bons roussins trépignent une fraîche litière. L'écurie est contiguë à la remise fermée sur un joli coupé, voisin d'un panier de campagne à quatre places. A droite la loge d'un portier, qui cultive le potager, panse l'attelage, entretient le poulailler et conduit les voitures.

La maison est charmante; toute blanche, avec des jalousies qui pendent de travers, gênées dans leur jeu, par les pousses envahissantes de rosiers grimpants, qui émaillent la façade de bouquets adorables, où les mouches au corsage diapré, s'insinuent en bourdondant.

Au dedans, un luxe inouï de propreté méticuleuse. Tout reluit, dans la demi-obscurité des pièces closes, où la fraîcheur se maintient, en dépit du soleil d'août.

Au delà, c'est le jardin qui descend en pente à peine sensible, déroulant ses gazons, ses corbeilles et ses plates-bandes, fournies de fleurs, au pied des massifs émondés.

A l'extrémité, deux légers bâtiments, dont l'un est un kiosque presque entièrement fait de verres de couleur disposés en losanges, et l'autre une salle d'été, avec un billard au milieu. Entre ces deux coquettes constructions, dont le premier étage, disposé en terrasse couverte, a vue sur la campagne, est une petite porte, solidement verrouillée; excès de précautions, le pays étant des plus paisibles.

Si l'on ouvre cette porte, on se trouve dans le potager, qui incline vers un petit bois de haute futaie, que traverse un ruisselet, dont le moindre défaut est d'être à sec le plus souvent.

Cette partie de la propriété n'est qu'un enclos. Un treillage, doublé d'une haie vive, en ferme les côtés; mais le fond n'a point de haie. Les grands arbres étouffent les plantations de petite élévation, et le treillage lui-même se moisit par place, rongé par l'humidité, qu'entretient l'ombre persistante.

Par une bénédiction du ciel, le chemin de fer passe à plus d'une lieue de ce petit pays, qui a pu garder le précieux caractère de la campagne. Sauf le babillage de l'alouette, la voix du rossignol durant la nuit, le chant de la fauvette à tête noire, et du pinson, on n'entend rien; rien que le caquetage des poules, le cri des moineaux et des mésanges, et le bruissement des feuilles, que la brise fait frissonner, en balançant le panache des peupliers.

C'était la paix; cet idéal inaccessible à la gent littéraire, ces victimes du plaisir public.

Par un singulier retour, de la part d'un homme pour qui l'univers s'était résumé au boulevard Montmartre, Georges avait pris goût à cet intérieur silencieux. Amené là dès les premiers jours de sa convalescence, comprenant qu'il revenait de loin, il s'était laissé choyer par sa femme, et finalement s'était fixé à Champs, en dépit de Philippin, qui voulait le ramener « sur la brèche. »

Paresseux, au fond, Georges en venait à redouter d'y revenir. On était si bien là ! Sa femme, n'était peut-être qu'une « bonne femme » un peu fermée sur les sublimités de l'art, réfractaire aux admirations courantes ; mais, à des qualités solides de maîtresse de maison, d'épouse et de mère, — ils avaient déjà deux enfants, — elle ajoutait un esprit rieur, dont la causticité aimable n'était pas dépourvue de sel. Et puis, elle était jolie, sa femme. Elle possédait ce don des Parisiennes qu'un rien habille et rend distinguées. Avec cela, très habile intendant, elle tirait le meilleur parti possible des quinze mille francs que produisait sa dot.

Huit mois de l'année, on vivait à Champs, dans une intimité que partageaient quelques voisins, au nombre desquels Frédérick Febvre, qui venait dîner quand il ne jouait pas. Georges chassait avec lui ; ils ne tuaient pas grand'chose ; mais c'étaient des parties amusantes, pour Georges surtout, qui retrouvait, dans la conversation de celui-ci, les impressions de sa vie d'autrefois, impressions adoucies, discrètes, et par cela précieuses.

Parfois, le comédien s'étonnait du genre d'existence que menait La Tréfailles.

— Ainsi, lui disait-il, vous ne travaillez plus ?

— Si fait, répondait Georges ; mais j'ai changé de voie. La forme scénique ne me suffit plus ; c'est un cadre restreint où la pensée, sous prétexte de se condenser, se torture et s'amoindrit. L'analyse y est impossible, et je m'y sens trop à l'étroit.

Ce n'étaient, là, que des excuses qu'il se fournissait à lui-même, pour légitimer en apparence sa paresse, et se donner le change sur la crainte qu'il avait, de ne pas obtenir d'emblée le succès excessif qui, seul désormais, pouvait le contenter.

— Bah ! répondait Febvre, vous y reviendrez malgré vous. Les planches ont un attrait irrésistible ; une fois qu'on y a mis le pied, une fois qu'on a ressenti les âcres joies, les poignantes émotions de la rampe, il n'y a sagesse qui tienne contre la soif d'applaudissements. Vous verrez !

Au résumé, Georges était devenu timide.

Seule, sa femme l'encourageait dans son abstention.

— Pourquoi faire ? lui disait-elle. Nous sommes tranquilles, à l'abri du besoin, tu as un nom célèbre, nos enfants sont jolis et bien portants ; que nous manque-t-il ?

Il est vrai qu'en lui parlant ainsi, elle l'agaçait, sans s'en douter. Il eût préféré avoir à lui répondre précisément cela, qu'il répétait, d'ailleurs, à son beau-père et à Philippin, lorsque ceux-ci le tourmentaient pour qu'il travaillât.

C'est qu'ils n'étaient pas contents MM. Lubœuf père et fils ! Entichés de notoriété, ils avaient compté sur Georges pour se mettre en relief. Et voilà que celui-ci se faisait oublier ! Ils se tenaient pour « enfoncés. »

C'était une des joies malignes d'Aglaé. Connaissant sa famille, elle appréciait le mécompte de ceux qui, passant sur ses prédilections personnelles, avaient risqué de compromettre son bonheur, par aveuglement de gloriole.

Et, de fait, bien que les choses eussent mieux tourné qu'Aglaé ne l'appréhendait, au début, n'était-il pas bien modeste ce bonheur ; bien fragile peut-être ? Tout comme le voisin Febvre ; mais avec un autre sentiment intime, elle ne croyait pas que Georges pût résister toujours au charme du théâtre. D'ailleurs, en ce cas même, quelles grandes satisfactions goûtait-elle ? De bien humbles, dont un caractère moins droit, une âme moins vaillante, et moins éprise du devoir ne se fût pas accommodée.

Entre elle et son mari, de sa part à elle surtout, il y avait, sans doute, de l'affectation ; mais pour qu'elle l'aimât tel qu'il était, il eût fallu que son amour pût se nuancer d'une sorte de protection maternelle ; qu'elle se fît, en quelque sorte, sa sœur aînée.

Les prétentions de Georges ne le lui avaient pas permis.

Par malheur, ces prétentions à la grandeur, à la supériorité n'étaient rien moins que légitimées. Ni par le cœur, ni par l'intelligence, ni par le caractère, ce garçon, fantasque, craintif et susceptible ne pouvait dominer sa femme. D'un sens moral indécis, il paraissait, en ses jugements, tantôt enthousiastes, tantôt méprisants, n'avoir que d'arbitraires et fugaces notions du bien et du mal. Comment se laisser entraîner jusqu'à l'amour, envers un homme dont les facultés — facultés de poëte, tout au plus — n'imposent pas, de prime abord, l'estime et le respect ? Où était l'époux, en lui ? où le père ? le maître ?

Ses petits enfants lui semblaient plutôt des objets de curiosité. Quand il n'était pas à leur égard d'une indifférence profonde, il les examinait comme à la loupe, comme s'il eût voulu voir « ce qu'il y avait dedans. » Il disait : — « Ça pense, ça veut ! » Et, faisant parade d'un savoir fraîchement émoulu, coordonnant à la bonne franquette, la lecture récente d'abrégés de physiologie, il expliquait, en docteur, des mécanismes, qu'il croyait avoir compris, et faisait une conférence sur ses propres bébés.

Fier et gourmé, il *découvrait* l'enfance, à la façon de ces Christophes Colombs qui, pour avoir lu tard ce qui est éléments d'éducation première, *découvrent* Batignolles ou s'extasient sur la théorie des triangles proportionnels.

Les auditeurs avaient beau lui répondre : « C'est entendu ! nous savons tout cela ! » Non ! Comme il s'en avisait aujourd'hui, il voulait qu'on n'en eût rien su jusque-là. Rien n'était mystère, pour lui : il connaissait tout, il savait tout définir : le bon Dieu, la création, la vie future, et les enfants par-dessus le marché.

Quand il avait fini, Aglaé prenait ses moutards, les serrait, à les étouffer, sur les seins qui les avaient nourris, et les embrassant à pleines lèvres, murmurait à mi-voix :

— Pauvres mignons !

Ah ! si c'eût été à refaire ! Si, maîtresse de prononcer, on lui eût donné le choix entre ce « grand homme » et l'épicier du coin, comme elle eût préféré l'épicier ! Il eût pu être, de même, au-dessous d'elle et peut-être ne point provoquer l'amour ; mais, du moins, naïf et borné, la boutique fermée, le *journal* mis à jour, il eût aimé ses petits, sans les disséquer froidement, comme un prétentieux imbécile.

Heureusement — on le répète — Aglaé avait la religion du devoir. Georges était son mari, c'était assez pour qu'elle l'honorât, quand même ! Ce gaillard-là avait tous les bonheurs : il ne risquait rien avec elle, dont la qualité primordiale était une bonté inaltérable.

Le jour où nous le retrouvons, assis dans le kiosque de son jardin, lisant un livre de science, qu'il s'imaginait entendre, on sonna à la grille extérieure.

Un homme d'une cinquantaine d'années, le visage tiré, la physionomie soucieuse, demandait à parler à M. La Tréfailles.

Il remit sa carte au portier, qui, n'y mettant pas de cérémonie, l'engagea à le suivre.

La carte portait :

FRANCIS FLAQUINET
Directeur du Théâtre Jouffroy.

Georges eut des battements de cœur, en lisant ces deux lignes.

Venait-on, enfin ! le chercher ? Le monde théâtral en peine de gens de talent, sentait-il la nécessité de lui demander du secours ?

Il alla au-devant de l'impressario, qui le saluant d'un triste sourire, pénétra et s'assit, attendant, pour parler, que le domestique se fût éloigné.

Sûr d'être seul avec Georges, il aborda nettement la question :

— Mon petit, dit-il, je viens te demander un service ; un grand service, et si tu me sais quelque gré de la part que j'ai prise à tes débuts, tu ne me les refuseras pas, quoi qu'il t'en puisse coûter.

Sur un mouvement de Georges, il ajouta vivement :

— Il ne s'agit pas d'argent.

— Parle, fit La Tréfailles.

Flaquinet s'essuya le front, parut se résumer intérieurement, puis d'une voix altérée :

— Mon ami, dit-il, j'ai fait deux campagnes mauvaises, et je suis à deux doigts de la faillite. Comme beaucoup d'autres, tu penseras peut-être que ce n'est, là, qu'un accident léger, dans la carrière d'un entrepreneur de spectacles. Cependant, faute d'être suffisamment dans le mouvement, je ne puis me faire à cette idée-là. S'il faut déposer mon bilan, je me déroberai à cette honte.

— Comment ?

— Je me ficherai à l'eau.

— Hein ? fit Georges en tressautant.

Flaquinet le regarda, puis, comme s'il eut eu dessein de s'excuser, d'une action qui, aux yeux du monde auquel il appartenait, pouvait passer pour une excentricité :

— J'ai été soldat, dit-il simplement.

— Voyons, voyons, reprit Georges, troublé malgré lui. Que puis-je pour conjurer le danger ?

— Tu peux, en effet, le conjurer, en me donnant d'abord la permission de faire une reprise des *Vieux Arthurs*, qu'on n'a pas joués depuis cinq ans, et en te prêtant à une démarche qui assurerait le succès.

— Quelle démarche ?

— Dame !... c'est dur, et tâte-toi bien, avant de consentir. Mais, je suis à la côte, et, en dépit de la répugnance, je m'adresse à ta générosité, ne me reconnaissant pas le droit de reculer devant aucun scrupule, pour empêcher la ruine de ceux qui ont eu confiance en moi.

— Achève donc !

— Eh bien ! voilà...

Quoiqu'il parût déterminé, le malheureux ne put poursuivre. Sa gorge desséchée se serrait ; un léger tremblement agitait ses mains, et des frissons parcouraient ses membres.

Georges en avait pitié, lui qui n'était pas tendre à la peine des autres, par excès de sensibilité pour les siennes.

— Il s'agit, reprit Flaquinet, faisant effort, pour jouer sa dernière carte, il s'agit de décider Rose à jouer le rôle.

Il se tut, attendant son sort, avec une anxiété douloureuse. Tout pour lui dépendait de ce que Georges allait répondre. S'il consentait à prêter son appui, le succès était certain, la saison d'hiver commençait brillamment, et l'on avait le temps de se retourner. Si Georges refusait, il n'y avait plus à lutter.

— Elle refuse donc ? demanda celui-ci.

— Elle refuse, dit Flaquinet.

— Pourquoi ?

Le pauvre homme ne s'attendait pas à pareille question. En raison du passé, n'était-il pas compréhensible que Rose tînt à éviter de se mêler à quoi que ce fût des affaires de celui, dont publiquement, elle avait été la maîtresse ? Non moins publiquement, il l'avait délaissée ; pouvait-elle paraître chercher un prétexte de rapprochement ?

Jouer la pièce n'eût rien été peut-être, si le fait n'eût entraîné des rapports obligatoires, aux répétitions ; car il fallait qu'on répétât : les *Vieux Arthurs* n'ayant pas été créés au théâtre Jouffroy, on n'avait, là, ni la mise en scène, ni la tradition. Force serait donc de se revoir, de se parler, sur un pied d'intimité, qui épouvantait la jeune fille.

Se revoir entraînait déjà un grand sacrifice, pour elle, qui se croyait la cause du duel, où Georges avait failli succomber. Mais que ne supposerait-on pas, au théâtre, et jusqu'au dehors ? Ne se ferait-elle pas soupçonner de vouloir détourner Georges de son ménage, de vouloir prendre le mari de cette jeune femme, dont il avait deux enfants ?

Voyant que Georges répétait sa question, Flaquinet se décida à lui énumérer les considérations précédentes, qu'il avait, lui, devinées tout d'abord.

Georges éprouva une satisfaction étrange et secrète à l'entendre dire :

— Sait-elle que tu es dans l'embarras ? demanda-t-il.

— Oui. Depuis quatre mois, elle n'a pas voulu prendre ses appointements.

Georges se tut alors, suivant ses pensées, s'efforçant de définir ses émotions.

Flaquinet n'osait respirer.

— Mon cher, lui dit, tout à coup, La Tréfailles, je ferai ce que tu souhaites de moi. Il faut te sauver de la faillite avant tout.

Il s'attendait à une effusion de gratitude de la part de l'éprouvé directeur. Mais celui-ci ne fit pas un mouvement. Les yeux baissés, les mains enfouies dans ses poches, on eût dit qu'il n'eût pas entendu ou compris. Georges le regarda avec étonnement. Il vit alors deux grosses larmes perler entre les cils de Flaquinet, et rouler doucement le long de ses joues creuses.

Un théâtre en détresse offre un spectacle navrant. Rien que des mines longues, du mauvais vouloir partout, un mépris général de l'autorité directoriale. C'est que la plupart des petits emplois ont le ventre creux. Telle est l'explication du fait, l'excuse de ceux-ci. Ils n'y gagneront rien, il est vrai, au contraire ; mais, la misère est à la maison, les fournisseurs menacent ; et, liés par l'engagement, ces malheureux n'ont pas même la ressource d'aller s'offrir ailleurs. Ils sont rivés à la fortune de cette entreprise, dont la *déveine* — ils sont tous superstitieux — les glace d'épouvante.

Sur le passage du directeur, c'est un silence sévère et glacial. Les coulisses, les couloirs, tout est morne. On ne répète rien. Que va-t-il arriver ?

Des gens à visage singulier s'enferment dans le cabinet. On les entend élever la voix. Ce sont des gens d'affaires.

Ça sent la faillite.

Le bon Flaquinet, jusque là si respecté chez lui, se sentait l'objet d'une sorte de haine sourde, encore timide ; mais déjà quelques-uns, des plus infimes serviteurs, montraient les dents : un musicien de l'orchestre, le lampiste, le garçon d'accessoire. Le mot « mauvaise foi » avait été prononcé, et le pauvre homme n'avait osé frotter les oreilles de l'insolent, crainte d'ameuter les autres, qui, tout bas, le traitaient — c'est l'habitude, le lot de ceux qui n'ont pas réussi — de canaille. Les moins malveillants se bornaient à la qualification d'idiot.

Un soir, pendant la représentation devant une salle vide, en dépit des billets donnés, Flaquinet traversa la scène. Il était méconnaissable. Rasé de frais, le chapeau incliné à droite en vainqueur, il parut faire un tour d'inspection.

Il fit quelques critiques sur le service, donna un ordre ou deux, et apercevant un acteur qui avait refusé son rôle, dans un lever de rideau, qu'on se proposait de monter :

— Toi, fit-il, j'ai à te parler. Vas m'attendre à mon cabinet.

— Il y a du nouveau ! se dirent les artistes.

— Bah! faisaient les sceptiques, il paie d'aplomb ; voilà tout. Quel nouveau y aurait-il ? Il n'a pas une pièce dans les cartons.

— Il a peut-être son syndic, fit un autre.

Cependant l'attitude du maître avait galvanisé le personnel ; l'intuition d'une espérance redonnait de l'activité.

Flaquinet fit encore un tour, sur le théâtre, et gagna son cabinet.

Trois auteurs, l'y attendaient. C'était la tribu des « sauveurs, » gens un peu déconfits, « qui n'ont pas eu de chance » ou qui, faute de ténacité, ne parviennent à se faire jouer que par circonstance. Le directeur d'un théâtre qui périclite les effraie moins ; ils viennent.

— Mes enfants, leur dit Flaquinet, je vous prie de revenir demain ; ma soirée est prise.

Puis, venant à son pensionnaire récalcitrant :

— Tu refuses ton rôle, toi ? fit-il. Pourquoi ? Parce que je dois deux mois d'appointements ? Comme c'est intelligent ce que tu fais là ! Et comment veux-tu que je te paie, imbécile, si tu me refuses les moyens de faire des recettes ? Au surplus, si tu n'es pas content, tu sais, voilà ton engagement ; veux-tu le déchirer ?

L'autre, penaud comme un écolier pincé au demi-cercle, gardait le silence.

— Je vous demande pardon, monsieur Flaquinet, finit-il par dire, je n'avais pas pensé à ça. Je jouerai le rôle ; mais, c'est que, voyez-vous...

— Quoi ?

L'acteur hésita, puis, tournant les talons.

— Non ! fit-il avec effort. Non, je jouerai le rôle, voilà tout.

Flaquinet le rappela.

— Tu es donc bien gêné ? lui demanda-t-il doucement.

— Ah ! dame !..., fit-il. Mais le pire, c'est l'humiliation : on a renvoyé ma petite de l'école...

— Tiens, répliqua vivement Flaquinet ; voilà cent francs, mon vieux ; en attendant.

L'acteur n'y croyait pas, bien qu'il eût l'argent dans la main.

— Cent francs ! dit-il. Vous avez hérité ?

— Va ! va ! fit le directeur ; ça va changer. Sauve-toi, et dis à la régie que je suis là.

L'acteur fit la commission, et, dix minutes après, toute la maisonnée, aux anges, savait que Flaquinet avait donné cent francs.

Il leur semblait que tout était sauvé.

On ne saurait trop le répéter, ce sont de grands enfants, inoffensifs et doux, dont les travers, les défauts, les vices mêmes, s'atténuent grâce à une candeur et une bonté qu'on ne trouve nulle part au même degré.

Quand le régisseur quitta Flaquinet, après être resté une grande heure enfermé avec lui, il avait les yeux triomphants.

— Eh bien ? lui demanda-t-on de toutes parts.

Il montra le papier qu'il avait à la main ; c'était une distribution de rôles à mettre au tableau.

— Les *Vieux Arthurs !* s'écrièrent les artistes avec enchantement.

— En suis-je ? ajoutèrent-ils à tour de rôle en se penchant sur l'épaule du régisseur.

En un instant, dans toutes les loges, jusqu'à celle du portier, chacun disait :

— Nous sommes sauvés !

— Ah ! le satané Flaquinet ! s'écriaient à l'envi, ceux-là même qui l'avaient traité de canaille et d'idiot ; quel malin !...

— Quel roublard !...

— Et puis, un brave homme !

Quand Christophe Colomb aperçut la première terre, on ne dut pas le prôner avec plus de chaleur.

Dès le lendemain les répétitions commencèrent. On fit une ovation à La Tréfailles. Dès qu'il parut, artistes, machinistes, souffleur, tous allèrent au-devant de lui, la main tendue, le sourire aux lèvres. C'était lui le vrai, le véritable sauveur. Quel talent ! Et les *Vieux Arthurs,* quelle pièce !

On était bien un peu curieux de la contenance que Rose et lui garderaient vis-à-vis l'un de l'autre. On fut déçu, et pourtant satisfait. Ils se saluèrent d'une poignée de main amicale. Ils ne se tutoyèrent pas.

— « Des gens d'esprit ! » pensa-t-on.

On ignorait qu'ils s'étaient vus la veille. Cette entrevue, très digne, en présence de Flaquinet, leur avait donné le ton.

Quelqu'un qu'on trouva maladroit, par exemple, ce fut Philippin. La moindre bienséance exigeait qu'il ne se montrât pas. Quand on le vit arriver, on supposa qu'il venait surveiller son beau-frère. Pendant un repos, il alla, lui aussi, tendre la main à Rose. Elle en laissa percer de la surprise. Et comme, après quelques phrases banales, il l'appela « mon petit chat » on le trouva sot et inconvenant.

Peut-être s'en rendit-il compte; mais que voulez-vous ! Ce gros bêta eût commis toutes les inconvenances imaginables, eût risqué de scandaliser la pudeur publique pour se sortir de l'ombre qui lui convenait, pour qu'on l'aperçût; pour qu'on parlât de lui. D'ailleurs les *Vieux Arthurs*, c'était sa pièce; ça ne pouvait se jouer sans lui : « il en était ! »

Les répétitions marchaient bien. La confiance étant revenue, on n'était pas pressé. Ceux mêmes qui comptaient sur les premières recettes pour toucher leurs appointements, étaient partisans d'attendre la fin de septembre.

Chapelaine était furieux. Sa femme pis encore. Le mari disait :

— C'est usé, les *Vieux Arthurs;* ça ne fera pas le sou !

« La petite » — elle commençait à se défraîchir, *la petite !* « gare au décatissage ! » disaient les acteurs — la petite faisait des « mots » hargneux contre Georges et Rose, et bousculait publiquement son mari, sur ce qu'il se laissait mettre au second plan, sans protester, sans se fâcher tout rouge. Il fallait qu'il marchât droit, le mari. Il commençait à s'en plaindre d'ailleurs.

— L'inconvénient d'épouser une femme après coup, disait Flaquinet.

Ce retour à la vie artistique, agissait étrangement sur le cerveau de Georges. En quittant le théâtre, à quatre heures — c'est l'heure réglementaire, — sauf au Gymnase où parfois, directeur et artistes répètent un quart d'heure avant l'ouverture des bureaux, — il ne pouvait se décider à rentrer chez lui. Il fallait qu'il restât sur le boulevard, bras dessus, bras dessous avec quelque acteur, ou assis au café des Variétés, où il rencontrait Chavanes, Henri Bocage, Brunnet, le successeur de Clevermann.

Là, on savait les nouvelles : Ce que montait Du Quesnel pour la rentrée, ce qui se répétait aux Bouffes et les modifications projetées par la Société Nantaise, dans le personnel de ses directeurs.

En passant devant le « Suède », il avait salué Touroude, serré la main de Crisa, et dit bonjour à des artistes qui le félicitaient de son retour au « bâtiment. »

C'était beau et bon, tout cela, pour lui. Et quel crève-cœur quand, vers six heures et demie, il les voyait s'en aller dîner chez Brébant — on dit : chez Paul — Oh ! dîner tous les jours, chez Brébant ! dans la petite salle, à côté de Scholler, qui garde son chapeau, appeler Casimir, et se faire servir le café à la terrasse, par Monseigneur !

Mais il était marié, lui ! Il fallait rentrer dans un grand bête d'appartement, rue Le Peletier, s'asseoir à une table ronde, en face de sa femme, un bébé de chaque côté, le dernier sur les genoux de la nourrice sèche !.. Et cela, tous les jours !

Il n'avait pas faim, rien que d'y songer. Aussi, par raison, pour parvenir à manger quelque chose — il faut se soutenir ! — il buvait un tout petit peu d'absinthe... Oh ! un tout petit peu ! et avec de la gomme. D'ailleurs, l'absinthe qu'il prenait, lui, n'était pas du tout frelatée. Il connaissait le distillateur.

Au surplus, il n'y tenait pas à cette absinthe. Préférait-on qu'il bût du bitter ? Eh mon Dieu ! il buvait du bitter, avec un peu de curaçao.

— Tenez, une chose excellente, et pas malsaine, c'est un *mêlé* de kirch et de curaçao sec. Essayez-en ! avec de l'eau, bien entendu. Ou bien, l'été, des mazagrans, à peine chargés d'un filet de fine champagne. C'est hygiénique au suprême degré !

Eh bien ! malgré cela, malgré absinthe, bitter et *mêlé*, il avait toutes les peines du monde à pouvoir dîner à peu près. C'était à en prendre le double. Mais, il n'y avait pas de danger ! Il était trop bien raisonnable ! D'autant qu'il pratiquait l'horreur des habitudes. Est-ce assez ridicule, un homme maniaque ?

Pour lui, il était tellement supérieur, qu'il dominait tous ses appétits, naturels ou factices; sauf la cigarette, ah ! dame ! la cigarette, c'était son faible. Mais il n'avait pas la simplicité d'écouter tous ces rabâcheurs, qui en médisent, rien que pour faire les beaux parleurs. Son médecin lui-même, qui l'engageait à se modérer, lui assurant que le tabac est un stupéfiant du système nerveux, il le tenait tout bonnement pour un « bon Raplapla. » Et, bien qu'il eût des digestions extrêmement pénibles, quelques étourdissements, et parfois des lacunes de mémoire, il ne pouvait admettre que la cigarette y fût pour quelque chose.

D'ailleurs, pensait-il, les médecins n'y entendent rien. Il en connaissait un, un médecin d'artistes, qu'on voyait à toutes les *premières*, qui lui avait avoué la parfaite ignorance de la corporation. Alors, quoi ? Des bêtises ! Et il fumait cinq sous de tabac par jour. Mais c'est parce qu'il le voulait bien, car on peut bien penser que s'il avait voulu !... Il était plus malin que tout le monde : le fort des forts !

Comme il faisait encore beau temps et que la température était douce, sa femme désira retourner durant une quinzaine à Champs, afin que les enfants profitassent des derniers beaux jours. Il la vit partir avec joie. Pendant ce temps — ce congé ! — il pourrait, à son aise, se retremper dans le courant de sa vie d'autrefois : dîner chez Brébant !

Cependant, le samedi suivant, il prit le train de nuit, faisant la concession de passer le dimanche dans sa famille. Le matin, ce fut un plaisir, mais dès le déjeuner, la journée commença à lui paraître longue. Que lui fut donc la soirée ! Dès six heures, la nuit tomba. Il fallut dîner à la lampe. Et quel morne silence ! Les petits s'endormaient sur leur chaise, courbant le nez dans leur assiette. Les soins que la mère leur donna, ses allées et venues, les recommandations aux bonnes et à la nourrice sèche, sur les précautions à prendre, pour que les enfants ne fussent point dérangés dans la nuit, tous ces détails d'intérieur lui parurent insipides, mesquins, vulgaires.

Cette femme, ange de la *popotte*, qui avait la platitude de s'intéresser au nombre de poires récoltées dans le verger, qui passait une demi-journée à les disposer sur un lit de paille, pour qu'elles se conservassent; qui, d'un air de satisfaction, lui disait à lui — lui ! le jeune et sympathique auteur des *Vieux Arthurs* : « Mon cher ami, nous avons eu encore dix œufs de nos poules aujourd'hui ! » cette femme, dis-je, l'humiliait. Est-ce qu'elle le *comprenait*; est-ce qu'elle pouvait le comprendre ?

Quand il lui disait : — « Tu sais : Sarah Bernhardt *lâche* l'Odéon, pour entrer à la Comédie-Française !... » ou bien : — « Il paraît que Carvalho n'aura pas la pièce de Sardou !... » elle répondait : — « Ah !.... » du ton dont elle eût dit : — « Je t'avoue que ça m'est égal ! » en ouvrant de grands yeux, qu'il trouvait hébétés.

Quelle platitude ! Cette femme était-elle vraiment la sœur de Philippin, la fille du père Lubœuf, qui n'étaient, sans doute, que des bourgeois; mais qui, du moins, à de telles nouvelles, eussent dit : « Ah ! diable !... »

Il la prenait en pitié, sa femme. Elle n'avait donc pas conscience de l'honneur qu'il lui avait fait en lui donnant son nom, en l'élevant jusqu'à la hauteur de son baiser ? Et puis... et puis — s'il faut tout dire — la maternité avait modifié, altéré, trouvait-il, les grâces d'Aglaé.

Oh! les lâches! les odieuses natures, qui reprochent, secrètement, à une femme les sacrifices de beauté, de santé, qu'elle a faits à leur plaisir, à leur amour, à leurs enfants! Ses souffrances physiques, ses abnégations de coquetterie, son martyre, ces libertins—libertins, jusque dans le mariage ! — ils ne les lui payent, à l'infortunée, que par l'expression, à peine dissimulée, de la désaffection ou du dégoût.

Aglaé sentait tout cela. Mais peut-être l'avait-elle prévu, et, d'une élévation de bonté, qui n'est point rare chez les mères, elle plaignait ce mari misérable, cet esprit étroit, ce cœur vilain.

Depuis huit jours, on jouait les *Vieux Arthurs*. La pièce n'avait pas cessé de plaire. Il y avait foule au bureau de location, et, à part quelques articles sérieux, dans des journaux qui ne font point autorité, — des recueils littéraires, — la presse prônait de nouveau le succès.

Georges, libéré des répétitions, guéri de la fièvre de sa « première », se retrouva seul chez lui, dans son ménage, en face du train-train régulier, pour lui monotone, de la vie familiale. Il s'estima très malheureux. Cependant on reparlait de lui, dans les chroniques; mais on ne parlait pas que de lui. Comme il avait fait avec Rose, il se montra aux matinées de Ballande, aux concerts de Pasdeloup, avec sa femme cette fois. On n'en dit rien dans les journaux.

Et puis cette femme ne voyait, à ces auditions qu'une distraction, un plaisir, qu'elle goûtait en femme du monde. C'étaient des amusettes, pour elle, dont le principal était la nichée, la maison. Sa tenue, son cachet de femme légitime, sa dignité de « dame », si avenante et affable qu'elle fût, semblait, non pas effaroucher les camarades, mais leur imposer une discrétion respectueuse, qui était un hommage, mais qui isolait Georges des groupes où, toute liberté de langage étant admise, on rit, on cancane sur les tiers, et sur les choses de « la boutique. »

Quelle différence avec le « temps de Rose ! » O! Rose! Rose! elle résumait toutes les jouissances du passé. Avec Rose, on pouvait improviser des parties, dîner au cabaret, en compagnie de ceux qu'on avait rencontrés, bavarder librement, raconter des farces plus ou moins gazées, chanter, au piano d'un cabinet de la Maison-d'Or, des drôleries épicées, qui la gênaient bien un peu, qui la faisaient rougir ; mais c'était si drôlement gentil de la voir sourire en rougissant!

Et quand, un peu avant dans la nuit, la tête un peu montée, on demandait des cartes pour un « petit bac » d'amis, comme elle était amusante, Rose, avec sa morale, avec ses exhortations à la prudence;

la singulière mine qu'elle faisait, quand tracassée par toute la bande, elle cédait et prenait les cartes, du bout des doigts, comme si elles dussent les lui brûler.

O Rose!... Comme elle comprenait les fantaisies du poëte, du penseur. « Une nature », celle-là ; la Muse !

Il en vint à se forger des illusions bizarres. Tout éveillé, il se lançait en plein rêve, et, sa femme au bras, ou assis à ses côtés, dans une loge de théâtre, il s'imaginait, par la force de la volonté, que cette femme était Rose. La musique aidant, et à force d'évoquer les souvenirs, il ressaisissait les impressions ressenties autrefois. Il tenait mentalement des dialogues, où le fantôme de Rose, substitué à la réalité de sa femme, lui disait, sur la mélodie, sur les arts, sur les choses idéales, qui la ravissaient.

Même chez lui, le rêve continuait, par excès de tension cérébrale. Pour y aider, il faisait le demi-jour dans la chambre conjugale, et, provoquant le silence d'Aglaé, pour que le timbre de sa voix ne nuisît pas au charme, il parvenait à se tromper jusques en l'embrassant ; c'était à Rose ces baisers passionnés et violents, qui déconcertaient souvent la jeune épouse, qu'elle recevait avec contrainte, avec une tristesse confuse, et qu'elle ne rendait pas.

Parfois elle avait peur de lui ; les exclamations, les soupirs de Georges, avaient je ne sais quoi d'un délire inquiétant. Et si, par bonté, par tendresse, elle essayait de le calmer, il la regardait tout à coup, avec des yeux effarés, répondait, d'une étrange manière, un mot sans signification pour elle, et, enfouissant son visage dans son mouchoir, il pleurait des heures entières, repoussant tous les soins, impatient, presque brutal.

Cela devait mal finir.

En effet, un soir, après le spectacle, il attendit Rose, et l'abordant, il lui demanda permission de lui faire escorte. Il avait à lui parler. Sa voix sèche, une certaine difficulté de trouver les mots trahissaient en lui une profonde émotion. Elle écouta, et ce qu'il lui dit la fit frémir. Ce n'étaient que des plaintes. Il se déclarait méconnu, désespéré, las de la vie.

A la porte de Rose, il était tellement surexcité, qu'elle n'osa se séparer de lui. Il était une heure du matin, elle suivit la rue. Dans le quartier de la Madeleine, tout était silencieux et désert ; il parlait toujours, se posant en martyr, accusant l'univers, faisant des allusions à l'insuffisance de sa femme, pleurant.

Rose atterrée, épouvantée, l'écoutait, ne démêlant pas ce qui se passait en elle. Ils gagnèrent ainsi les Champs-Elysées, qu'ils traversèrent, jusqu'au quai. Georges lui montra la Seine, dont les berges sombres faisaient resplendir d'autant les petites vagues, que la lune éclairait crûment. Il lui proposa de mourir, là, tous deux ; de se précipiter ensemble, la main dans la main, la bouche sur la bouche, dans ces eaux silencieuses et noires.

La pauvre fille, terrifiée, s'évanouit à demi. Un de ces coupés de maraude, qui semblent honteux du grand jour, passa dans l'éloignement. Georges courut au-devant de lui, le ramena, et y fit monter Rose.

Alors, la malheureuse surmonta sa faiblesse, et, tenant Georges à distance, elle lui dit que rien au monde ne pouvait la rattacher à lui.

— Non ! s'écria-t-elle. Jamais. Je me ferais l'effet d'une coquine. Je serais un monstre. Et vous, Georges, dit-elle, vous qui avez des enfants !...

Elle croyait, par ce mot, le rappeler à lui-même, élever entre eux un obstacle insurmontable.

Georges, glacé tout à coup, fut blessé seulement. Il la remit chez elle, et rentra.

Le lendemain Rose l'aperçut dans les coulisses. On riait en l'écoutant, mais on riait d'une façon particulière : on riait moins de ce qu'il disait que de lui-même. A un autre moment, elle le vit lutiner une figurante.

— As-tu vu Georges ? lui demanda Flaquinet. Il t'a parlé ?

— Non, fit Rose. Qu'a-t-il donc ?

— Il est ivre.

— Georges ? s'écria celle-ci, suffoquée par une telle nouvelle.

— Comme la bourrique à Robespierre.

Elle alla le trouver. Il sentait l'absinthe, il était sot et répugnant.

En dépit d'elle-même, elle dut s'occuper de lui. Idéaliste, comme tout ce qui tient à l'art, imbue des magistrales facéties, par lesquelles les romantiques ont cru poétiser jusqu'aux passions les plus déplorables, en en montrant toute la fatalité, la trop candide Rose se demanda jusqu'à quel point elle était innocente de la dégradation de « ce grand homme. » N'était-ce pas le désespoir amoureux qui le réduisait là ? Ne le poussait-elle pas dans le gouffre ?

Elle pensait à d'autres célébrités fameuses, dans les annales de l'avilissement alcoolico-poétique. Si, lui aussi, on allait le trouver, quelque jour, pendu dans l'encoignure d'une ruelle ? Elle se souvenait de *Werther*. Elle se souvenait du héros de la *Volupté*, de Sainte-Beuve, cet intéressant jeune homme qui, par respect pour la femme de son ami, par scrupule, par vertu, mais visiblement incommodé, s'en allait, poétiquement! par les rues fangeuses, haletant, honteux, abîmé, s'échouer sur le seuil gluant d'une maison louche.

Et cependant, que pouvait-elle? Se faire la complice d'un adultère? Non!

Mais, en littérature, l'adultère n'est point si terrible, après tout. Le théâtre, — revenu tribune, pour le plus sain *divertissement* d'un public idolâtre — ne semble-t-il pas voué à la plaidoirie des circonstances atténuantes? En tous cas, le monde littéraire, déjà si facile sur plus d'un point de morale, se familiarise aisément avec la chose, dont le caractère, fort discuté, en deçà comme au delà de la toile du fond, subit nombre d'altérations fâcheuses. Et puis l'adultère du mari!... Vous savez, il y a la grande raison : « Ce n'est pas la même chose?... »

D'ailleurs, est-ce que les hommes supérieurs, les intelligences d'élite, les âmes de poëte ont à se soumettre à la moralité du vulgaire ?

Des gens chagrins, hypocondriaques, maladivement sévères, répondent, il est vrai, qu'on est d'autant plus coupable de mal vivre, que l'on est plus intelligent. Mais ces fâcheux sont de tous les temps : des « empêcheurs de danser en rond! » comme on dit dans ce milieu.

Le génie est au-dessus de toutes choses, il domine la loi et les préjugés d'une société banale, et dans les sphères éthérées, d'où il plane, la morale a, Dieu merci! une définition plus grandiose : « la passion légitime tout. »

En tous cas, c'est bien simple !

Eh bien, non; non encore et toujours! Rose éprouvait des répugnances souveraines, et, déterminée, — mais avec quels efforts, avec quelles craintes de se créer des remords, — elle se répétait énergiquement : — « Jamais !... »

Plus d'un mois passa. On allait remplacer les *Vieux Arthurs* — qui avaient fourni un regain de cent dix-huit représentations — par un spectacle coupé, dont Rose n'était pas. Elle n'était pas non plus de la grande pièce suivante. Il lui vint une idée.

— Mon cher Flaquinet, dit-elle à son directeur, en allant le trouver un matin, je viens vous demander ma liberté durant trois mois.

— Pourquoi, ma fille!

Rose hésita; puis, confiante en cet homme à qui elle gardait de la gratitude — une marchandise assez rare au théâtre — elle lui ouvrit son cœur.

— Et que feras-tu de ton congé? demanda Flaquinet.

— J'irai en Amérique.

— Jouer la comédie?

— Non.

— Au contraire, reprit le directeur. Il faut jouer là-bas, ma fille; il faut t'occuper, te distraire; car tu n'auras jamais assez de liberté d'esprit pour apprécier, toute seule, et de toi-même, la véritable situation. Tu as aimé Georges; tu l'as cru de talent, de génie même. Ce sont des impressions premières, dont les femmes, qui ont le cœur à sa place, ne s'affranchissent pas, sans aide. Tu n'y verras jamais assez clair pour reconnaître que tu n'as été et que tu n'es encore qu'une dupe. Ne te fâche pas, ajouta-t-il. Je n'entends pas te mortifier. J'ai pour toi une affection sérieuse, et je t'estime plus que personne au monde. Tu as toute la probité d'un homme de bien, et puis, tu es une amie sûre, et puis... et puis, tu as un grand talent.

La voyant faire un mouvement :

— Laisse-moi dire jusqu'au bout, continua-t-il en l'interrompant du geste. Pour te parler à cœur ouvert et utilement, j'ai besoin que tu saches le cas que je fais de toi. Eh bien, ma chère enfant, je te crois si bien en danger que, s'il fallait, pour t'en préserver, me placer entre Georges et toi, je te dirais : « En dépit de mon âge, épouse-moi. » Je suis certain de n'y jamais rien risquer, et par cela même, j'aurais la certitude de te soustraire à l'influence désastreuse de ce garçon. Mais, ajouta-t-il, en souriant, n'aie pas peur; le péril n'est pas si grand encore que tu sois menacée de ce remède... extrême! Pars, cela vaut mieux. Si tu étais une autre femme, je te dirais : « Aie d'autres amours. Fais n'importe quoi ; mais détache-toi de Georges. » Comme tous les hommes médiocres à qui la chance a souri, il n'a attribué sa fortune qu'à son mérite. A défaut d'un talent solide, s'il eût eu, du moins, le caractère élevé, il se serait maintenu. Mais non; rien. Il n'avait pour lui que la *veine;* dès qu'elle l'a abandonné, il devait être précipité, et qui sait si, à ton retour, tu ne le trouveras pas fini ?

Elle se méprit sur la pensée de son directeur.

— Mort? s'écria-t-elle.

— Ma foi! répondit Flaquinet; ce serait le mieux pour lui-même, encore plus que pour sa femme et ses enfants.

Rose fit ses réserves quant au talent du malheureux, assurant que s'il avait voulu, s'il voulait encore, il serait le premier entre tous. Mais elle avoua sa faiblesse envers lui, et il fut convenu qu'elle partirait le lendemain de la première représentation de la nouvelle pièce. En attendant, elle fit ses préparatifs. A mesure que le moment du départ approchait, elle se sentait plus libre ; elle respirait plus largement. La délivrance arrivait.

Un matin, comme elle venait de se lever, on sonna. Sa domestique étant en course, Rose alla ouvrir. C'était Georges.

Loin de faiblir à sa vue, elle rassembla toutes ses énergies, en prévision d'une lutte décisive. Elle s'y sentait préparée, et bravement, elle accepta le combat.

— C'est vous, dit-elle. Soit, entrez.

Georges était pâle et maigri. Les yeux animés par la fièvre, étaient cerclés d'une teinte de sépia qui les creusait. Il passa devant elle, et quand elle le rejoignit dans le petit salon, elle le trouva assis et en apparence calme.

— Ecoute, dit-il, je ne puis prolonger la vie que je mène à cause de toi. J'ai essayé de tout sans succès. J'ai voulu m'abrutir en buvant, quitte à ruiner ma santé. J'ai joué ; j'ai passé les nuits à souper avec des femmes de bonne volonté. Je me suis cloué à ma table de travail, tendant toutes mes facultés sur des travaux absorbants. Je ne suis arrivé à rien de bon. Sans toi, rien plus ne m'intéressera, et je vois clairement que je suis perdu.

— Qu'y puis-je ? fit-elle. Rien.

— Tout, répliqua Georges. Tu peux refaire de moi un homme, un écrivain, un auteur.

Et comme elle secouait la tête :

— Tu peux plus encore, ajouta-t-il, tu peux me rendre l'énergie d'accomplir mes devoirs.

— En vous aidant à les trahir ?

— Je ne trahis personne : lier mon âme d'artiste à la tienne n'est point frustrer mes enfants...

— Et votre femme ?

— Ma femme n'a jamais été qu'une amie pour moi. Je ne pouvais pas lui donner mon amour, puisque je n'ai aimé que toi au monde. Ma femme ! Je ne compte d'ailleurs pas pour elle. Ses idées, son éducation, le milieu où elle est née, tout s'est opposé à ce qu'elle m'accordât cette nuance de considération qu'à son sentiment elle ne pouvait devoir qu'à un bourgeois, à un être exerçant une profession classée, patentée. Mais un homme de théâtre ? un individu, qui écrit des histoires imaginaires, pour faire rire les gens ?

cela n'existe pas. Elle s'entendrait parfaitement avec ta tante. Et si demain, elle apprenait que j'ai une maîtresse, sans s'émouvoir, sans être atteinte, elle répéterait ce que tant de fois je l'ai entendue dire, en pareil cas : — « Que voulez-vous ! des gens comme ça... » Pour elle, nous sommes des êtres en dehors de l'humanité, fantasques et sans conséquence, nous ne *savons* pas !...

Il la calomniait certainement ; mais innocemment, faute de la comprendre, faute de ce tact qui eût éclairé un autre, sur la supériorité que cette femme tenait de sa droiture et de son bon sens. Il ne croyait même pas risquer de se tromper, en assurant qu'Aglaé ne se fût pas émue d'une infidélité. Il savait que des lettres anonymes lui avaient été adressées, et elle ne lui en avait jamais parlé.

Il ne savait pas que la pauvre femme s'était bornée à pleurer en silence. Il ne comptait pas pour elle, disait-il. Il le croyait, et la preuve est qu'il en était blessé ; mais son erreur tenait à ce qu'il avait la vue courte. Par suite de cette éducation qu'il taxait de mesquine, elle voulait voir en lui, quand même, le chef de famille, le père, qu'on doit avant tout honorer.

Une phrase avait singulièrement frappé Rose. A quelles hauteurs cette femme, cette « dame » avait-elle conscience d'avoir atteint, pour qu'elle trouvât dans son âme des indulgences si superbes ? Car malgré le ton avec lequel Georges avait rapporté ses paroles : — « Des gens comme ça !... » elle ne s'y méprenait pas. Ce n'était pas une raillerie agressive, un mot de vengeance, arraché par le dépit, il devait y avoir plutôt l'expression d'une pitié sereine et grande, d'une compassion réfléchie.

Et Rose, troublée, faisait intérieurement des comparaisons, qui la rapetissaient, à ses propres yeux. Que valaient donc son talent à elle, sa sagesse relative, sa probité « d'homme de bien » mis en balance avec cette vertu ? Et son intelligence, dont elle avait cru pouvoir être fière, à quoi l'employait-elle, quand la femme de ce malheureux devait à la sienne cette suprême charité ?...

Ce n'était donc pas l'idéal, le souverain bien ! que d'apprendre des rôles, d'exprimer des pensées, des sentiments, et d'impressionner un auditoire ? Dans un coin, dans une pénombre humble et grise, on pouvait briller d'un plus sublime éclat.

Elle était bouleversée, au point qu'elle entendait à peine Georges qui, changeant de ton, et revenant à ce qui l'intéressait au-dessus de tout, lui parlait de lui-même, de ses souffrances, de son désespoir. Animé, quasi fatal, il conjurait Rose de le prendre en pitié.

A un moment, l'humiliation, qui l'avait d'abord accablée, la fit se redresser. Que lui voulait-il, en somme? Que lui proposait-il? Toutes les poésies du monde, tous les grands mots littéraires n'y pouvaient rien faire, ne parvenaient à rien atténuer. Il lui demandait de le reprendre.

Eh! non! encore une fois. Et elle s'indigna, repoussant l'injure qu'il lui faisait gratuitement. Il pleura. Elle tint ferme. Il se roula à ses genoux, elle trouva le courage de lui marquer de la lassitude. Pour le décourager, elle violenta sa nature, et prit des airs de courtisane; finissant par mentir, lui criant qu'elle aimait quelqu'un, qu'elle avait un amant. Il se mit en fureur alors, il lui saisit les poignets à les lui rompre, puis il s'approcha d'elle exaspéré.

Elle comprit qu'il fallait en finir sur l'heure, et, trouvant en ses intentions, la force de jouer un rôle, en dépit des larmes qui la suffoquaient, elle le regarda bien en face.

— Ah! çà! dit-elle sèchement, êtes-vous devenu inepte? et ne comprenez-vous pas que vous êtes odieux, puisque je ne vous aime plus?

Il resta foudroyé. Puis, le regard trouble, égaré.

— Je t'ennuie? lui demanda-t-il, avec rage.

Elle eut peur. Et d'ailleurs, que c'était cruel! Faire souffrir ce garçon, qu'elle avait tant aimé, qu'elle adorait encore, lui, qu'elle s'obstinait à croire puissant par le génie, lui qui, désespéré de se voir repoussé par elle, abandonnait sa profession, sa mission, renonçait à un avenir de triomphes, à tout le moins probables.

Elle revoyait ce jour où, la première fois, elle avait été solliciter, chez lui, la distribution, en double, du rôle de Juliette. Qu'elle était humble alors, devant lui, si brillant de son premier succès! Elle revoyait le sentier ombreux de Montmorency, quand il l'embrassa pour la première fois. Et le soir de la *Petite fille de Célimène*, quand elle le trouva pleurant dans le cabinet du régisseur, et qu'elle lui rendit le baiser de la forêt!

Toute leur vie se déroula en un moment à ses yeux, les bonnes choses seulement, l'amour oublie si vite les autres. Et c'était elle, la doublure, qui le torturait aujourd'hui, lui Georges, lui La Tréfailles!...

Elle eût voulu se jeter à ses pieds, lui demander pardon, le front dans la poussière. Car elle était à bout de force, sa volonté épuisée, par l'effort prolongé, chancelait, s'évanouissait. Dire un mot de plus équivalait à s'arracher le cœur.

— Tu as raison de réfléchir! lui dit Georges d'une voix étranglée. Mais je veux savoir mon sort; il faut que tu me répondes, et tu me répondras. M'aimes-tu?

Un brouillard passa dans le cerveau de Rose, sa volonté se contracta une dernière fois, et prenant de l'élan, elle répondit :

— Non !...

Georges eut un mouvement terrible. On eût dit qu'il allait l'étrangler, de ses mains. Elle n'en vit rien. Il s'arrêta court, et elle avait fermé les yeux.

— C'est bien, dit-il. Adieu! je ne t'ennuierai plus.

Et prenant son chapeau, il sortit vivement du salon.

A peine avait-il fermé la porte sur lui, que Rose debout, le visage inondé de larmes, faisait un pas pour le rappeler, ouvrant les lèvres pour lui crier : « Georges, j'ai menti... »

A ce moment, le bruit d'une arme à feu retentit, puis celui d'un corps lourd qui tombe, fut couvert par le cri de Rose.

Elle se précipita, et, la porte ouverte, elle vit le malheureux étendu sur le parquet. Le sang ruisselait de sa poitrine.

Il s'était tiré deux coups de revolver.

VII

CONCLUSION

En dépit du sang répandu, les blessures que Georges s'était faites n'avaient eu aucune gravité. Le pis de l'affaire avait été un scandale, désolant pour l'une et l'autre des deux femmes.

Le croyant en danger, Rose n'avait pas osé se mettre en route. Et quelle torture pour elle! Sans nouvelles directes — le moyen d'en avoir? — elle avait passé des heures horribles d'angoisse. Elle imaginait tenir lieu de mauvais génie à ce malheureux.

— C'est moi qui l'aurai tué, pensait-elle. C'est moi qui aurai fait cette femme veuve ; moi qui aurai privé ces deux enfants de leur père.

La solitude dans laquelle elle se confinait, exagérait encore l'égarement de ses pensées. Plus de repos, plus de sommeil. Tout son être douloureusement ébranlé, ne se dérobait à des surexcitations indicibles, que pour tomber dans une prostration plus pénible encore.

Quand Georges fut guéri, il revint chez elle.

La scène recommença :

— Je m'y suis mal pris, lui dit-il; mais si tu me repousses, cette fois, je ne me manquerai pas !...

C'était trop. Il l'avait réduite au point de pouvoir disposer d'elle, à son gré ; et elle en était arrivée à un degré de terreur qui annihilait son libre arbitre.

Qu'advint-il?

Une suite de situations effroyables, atroces, qu'on ne saurait imaginer. . .

. . . .

. . . .

Quatre ans après, on lisait dans différents journaux du matin :

« Aujourd'hui, à deux heures *très précises* aura lieu au Père-Lachaise, l'inauguration du tombeau de notre regretté confrère André-Léon-Victor Libourt, connu dans la littérature et au théâtre sous le pseudonyme de Georges La Tréfailles.

» La Société des Auteurs et Compositeurs dramatiques, dont, à plusieurs reprises, il avait été élu commissaire, a tenu à honneur d'être dignement représentée à cette funèbre solennité.

» Plusieurs discours seront prononcés à cette occasion; le premier, cela va sans dire, par M. le baron Taylor, puis par divers délégués de sociétés artistiques qui s'honorent d'avoir eu La Tréfailles au nombre de leurs adhérents.

» Enfin, pour clore la cérémonie, M. Oscar Lapondaire, l'heureux et sympathique auteur de la comédie couronnée par l'Académie : LES AVARES D'AMOUR (qui, disons-le en passant, faisait hier 3,076 fr. à la 171e représentation, — on voit si nous sommes bien informés !); » M. Oscar Lapondaire, disons-nous, prendra la parole au nom de la Commission des Auteurs, dont il a été élu membre, à la dernière assemblée générale, etc... »

Plus loin on félicitait le nouveau directeur d'un théâtre, de s'être assuré la possession de la pièce qu'achevait Lapondaire; pièce qui, disait-on, discrètement, était en tous points digne des *Avares d'amour*.

Puis, comme autrefois, pour La Tréfailles, il y avait aux *nouvelles à la main :*

« Un mot de Lapondaire :

« . . . . ;

» — . . . . . ?

» . . . . !

Bien plus : c'était le même !

Oh ! qu'ils se consolent, ceux qui parfois, au coin de l'âtre, ont envié l'éclat de ces célébrités éphémères ! Nées de l'engouement, de la mode, elles ont le sort des enfants gâtés. D'abord, tout leur sourit, puis le vent change, la mode passe, et délaissées, elles tombent dans l'oubli. Mais avec quels déchirements ! Après des Aulnoies, La Tréfailles, après celui-ci, Lapondaire, dont on dira demain :

— Ah !... assez de Lapondaire !

— Trop !... trop de Lapondaire !...

Il ne faut pas seulement un talent robuste, pour durer quelque temps au théâtre. La science de la scène, le style, l'invention ne suffisent pas à préserver de la désaffection du public; il faut un *flair* spécial, qui fait pressentir le goût du lendemain. Il y a des heures où ce public veut qu'on l'assomme. Il y a des périodes, durant lesquelles, ces gens de loisir, si légers, si affables, moins las d'esprit peut-être et de gaieté, qu'atteints de caprice, font fi de ce qui les passionnait hier, pour aller écouter de la musique *philosophique*, des conférences, des sermons ! Sans broncher, comme s'ils y entendaient quelque chose, ils avalent du Gluck, du Mendelhsonn, du Wagner.

Il se peut faire, qu'ils bâilleront à se décrocher la mâchoire, mais ils *veulent* bâiller ! Ne leur parlez plus d'Offenbach, de Labiche, de Meilhac, la mode est à la tragédie. Ils s'ennuient, oui, et ferme ! mais ça les amuse de s'ennuyer.

Et puis, ils sont fatigués d'applaudir le même homme. Il en faut un autre à tous prix. Les nouveaux manquent, ils retournent aux dédaignés de l'avant-veille, quitte à leur tourner les talons, au moment où ceux-ci croyaient qu'on allait leur rendre justice.

La Société des Auteurs dramatiques compte environ douze cents membres; quel est le Parisien, si bien doué qu'il soit de mémoire, qui pourrait citer seulement trente noms?

Mais qu'importe ! Le mécompte ne tient qu'à un malentendu ; l'auteur est enclin — grisé d'hommages — à se croire une individualité bénie entre toutes, plus proche de Dieu, une sorte de séraphin, à qui le culte des autres hommes est dû. Mais qu'on souffle sur ces exagérations idéales, il reste une profession comme une autre, et l'une des plus belles, en cela surtout, que le travail qu'elle exige ne saurait être qu'un plaisir, une jouissance solide et pure.

Le soir de ce jour, où pour la dernière fois, une fraction du Tout-Paris se dérangeait, en l'honneur de La Tréfailles, et que les discours prononcés, devant son buste, dû au ciseau de Ludovic Durand, marquaient, pour lui, la première heure de l'éternel oubli, le train de Bruxelles amenait à la gare du Nord, une femme dont le visage pâli trahissait une excessive fatigue, et une intime anxiété.

Sans s'inquiéter de ses bagages, qui portaient l'étiquette de Saint-Pétersbourg, elle sortit sur la place Roubaix et, s'adressant successivement à chaque cocher, demanda à être conduite à Champs.

Il était onze heures du soir, aucun ne consentit. Epuisée de fatigue, — elle avait fait le voyage d'une traite, — un grand découragement la prit. Elle traversa la place, entra dans un hôtel, et se fit préparer une chambre, après s'être informée de l'heure à laquelle partait le premier train, dans la direction du pays où elle semblait si pressée de se rendre.

Cette femme, c'était Rose.

Il eût été difficile de la reconnaître au premier examen. Le chagrin, bien plus que la fatigue, avait creusé ses yeux, altéré son visage, dont l'expression était d'un calme étrange, une sorte de consternation. A la mort de Georges, il y avait déjà dix-huit mois — il avait pu seulement apprécier l'horreur de la situation qu'il lui avait faite, de la situation où il la laissait.

En surcroît de la honte, que lui infligeait cette situation, mille dangers la menaçaient. Sous prétexte de faire valoir l'épargne de la pauvre fille, il l'avait lancée dans des spéculations, qui l'avaient ruinée, endettée. Il l'avait fait rompre avec Flaquinet. Il l'avait retranchée du monde, absorbée à son profit, et pour quelle vie !

La mort de cet homme funeste l'avait laissée aux prises avec des complications multiples, aussi bien dans l'ordre moral, que dans l'ordre matériel.

Heureusement, elle avait encore assez de notoriété pour pouvoir réparer le désastre de sa fortune. Elle s'était engagée au théâtre Michel, et était partie à Pétersbourg. De là, elle envoyait de l'argent à sa tante, qui, on le verra plus loin, avait dû surmonter bien des répugnances, pour venir au secours de sa malheureuse nièce.

Mais la veuve n'était plus jeune. Pour suppléer Rose dans l'accomplissement d'un devoir navrant, elle avait dû rompre avec ses habitudes, s'installer à la campagne, dans une maisonnette, où Georges avait contraint Rose d'habiter. Cette maisonnette, à moins de cinq cents mètres de celle où vivaient Aglaé et ses enfants, avait son jardin, grimpant vers le bouquet de bois, que nous avons décrit, et n'en était séparée que par ce treillage vermoulu qui ne parvenait pas à clore la propriété de Georges.

Il avait fallu se réduire à ce voisinage. Mortellement atteint d'une désorganisation organique, que l'alcoolisme entretenait, Georges avait passé de la monomanie des grandeurs, à la monomanie despotique. Ici et là, dans les deux ménages, tout pliait devant sa violence.

La veuve Varnel aurait pourtant bien voulu ne pas vivre là ; mais au moment du départ, il ne restait rien à Rose. Il fallait lui avancer le voyage pour qu'elle s'embarquât. Plus de mobilier, de bijoux, à peine de vêtements. Tant que Georges avait vécu, elle avait vendu au fur et à mesure, plus tard emprunté à tous venants, pour qu'au moins, entre elle et lui, il n'y eût pas la dernière infamie, des questions d'argent. Elle lui avait dissimulé sa gêne d'autant plus aisément que tantôt abruti, tantôt surexcité outre mesure, il n'avait plus l'exacte notion des choses courantes.

La tante de Rose devait mourir là, dans cette maison adultère, mitoyenne avec le foyer régulier, en quelque sorte, sous le regard, de cette épouse outragée, de cette mère !

C'est sur la nouvelle de cette mort que Rose, obtenant un congé, avait quitté en hâte la Russie.

Le lendemain, à sept heures, Rose prit le train. A la station de Chelles, il ne se trouva pas d'omnibus. Elle suivit la route d'un pas pressé. Il lui fallut une heure et demie pour arriver en vue des habitations de Champs.

Insensible au charme de ces pittoresques pays, n'éprouvant à la vue de chaque buisson que des impressions douloureuses, humiliantes, d'insurmontables remords, elle gagna un petit sentier, qui la conduisit, sous le couvert des branches, jusqu'à sa maison.

Il avait fallu passer devant le cimetière, et elle avait hésité, attirée par la tombe de sa tante, où elle voulait s'agenouiller ; mais une angoisse plus forte la fit hâter le pas.

Enfin, elle arriva.

La maisonnette, qui bordait le chemin, avait sa porte entr'ouverte. Elle entra. Elle appela. Personne ne répondit. Où était la bonne ? S'était-elle trompée de maison ? Non. Ces meubles de pacotille étaient bien les siens. Elle appela de nouveau. Rien, pas un bruit. D'un bond, elle s'élança dans l'escalier et entra dans sa chambre. Tout y était en ordre. Dans l'encoignure, un petit lit d'enfant avait ses couvertures défaites. De petits bas séchaient à la fenêtre et, dans un coin, sur le parquet, une poupée, le nez écrasé, était étendue, jambe de ci, jambe de là...

Alors, Rose descendit au jardin, cherchant, inquiète, le cœur contracté. Dans le jardin, personne encore. Elle monta la pente. Elle atteignit le petit bois et le parcourut. Puis, il lui sembla qu'elle allait plus loin qu'il ne convenait. Elle devait passer les limites; n'y avait-il pas quelque part un treillage? S'en étant toujours tenue éloignée, jadis, elle ne savait exactement où en était la place. Cependant, il lui semblait bien qu'il devait être moins haut sur la pente. L'avait-on ôté? qui çà?...

S'étant arrêtée, pour promener son regard circulairement, elle entendit des voix vers la hauteur. Oui, c'étaient des voix, des voix d'enfants, mais grands. N'importe! elle monta.

Bientôt, à travers les massifs, elle crut apercevoir un groupe. Elle monta encore, et ses yeux distinguèrent un peu mieux ce qu'elle avait entrevu.

Elle fit quelques pas en avant, et tout à coup, paralysée, elle se blottit derrière une touffe de lilas, dont les tiges, dégar-

nies de feuillage, lui laissaient toute liberté d'examen.

Deux grands enfants mangeaient une tartine ; près d'eux, accroupie, une jeune femme, tenant une autre tartine à la main, était presque agenouillée devant un bébé joufflu, de trois ans à peine.

Cette jeune femme, c'était Aglaé. L'enfant, c'était la fille de Rose.

Aglaé disait à la petite :
— Approche.

L'enfant approcha.

La jeune femme, ayant pris son mouchoir, lui tint la tête, et dit :
— Souffle... Encore. Fort, donc! Là, c'est bien.

Puis elle l'essuya, et lui donna la tartine, que la petite prit en souriant.

Mais Aglaé lui retint le bras, au moment où l'enfant entr'ouvrait la bouche.
— Qu'est-ce qu'on dit? lui demanda-t-elle.

L'enfant sourit encore, puis d'une petite voix claire :
— Merci, maman...

Quand les femmes sont bonnes, elles ont des compassions angéliques.

EDOUARD CADOL.

Asnières, mars 1873.

FIN

Paris. — Imp. de DUBUISSON et Cie, 5, rue Coq-Héron.

www.ingramcontent.com/pod-product-compliance
Ingram Content Group UK Ltd.
Pitfield, Milton Keynes, MK11 3LW, UK
UKHW021433090726
13657UKWH00003B/1063